BIBLIOTECA UNIVERSALE RIZZOLI

Dacia Maraini

LA LUNGA VITA DI MARIANNA UCRÌA

Biblioteca Universale Rizzoli

ISBN 88-17-11411-1

prima edizione Superbur: settembre 1992
decima edizione Superbur: aprile 1994

I

Un padre e una figlia eccoli lì: lui biondo, bello, sorridente, lei goffa, lentigginosa, spaventata. Lui elegante e trasandato, con le calze ciondolanti, la parrucca infilata di traverso, lei chiusa dentro un corsetto amaranto che mette in risalto la carnagione cerea.

La bambina segue nello specchio il padre che, chino, si aggiusta le calze bianche sui polpacci. La bocca è in movimento ma il suono delle parole non la raggiunge, si perde prima di arrivare alle sue orecchie quasi che la distanza visibile che li separa fosse solo un inciampo dell'occhio. Sembrano vicini ma sono lontani mille miglia.

La bambina spia le labbra del padre che ora si muovono più in fretta. Sa cosa le sta dicendo anche se non lo sente: che si sbrighi a salutare la signora madre, che scenda in cortile con lui, che monti di corsa in carrozza perché, come al solito sono in ritardo.

Intanto Raffaele Cuffa che quando è alla "casena" cammina come una volpe a passi leggeri e cauti, ha raggiunto il duca Signoretto e gli porge una larga cesta di vimine intrecciato su cui spicca una croce bianca.

Il duca apre il coperchio con un leggero movimento del polso che la figlia riconosce come uno dei suoi gesti più consueti: è il moto stizzoso con cui getta da una parte le cose che lo annoiano. Quella mano indolente e sensuale si caccia fra le stoffe ben stirate, rabbrividisce al contatto col gelido crocifisso d'argento, dà una strizzata al sacchetto pieno di monete e poi sguscia fuori rapida. Ad un cenno, Raffaele Cuffa si affretta a richiudere la cesta. Ora si tratta solo di fare correre i cavalli fino a Palermo.

Marianna intanto si è precipitata nella camera da letto dei genitori dove trova la madre riversa fra le lenzuola, la camicia gonfia di pizzi che le scivola su una spalla, le dita della mano chiuse attorno alla tabacchiera di smalto.

La bambina si ferma un attimo sopraffatta dall'odore del trinciato al miele che si mescola agli altri effluvi che accompagnano il risveglio materno: olio di rose, sudore rappreso, orina secca, pasticche al profumo di giaggiolo.

La madre stringe a sé la figlia con un gesto di pigra tenerezza. Marianna vede le labbra che si muovono ma non vuole fare lo sforzo di indovinarne le parole. Sa che le sta dicendo di non attraversare la strada da sola perché sorda com'è potrebbe trovarsi stritolata sotto una carrozza che non ha sentito arrivare. E poi i cani, che siano grandi o piccoli, che stia alla larga dai cani. Le loro code, lo sa bene, si allungano fino ad avvolgersi intorno alla vita delle persone come fanno le chimere e poi zac, ti infilzano con quella punta biforcuta che sei morta e neanche te ne accorgi...

Per un momento la bambina fissa lo sguardo sul mento grassoccio della signora madre, sulla bocca bellissima dalle linee pure, sulle guance lisce e rosee, sugli occhi ingenui, arresi e lontani: non diventerò mai come lei, si dice, mai, neanche morta.

La signora madre le sta ancora parlando dei cani chimera che si allungano come serpenti, che ti solleticano coi baffi, che ti incantano con gli occhi maliziosi, ma lei scappa via dopo averle dato un bacio frettoloso.

Il signor padre è già in carrozza. Ma anziché sbraitare, canta. Lo vede da come gonfia le gote, da come alza le sopracciglia. Appena lei appoggia un piede sul predellino si sente agguantare da dentro e spingere sul sedile. Lo sportello viene chiuso dall'interno con un colpo secco. E i cavalli partono al galoppo frustati da Peppino Cannarota.

La bambina si abbandona sul sedile imbottito e chiude gli occhi. Alle volte i due sensi su cui conta di più sono talmente all'erta che si azzuffano fra di loro miserevolmente. Gli occhi hanno l'ambizione di possedere le forme complete nella loro integrità e l'odorato a sua volta si impunta pretendendo di fare passare il mondo intero attraverso quei due minuscoli fori di carne che si trovano in fondo al naso.

Ora ha abbassato le palpebre per riposare un momento le pupille e le narici hanno preso a sorbire l'aria riconoscendo e catalogando gli odori con pignoleria: com'è prepotente l'acqua di lattuga che impregna il panciotto del signor padre! sotto, si indovina la fragranza della cipria di riso che si mescola all'unto dei sedili, all'acido dei pidocchi schiacciati, al pizzicore della polvere della strada che entra dalle giunture degli sportelli, nonché ad un leggero sentore di mentuccia che sale dai prati di casa Palagonia.

Ma uno scossone più robusto degli altri la costringe ad aprire gli occhi. Vede il padre che dorme sul sedile di fronte, il tricorno rovesciato su una spalla, la parrucca di traverso sulla bella fronte sudata, le ciglia bionde posate con grazia sulle guance appena rasate.

Marianna scosta la tendina color mosto dalle aquile dorate in rilievo. Vede un pezzo di strada impolverata e delle oche che schizzano via davanti alle ruote aprendo le ali. Nel silenzio della sua testa si intrufolano le immagini della campagna di Bagheria: i sugheri contorti dal tronco nudo e rossiccio, gli ulivi dai rami appesantiti da minuscole uova verdi, i rovi che tendono a invadere la strada, i campi coltivati, i fichi d'India, i ciuffi di canne e dietro, sul fondo, le colline ventose dell'Aspra.

La carrozza ora supera i due pilastri del cancello di villa Butera e si avvia verso Ogliastro e Villabate. La piccola mano aggrappata alla tenda rimane incollata alla stoffa, incurante del calore che trasuda dal tessuto di lana ruvida. Nel suo stare rigida e ferma c'è anche la volontà di non svegliare il signor padre con dei rumori involontari. Ma che stupida! e i rumori della carrozza che rotola sulla strada piena di buche, e le urla di Peppino Cannarota che incita i cavalli? e gli schiocchi della frusta? e l'abbaiare dei cani? Anche se per lei sono solo rumori immaginati, per lui sono veri. Eppure lei ne è disturbata e lui no. Che scherzi fa l'intelligenza ai sensi mutilati!

Dalle canne che saltano su indolenzite appena mosse dal vento africano, Marianna capisce che sono arrivati nei pressi di Ficarazzi. Ecco in fondo sulla sinistra il casermone giallo chiamato "a fabbrica du zuccaru". Attraverso le fessure dello sportello chiuso si insinua un odore pesante, acidulo. È l'odore della canna tagliata, macerata, sfibrata, trasformata in melassa.

I cavalli oggi volano. Il signor padre continua a dormire nonostante le scosse. Le piace che sia lì abbandonato nelle sue mani. Ogni tanto si sposta in avanti e gli tira su il tricorno, gli allontana una mosca troppo insistente.

Il silenzio è un'acqua morta nel corpo mutilato della bambina che da poco ha compiuto i sette anni. In quell'acqua ferma e chiara galleggiano la carrozza, le terrazze dai panni stesi, le galline che corrono, il mare che si intravvede da lontano, il signor padre addormentato. Il tutto pesa poco e facilmente cambia posto ma ogni cosa è legata all'altra da quel fluido che impasta i colori, scioglie le forme.

Quando Marianna torna a guardare fuori dal vetro si trova di colpo davanti al mare. L'acqua è limpida e si butta leggera sui grossi ciottoli grigi. Sopra la linea dell'orizzonte una grossa barca dalle vele flosce si dirige da destra verso sinistra.

Un ramo di gelso si schianta contro il vetro. Delle more porporine vengono schiacciate con forza contro il finestrino. Marianna si scosta ma in ritardo: l'urto le ha fatto sbattere la testa contro lo stipite. La signora madre ha ragione: le sue orecchie non sono buone a fare da sentinella e i cani possono agguantarla da un momento all'altro per la vita. Perciò il suo naso è diventato così fino e gli occhi sono rapidissimi nell'avvertirla di ogni oggetto in moto.

Il signor padre ha aperto gli occhi per un istante e poi è tornato a sprofondare nel sonno. E se gli desse un bacio? quella guancia fresca coi segni di un impaziente rasoio le dà voglia di abbracciarlo. Ma si trattiene perché sa che lui non ama le smancerie. E poi perché svegliarlo mentre dorme così di gusto, perché riportarlo ad un'altra giornata di "camurrìe" come dice lui, gliel'ha pure scritto su un foglietto con la sua bella grafia tutta tonda e tornita.

Dai sussulti regolari che scuotono la carrozza la bambina indovina che sono arrivati a Palermo. Le ruote hanno preso a girare sulle "balate" e le pare di udirne lo strepito cadenzato.

Fra poco volteranno verso Porta Felice, poi prenderanno il Cassaro Morto e poi? il signor padre non le ha fatto sapere dove la sta portando ma dalla cesta che gli ha consegnato Raffaele Cuffa può indovinarlo. Alla Vicaria?

II

È proprio la facciata della Vicaria che la bambina si trova davanti quando scende dalla carrozza aiutata dal braccio del padre. Una mimica che l'ha fatta ridere: il risveglio precipitoso, una calcata sulle orecchie della parrucca incipriata, una manata al tricorno e un salto dal predellino con una mossa che voleva essere disinvolta ma è risultata impacciata; per poco non cadeva lungo disteso tanto le gambe gli si erano informicolite.

Le finestre della Vicaria sono tutte uguali, irte di grate arricciolate che finiscono con delle punte minacciose. Il portone tempestato di bulloni arrugginiti, una maniglia in forma di testa di lupo dalla bocca aperta. È proprio la prigione con tutte le sue bruttezze che quando la gente ci passa davanti gira la testa dall'altra parte per non vederla.

Il duca fa per bussare ma la porta gli viene spalancata e lui entra come se fosse casa sua. Marianna gli va dietro fra gli inchini dei guardiani e dei servitori. Uno le sorride sorpreso, un altro le fa la faccia scura, un altro ancora cerca di trattenerla per un braccio. Ma lei si svincola e corre dietro al padre.

Un corridoio stretto e lungo: la figlia fatica a tenere dietro al padre che procede a grandi passi verso la galleria. Lei saltella sulle scarpette di raso ma non riesce a raggiungerlo. Ad un certo punto crede di averlo perso, ma eccolo dietro un angolo che la aspetta.

Padre e figlia si trovano insieme dentro una stanza triangolare illuminata malamente da una sola finestra arrampicata sotto il soffitto a volta. Lì un inserviente aiuta il signor padre a togliersi la giamberga e il tricorno. Gli prende la parrucca, l'appende al pomello che sporge dal muro. Lo aiuta a indossare il lungo saio di tela bianca che stava riposto nella cesta assieme al rosario, a una croce e a un sacchetto di monete.

Ora il capo della Cappella della Nobile Famiglia dei Bianchi è pronto. Nel frattempo, senza che la bambina se ne accorga, sono arrivati altri gentiluomini, anche loro in saio bianco. Quattro fantasmi col cappuccio floscio sul collo.

Marianna guarda in su mentre gli inservienti con le mani esperte trafficano attorno ai Fratelli Bianchi come fossero attori che si preparano ad andare in scena: le pieghe dei sai che siano ben dritte, che caschino candide e modeste sui piedi calzati dai sandali, i cappucci che siano calati fino al collo drizzando le punte bianche verso l'alto.

Ora i cinque uomini sono uguali, non si distinguono l'uno dall'altro: bianco su bianco, pietà su pietà; solo le mani quando fanno capolino fra le pieghe e quel poco di nero che balugina dai due fori del cappuccio lasciano indovinare la persona.

Il più basso dei fantasmi si china sulla bambina, agita le mani rivolto verso il signor padre. È indignato, lo si capisce da come batte un piede sul pavimento. Un altro Fratello Bianco interviene facendo un passo avanti. Sembra che si debbano prendere per il collo. Ma il signor padre li mette a tacere con un gesto autoritario.

Marianna sente il tessuto freddo e molle del saio paterno che casca sul suo polso nudo. La mano destra del padre si stringe attorno alle dita della figlia. Il naso le dice che sta per succedere qualcosa di terribile, ma cosa? Il signor padre la trascina verso un altro corridoio e lei cammina senza guardare dove mette i piedi, presa da una curiosità livida ed eccitata.

In fondo al corridoio incontrano delle scale ripide di pietra scivolosa. Le mani dei nobiluomini si aggrappano ai sai come fanno le signore con le loro gonne ampie sollevandone i lembi per non inciampare. I gradini di pietra trasudano umidità e si vedono male per quanto un guardiano li preceda tenendo alta una torcia accesa.

Non ci sono finestre, né alte né basse. D'improvviso è scesa giù una notte che sa di olio bruciato, di escrementi di topo, di grasso di maiale. Il Capitano giustiziere consegna le chiavi del "dammuso" al duca Ucrìa che si spinge avanti fino a raggiungere un portoncino di legno dalle assi rinforzate. Lì, aiutato da un ragazzo a piedi scalzi apre il catenaccio inchiavardato, sfila una grossa sbarra di ferro.

La porta si apre. La fiamma fumosa illumina un pezzo di pavimento su cui degli scarafaggi prendono a correre all'impazzata. Il guardiano solleva la torcia e butta qualche lingua di luce su due corpi seminudi che giacciono lungo la parete, le caviglie imprigionate da grosse catene.

Il fabbro ferraio, sbucato non si sa da dove, si china ora a schiodare i ferri di uno dei prigionieri. Un ragazzo dagli occhi cisposi che si spazientisce per la lentezza dell'operazione, tira su un piede fino quasi a solleticare con l'alluce il naso del fabbro. E ride mostrando una bocca grande, sdentata.

La bambina si nasconde dietro al padre che ogni tanto si china su di lei, le fa una carezza ma brusca più per controllare che stia davvero guardando piuttosto che per rincuorarla.

Quando infine libero, il giovanotto si alza in piedi Marianna scopre che è quasi un bambino, avrà sì e no l'età del figlio di Cannarota morto di febbri malariche pochi mesi fa a tredici anni.

Gli altri prigionieri sono rimasti muti a guardare. Appena il ragazzino prende a camminare su e giù con le caviglie libere ripigliano il gioco lasciato a metà contenti di disporre per una volta di tanta luce.

Il gioco consiste nell'ammazzare pidocchi: chi ne schiaccia di più e più rapidamente fra i due pollici vince. I pidocchi morti vengono delicatamente posati sopra una monetina di rame. Colui che vince si prende la monetina da un grano.

La bambina è assorta a guardare i tre che giocano, le loro bocche che si aprono al riso, che gridano parole per lei mute. La paura l'ha lasciata, ora pensa con tranquillità che il signor padre la vuole portare con sé all'inferno: ci sarà una ragione segreta, un "perché trallalallera" che capirà dopo.

La condurrà a vedere i dannati immersi nel fango, quelli che camminano con i macigni sulle spalle, quelli che si trasformano in alberi, quelli che fumano dalla bocca avendo mangiato carboni ardenti, quelli che strisciano come serpenti, quelli che vengono mutati in cani che allungano la coda fino a farne degli arpioni con cui uncinare i passanti e portarseli alla bocca, come dice la signora madre.

Ma il signor padre è lì anche per questo, per salvarla dai trabocchetti. E poi l'inferno, se visitato da vivi come faceva il signor Dante, può essere anche bello da vedere: loro di là che patiscono e noi di qua che guardiamo. Non è questo l'invito di quegli incappucciati candidi che si passano il rosario di mano in mano?

III

Il ragazzo la osserva stralunato e Marianna ricambia le sue occhiate decisa a non farsi intimidire. Ma le palpebre di lui sono gonfie e spurgano; probabilmente non distingue bene, si dice la bambina. Chissà come la vede; se grande e cicciotta come si ritrova nello specchio deformante di zia Manina oppure piccola e senza carne. In quel momento, a una smorfia di lei, il ragazzo si scioglie in un sorriso buio, storto.

Il signor padre con l'aiuto di un Fratello Bianco incappucciato lo prende per le braccia, lo tira verso la porta. I giocatori ritornano alla semioscurità di tutti i giorni. Due mani asciutte sollevano di peso la bambina e la posano con delicatezza sul primo gradino della scala.

Riprende la processione: il guardiano con la torcia accesa, il signor duca Ucrìa con il prigioniero al braccio, gli altri Fratelli Bianchi, il fabbro ferraio e due inservienti in giubba nera dietro. Di nuovo si ritrovano nella stanza triangolare fra un via vai di guardie e valletti che reggono fiaccole, avvicinano sedie, portano bacinelle d'acqua tiepida, asciugamani di lino, vassoi con sopra pane fresco e frutta candita.

Il signor padre si china sul ragazzo con gesti affettuosi. Mai l'ha visto così tenero e premuroso, si dice Marianna. Con una mano a conca prende su l'acqua dalla "bàcara", la fa scorrere sulle guance impiastricciate di muco del ragazzo; poi lo pulisce con l'asciugamano di bucato che gli porge il valletto. Sùbito dopo prende fra le dita un pezzo di pane bianco e spugnoso e sorridendo lo porge al prigioniero come se fosse il più caro dei suoi figli.

Il ragazzo si lascia accudire, pulire, imboccare senza dire una parola. A momenti sorride, a momenti piange. Qualcuno gli mette in mano un rosario dai grossi chicchi di madreperla. Lui lo tasta con i polpastrelli e poi lo lascia cadere per terra. Il signor padre ha un gesto di impazienza. Marianna si china a raccogliere il rosario e lo ripone nelle mani del ragazzo. Avverte per un attimo il contatto di due dita callose, diacce.

Il prigioniero stira le labbra sulla bocca a metà vuota di denti. Gli occhi rossicci sono stati bagnati con una pezzuola imbevuta di acqua di lattuga. Sotto lo sguardo indulgente dei Fratelli Bianchi il condannato allunga una mano verso il vassoio, si guarda un momento intorno intimorito, poi si caccia in bocca una prugna color miele incrostata di zucchero.

I cinque gentiluomini si sono inginocchiati e sgranano il rosario. Il ragazzo, le guance gonfie di canditi, viene spinto dolcemente in ginocchio perché preghi anche lui.

Le ore più calde del pomeriggio trascorrono così in preghiere sonnolente. Ogni tanto un valletto si avvicina reggendo un vassoio carico di bicchieri d'acqua e anice. I Bianchi bevono e riprendono a pregare. Qualcuno si asciuga il sudore, altri si appisolano e si svegliano di soprassalto tornando a sgranare il rosario. Il ragazzo si addormenta pure lui dopo avere ingollato tre albicocche cristalline. E nessuno ha cuore di svegliarlo.

Marianna osserva il padre che prega. Ma sarà quell'incappucciato lì il signor duca Signoretto o sarà quell'altro con la testa ciondoloni? le sembra di sentire la sua voce che recita lentamente l'avemaria.

Nella conchiglia dell'orecchio, ora silenziosa, conserva qualche brandello di voce familiare: quella gorgogliante, rauca, della signora madre, quella acuta della cuoca Innocenza, quella sonora, bonaria del signor padre che pure ogni tanto si impuntava e si scheggiava sgradevolmente.

Forse aveva anche imparato a parlare. Ma quanti anni aveva? quattro o cinque? una bambina ritardata, silenziosa e assorta che tutti avevano la tendenza a dimenticare in qualche angolo per poi ricordarsene tutto d'un tratto e venirla a rimproverare di essersi nascosta.

Un giorno, senza una ragione, era ammutolita. Il silenzio si era impadronito di lei come una malattia o forse come una vocazione. Non sentire più la voce festosa del signor padre le era sembrato tristissimo. Ma poi ci aveva fatto l'abitudine. Ora prova un senso di allegrezza nel guardarlo parlare senza afferrarne la parole, quasi una maliziosa soddisfazione.

«Tu sei nata così, sordomuta», le aveva scritto una volta il padre sul quaderno e lei si era dovuta convincere di essersi inventata quelle voci lontane. Non potendo ammettere che il signor padre dolcissimo che l'ama tanto dica delle menzogne, deve darsi della visionaria. L'immaginazione non le manca e neanche il desiderio di parola perciò:

> e pì e pì e pì
> sette fimmini p'un tarì
> e pì e pì e pì
> un tarì è troppu pocu
> sette fimmini p'un varcuocu...

Ma i pensieri della bambina vengono interrotti dal movimento di un Bianco che esce e torna con un grosso libro su cui c'è scritto a lettere d'oro SCARICHI DI COSCIENZA. Il signor padre sveglia con un colpetto gentile il ragazzo e insieme si appartano in un angolo della sala dove il muro fa una nicchia e una lastra di pietra è incastrata a mo' di sedile.

Là il duca Ucrìa di Fontanasalsa si china sull'orecchio del condannato invitandolo a confessarsi. Il ragazzo biascica qualche parola con la giovane bocca sdentata. Il signor padre insiste affettuoso incalzandolo. L'altro finalmente sorride. Ora sembrano un padre e un figlio che parlano disinvolti di cose di famiglia.

Marianna li osserva presa dallo sgomento: cosa crede di fare quel pappagalletto appollaiato vicino al padre, come se lo conoscesse da sempre, come se avesse tenuto fra le sue dita le mani impazienti di lui, come se ne conoscesse a memoria i contorni, come se avesse sempre avuto da appena nato gli odori di lui nelle narici, come se fosse stato preso mille volte per la vita da due braccia robuste che lo facevano saltare da una carrozza, da una portantina, dalla culla, dalle scale con quell'impeto che solo un padre carnale può provare per la propria figlia. Cosa crede di fare?

Un desiderio struggente di assassinio le sale da sotto l'ugola, le invade il palato, le brucia la lingua. Gli tirerà un vassoio in testa, gli caccerà un coltello in petto, gli strapperà tutti i capelli che ha in testa. Il signor padre non appartiene a lui ma a lei, a quella disgraziata mutola che nel mondo ha un solo bene e quello è il signor padre.

I pensieri omicidi spariscono ad un brusco spostamento d'aria. La porta si è spalancata e sulla soglia è apparso un uomo dalla pancia a melone. È vestito come un buffone, metà di rosso e metà di giallo: giovane e corpulento ha le gambe corte, le spalle robuste, le braccia da lottatore, gli occhi piccoli e storti. Mastica dei semi di zucca e sputa le bucce per aria con allegria.

Il ragazzo quando lo vede, sbianca. I sorrisi che gli ha strappato il signor padre gli muoiono sulla faccia; le labbra prendono a tremargli e gli occhi a spurgargli. Il buffone gli si avvicina sempre sputando per aria i semi di zucca. Quando lo vede scivolare per terra come uno straccio bagnato fa un gesto ai due inservienti che lo sollevano per le ascelle e lo trascinano verso l'uscita.

L'aria è scossa da vibrazioni cupe come il battito delle ali gigantesche di un uccello mai visto. Marianna si guarda intorno. I Fratelli Bianchi si stanno dirigendo verso la porta d'ingresso con passo cerimonioso. Il portone si spalanca di colpo e quel battito d'ali si fa tanto vicino e forte da stordirla. Sono i tamburi del Viceré e con essi la folla che urla, agita le braccia, gioisce.

La piazza Marina che prima era vuota ora è gremita: un mare di teste ondeggianti, colli che si allungano, bocche che si aprono, stendardi che si levano, cavalli che scalpitano, un finimondo di corpi che si accalcano, si spingono, invadendo la piazza rettangolare.

IV

Le finestre straboccano di teste, i balconi sono un pigia pigia di corpi che si sbracciano, si sporgono per vedere meglio. I Ministri di Giustizia con le verghe gialle, la Guardia Regia con lo stendardo viola e oro, i Granatieri muniti di baionetta, sono lì fermi che trattengono a stento l'impazienza della calca.

Cosa sta per succedere? la bambina lo indovina ma non osa rispondersi. Tutte quelle teste vocianti sembrano bussare al suo silenzio chiedendo di entrare.

Marianna distoglie lo sguardo dalla ressa, lo dirige verso il ragazzo sdentato. Lo vede fermo, impettito: non trema più, non casca su se stesso. Ha un luccichio di orgoglio negli occhi: tutto quel putiferio per lui! quella gente vestita a festa, quei cavalli, quelle carrozze, aspettano proprio lui. Quegli stendardi, quelle divise dai bottoni scintillanti, quei cappelli piumati, quegli ori, quelle porpore, tutto per lui solo, è un miracolo!

Due guardiani lo distolgono brutalmente dall'estatica contemplazione del proprio trionfo. Attaccano alla cordicella con cui gli hanno legato le mani, un'altra corda più lunga e robusta che assicurano alla coda di una mula. E così legato lo trascinano verso il centro della piazza.

In fondo sullo Steri fa mostra di sé una splendida bandiera rosso sangue. È da lì, dal palazzo Chiaramonte che escono adesso i Grandi Padri dell'Inquisizione, a due a due, preceduti e seguiti da un nugolo di chierichetti.

Al centro della piazza un palco alto due o tre bracci, proprio come quelli su cui si rappresentano le storie di Nofriu e Travaglino, di Nardo e di Tiberio. Solo che al posto della tela nera c'è un tetro aggeggio di legno; una specie di L capovolta a cui è appesa una corda con un cappio.

Marianna viene spinta dal signor padre che segue il prigioniero che segue a sua volta la mula. Ora la processione è partita e nessuno può fermarla per nessuna ragione: i cavalli della Guardia Regia in testa, i Signori Bianchi incappucciati, i Ministri della Giustizia, gli Arcidiaconi, i sacerdoti, i frati scalzi, i tamburini, le trombe, un lungo corteo che si apre faticosamente la strada fra la folla eccitata.

La forca è lì a qualche passo di distanza eppure sembra lontanissima dal tempo che impiegano per arrivarci facendo dei giri capziosi attorno alla piazza.

Finalmente il piede di Marianna urta contro un gradino di legno. Ora sono proprio approdati. Il signor padre sta salendo le scale assieme al condannato preceduto dal boia e seguito dagli altri Fratelli della Buona Morte.

Il ragazzo ha di nuovo quel sorriso stralunato sulla faccia bianca. È il signor padre che lo incanta, lo affascina con le sue parole di consolazione, lo spinge verso il paradiso descrivendogli le delizie di un soggiorno fatto di riposi, di ozii, di mangiate e di dormite colossali. Il ragazzo proprio come un bambino imbambolato dalle parole di una madre più che di un padre, sembra non agognare altro che correre nel mondo dell'aldilà dove non ci sono prigioni né pidocchi né malattie né patimenti ma solo giulebbe e riposo.

La bambina allarga le pupille indolenzite; ora un desiderio le salta in groppa: essere lui, anche solo per un'ora, essere quel ragazzo sdentato con gli occhi che spurgano per potere ascoltare la voce del signor padre, bersi il miele di quel suono perduto troppo presto, solo una volta, anche a costo di morire poi impiccata a quella fune che penzola al sole.

Il boia continua a mangiare semi di zucca che poi sputa in alto con aria di sfida. Tutto proprio come nel teatrino del Casotto: ora Nardo tirerà su la testa e il boia gli darà un fracco di legnate. Nardo agiterà le braccia, cadrà sotto il palco e poi tornerà su vivo più di prima per prendere altre legnate, altri insulti.

E proprio come a teatro la folla ride, chiacchiera, mangia aspettando le bastonate. I venditori di acqua e "zammù" vengono fin sotto il palco a porgere i loro "gotti" prendendosi a spintoni coi venditori di "vasteddi e meusa", di polipi bolliti e di fichi d'India. Ciascuno vanta la sua merce a colpi di gomito.

Un caramellaio arriva sotto il naso della bambina e quasi indovinando che è sorda, le porge con gesti eloquenti lo scaffaletto portabile legato al collo con un laccio bisunto. Lei butta uno sguardo di sbieco su quei cilindretti di metallo. Basterebbe allungare una mano, tirarne su uno, spingere col dito per aprire il cerchietto e fare sgusciare fuori il piccolo cilindro al gusto di vaniglia. Ma non vuole distrarsi; la sua attenzione è rivolta altrove, al di sopra di quei gradini di legno annerito dove il signor padre continua a parlare basso e dolce al condannato come se fosse carne della sua carne.

Gli ultimi gradini sono stati raggiunti. Ora il duca Ucrìa accenna un inchino alle autorità sedute in faccia al palco: ai senatori, ai principi, ai magistrati. E poi si inginocchia pensoso col rosario fra le dita. La folla per un momento si acquieta. Perfino i venditori ambulanti smettono di agitarsi e se ne stanno lì con i loro banchetti mobili, le loro cinghie, le loro merci esposte, a bocca aperta e il naso per aria.

Finita la preghiera il signor padre porge il crocifisso da baciare al condannato. E sembra che al posto di Cristo in croce ci sia lui stesso, nudo, martoriato, con le belle carni d'avorio e la corona di spine in testa a offrirsi a quelle labbra stolide di ragazzo impaurito per rassicurarlo, ammansirlo, e mandarlo all'altro mondo contento e placato.

Con lei non è mai stato così tenero, mai così carnale, così vicino, si dice Marianna, non le ha mai dato il suo corpo da baciare, non le è mai stato addosso così come se volesse covarla coprendola di parole tenere e rassicuranti.

Lo sguardo della bambina si sposta sul condannato e lo vede piegarsi penosamente sulle ginocchia. Le parole seducenti del duca Ucrìa vengono spazzate via dal contatto freddo e viscido della corda che il boia gli sta girando intorno al collo. Ma pure riesce in qualche modo a rimanere in piedi mentre il naso prende a colargli. E lui tenta di liberare una mano per pulirsi il moccio che gli gocciola sulle labbra, sul mento. Ma la mano resta legata dietro la schiena. Due, tre volte la spalla si alza, il braccio si torce, sembra che pulirsi il naso in quel momento sia la sola cosa che conti.

L'aria vibra per i colpi di un grosso tamburo. Il boia ad un cenno del Magistrato dà un calcio alla cassetta su cui aveva costretto il ragazzo a salire. Il corpo ha un sussulto, si stira, ricade su se stesso, prende a girare.

Ma qualcosa non ha funzionato. L'impiccato anziché penzolare come un sacco continua a torcersi sospeso per aria, il collo gonfio, gli occhi strabuzzati fuori dalle orbite.

Il boia vedendo che la sua opera non è riuscita si issa con la forza delle braccia sulla forca, salta addosso all'impiccato e per qualche secondo ciondolano tutti e due appesi alla corda come due ranocchi in amore mentre la folla trattiene il fiato.

Ma ora è davvero morto; lo si capisce dalla consistenza di pupazzo che ha preso il corpo appeso. Il boia scivola disinvolto lungo il palo, casca sul palco con un salto agile. La gente prende a lanciare i berretti per aria. Un giovanissimo brigante che ha ammazzato una decina di persone è stato giustiziato. Questo lo saprà dopo, la bambina. Ora è lì a chiedersi cosa può avere fatto un bambino poco più grande di lei e dalla faccia così spaurita e stupida.

Il signor padre si china sulla figlia, estenuato. Le tocca la bocca come se si aspettasse un miracolo. Le agguanta il mento, la guarda negli occhi minaccioso e supplice. «Devi parlare» dicono le sue labbra, «devi aprire quella maledetta bocca di pesce!»

La bambina prova a spiccicare le labbra ma non ce la fa. Il suo corpo è preso da un tremito inarrestabile. Le mani ancora aggrappate alle pieghe del saio paterno sono rigide, di pietra.

Il ragazzo che voleva uccidere è morto. E si chiede se può essere stata lei a ucciderlo avendo desiderato la sua morte come si desidera un bene proibito.

V

I fratelli in posa davanti a lei. Un gruppo colorato, scalpitante: Signoretto così simile al signor padre con quei capelli fini, le gambe tornite, la faccia festosa e fiduciosa; Fiammetta nel suo vestitino da suora, i capelli raccolti dentro la cuffia merlettata; Carlo dalle brache corte che gli stringono le cosce grasse, gli occhi neri scintillanti; Geraldo che da poco ha perso i denti di latte e sorride come un vecchio; Agata dalla pelle chiara e trasparente cosparsa di morsi di zanzara.

I cinque osservano la sorella mutola china sulla tavolozza e sembra che siano loro a dipingere lei e non lei loro. La spiano mentre curva sui colori, pasticcia con la punta del pennello nel grasso e poi torna alla tela e di colpo il bianco si copre di un giallo tenerissimo e sul giallo si stende il celeste a pennellate limpide e felici.

Carlo dice qualcosa che li fa scoppiare a ridere. Marianna li prega a gesti di stare fermi ancora un poco. Il disegno a carboncino è lì sulla tela con le teste, i colletti, le braccia, le facce, i piedi. Il colore stenta a prendere corpo, tende a diluirsi, a colare verso il basso. E loro si irrigidiscono pazienti ancora per qualche minuto. Ma poi è Geraldo che rompe l'equilibrio dando un pizzicotto a Fiammetta che reagisce con un calcio. E subito sono gomitate, spintoni, schiaffi. Finché Signoretto non li mette a posto con degli scappellotti: è il maggiore e può farlo.

Marianna riprende a intridere il pennello nel bianco, nel rosa, mentre i suoi occhi si spostano dalla tela al gruppo. C'è qualcosa di incorporeo in questo suo ritratto, qualcosa di troppo levigato, irreale. Sembra quasi uno di quei "portretti" ufficiali che si fanno fare le amiche della signora madre, tutti impettiti e irrigiditi in cui dell'immagine originale non rimane che un ricordo lontano.

Dovrà ripensare di più ai loro caratteri, si dice, se non vuole lasciarseli sfuggire. Signoretto che si è messo in rivalità col padre, i suoi modi autoritarii, le sue sonore risate. E la signora madre che lo protegge: quando li vede scontrarsi, padre e figlio, li guarda sorniona, quasi divertita. Ma gli sguardi di indulgenza si soffermano sul capo del figlio con una tale intensità da risultare evidenti a tutti.

Il signor padre, invece, ne è irritato: quel bambino non solo gli assomiglia sorprendentemente ma rifà i suoi movimenti meglio di lui, con più garbo e tensione. Come avere davanti uno specchio che lo adula e nello stesso tempo gli ricorda che presto sarà sostituito senza dolore. Fra l'altro è il primo e porta il suo stesso nome.

Con la sorella mutola Signoretto di solito è protettivo, un poco geloso delle attenzioni che le rivolge il signor padre; sprezzante a momenti verso la sua mutilazione, a momenti invece la prende a pretesto per mostrare agli altri quanto è generoso; ma non si sa mai dove comincia la verità e dove la recita.

Accanto a lui Fiammetta nel vestito da monaca, le sopracciglia a stanghetta, gli occhi troppo vicini, i denti accavallati. Non è bella come Agata e perciò l'hanno destinata al convento. Anche se trovasse marito non si potrebbe certo contrattare come si fa con una autentica bellezza. Nella piccola faccia storta e accesa della bambina c'è già la sfida contro un futuro di prigioniera che d'altronde ha accettato spavaldamente portando quella tunica che cancella ogni forma del suo corpo femminile.

Carlo e Geraldo, quindici anni l'uno e undici l'altro, sono così simili che sembrano gemelli. Ma uno finirà in convento e l'altro farà il dragone. Spesso vestiti come un abate e un soldato in miniatura, Carlo in saio e Geraldo in uniforme, appena si trovano in giardino si divertono a scambiarsi gli abiti rotolandosi poi per terra avvinghiati in modo da rovinare sia il saio color crema che la bella divisa dagli alamari d'oro.

Carlo tende a ingrassare. È avido di dolci e di cibi speziati. Ma è anche il più affettuoso dei fratelli, con lei, e spesso viene a cercarla solo per tenerle una mano.

Agata la più piccola è la più bella. Per lei si sta già contrattando un matrimonio che, non togliendo niente alla Casata, salvo una dote di trentamila scudi, darà la possibilità alla famiglia di estendere la sua influenza, di contrarre parentele utili, di stabilire discendenze danarose.

Quando Marianna torna ad alzare gli occhi sui fratelli si accorge che sono spariti. Hanno approfittato del suo starsene assorta sulla tela per squagliarsela, contando sul fatto che non li avrebbe sentiti sghignazzare e correre.

Voltando la testa fa in tempo a scorgere un pezzo della gonnella di Agata che scompare dietro la "casena" fra gli spunzoni delle agavi.

Ora come farà a continuare il quadro? dovrà pescare nella memoria, tanto sa già che non torneranno mai a raggrupparsi davanti a lei come hanno fatto oggi dopo tanto insistere e aspettare.

Il vuoto lasciato dai loro corpi è stato subito riempito dalla palma nana, dai cespugli di gelsomini e dagli ulivi che digradano verso il mare. Perché non dipingere quel paesaggio quieto e sempre uguale a se stesso invece dei fratelli che non stanno mai fermi? ha più profondità e mistero, si mette gentilmente in posa da secoli e sembra pronto ad ogni gioco.

La mano adolescente di Marianna si allunga verso un'altra tela che appoggia al posto della prima sul cavalletto; intinge il pennello nel verde molle e oleoso. Ma da dove cominciare? dal verde tutto nuovo e brillante della palma nana o dal verde formicolante di azzurro della piana degli ulivi o dal verde striato di giallo delle pendici di monte Catalfano?

Potrebbe anche dipingere la "casena" così come l'ha costruita il nonno Mariano Ucrìa, con le sue forme squadrate e tozze, le sue finestre più adatte a una torre che a una casa di campagna. Un giorno la "casena" sarà trasformata in villa, ne è certa e lei la abiterà anche d'inverno perché le sue radici affondano in quella terra che ama più delle "balati" di Palermo.

Mentre se ne sta incerta col pennello gocciolante sulla tela si sente tirare per una manica. Volta la testa. È Agata che le porge un foglietto.

«Lu puparu arrivò, vieni!» dalla grafia capisce che si tratta di Signoretto. Infatti suona più come un ordine che come un invito.

Si alza in piedi, asciuga il pennello grondante di verde sullo straccetto umido, si pulisce le mani stropicciandole contro il grembiule di cotone a righe e si incammina verso il cortile d'ingresso seguendo la sorella.

Carlo, Geraldo, Fiammetta e Signoretto sono già attorno al Tutui. Il puparo ha legato l'asino al fico e sta finendo di montare il suo teatrino. Quattro assi verticali che si incrociano con tre pertiche orizzontali. Torno torno quattro braccia di tela nera.

Intanto alle finestre si sono affacciate le serve, la cuoca Innocenza, don Raffaele Cuffa e perfino la signora madre a cui il puparo si rivolge subito con un grande inchino.

La duchessa gli lancia una moneta da dieci tarì e lui la raccoglie rapido, se la caccia dentro la camicia, fa un'altra riverenza teatrale e poi va a prendere i suoi pupazzi in una bisaccia appesa sui fianchi dell'asino.

Marianna ha già visto quelle bastonate, quelle teste che crollano sotto il palco per riapparire subito dopo baldanzose e irridenti. Ogni anno in questa stagione il Tutui appare alla "casena" di Bagheria per divertire i bambini. Ogni anno la duchessa lancia una moneta da dieci tarì e il puparo si consuma in inchini e scappellate talmente esagerate da apparire delle prese in giro.

Nel frattempo non si sa come avvertiti e da chi, arrivano decine di "picciriddi" dalle campagne vicine. Le serve scendono in cortile asciugandosi le mani, ravviandosi i capelli. Spuntano pure il vaccaro don Ciccio Calò con le figlie gemelle Lina e Lena, il giardiniere Peppe Geraci con la moglie Maria e i cinque figli, nonché il lacchè don Peppino Cannarota.

Ecco Nardo che prende a legnate Tiberio e bum e bum. Lo spettacolo è cominciato e ancora i bambini non hanno smesso di giocare. Ma un momento dopo sono tutti lì seduti per terra col naso per aria, gli occhi fissi sulla scena.

Marianna rimane in piedi un poco in disparte. I bambini le mettono paura: troppo spesso è stata oggetto dei loro scherzi. Le saltano addosso senza farsi vedere per godersi le sue reazioni, scommettono fra di loro su chi riuscirà a fare esplodere un petardo senza che lei se ne accorga.

Intanto dal fondo di quella tela nera è apparso un oggetto nuovo, imprevisto: una forca. Non si era mai visto un patibolo nel teatrino del Tutui e al suo apparire i "picciriddi" trattengono il fiato per l'emozione, questa sì che è una novità eccitante!

Un gendarme con la spada al fianco, dopo avere rincorso il solito Nardo su e giù lungo la tela nera, lo afferra per il collo e gli infila la testa nel cappio. Un tamburino appare sulla sinistra e Nardo viene fatto salire su un panchetto. Poi, ecco, con un calcio il gendarme scaraventa via il panchetto e Nardo ricade su se stesso mentre la corda prende a girare.

Marianna è scossa da un tremito. Qualcosa si agita nella sua memoria come un pesce preso all'amo, qualcosa che non vuole venire su e tira scuotendo le acque quiete della sua coscienza. La mano si alza a cercare il saio ruvido del signor padre ma non incontra che i peli ispidi della coda dell'asino.

Nardo penzola nel vuoto, penzola con tutta la leggerezza del suo corpo di ragazzo cisposo e sdentato, lo sguardo fisso in uno stupore senza scampo e sembra che ancora alzi la spalla spasmodico per liberare una mano per potersi pulire il naso che cola.

Marianna cade all'indietro rigida e pesante battendo la testa sulla terra nuda e dura del cortile. Tutti si voltano. Agata accorre verso di lei seguita da Carlo che scoppia a piangere chino sulla sorella. La moglie di Cannarota le fa vento col grembiule mentre una serva si slancia a chiamare la duchessa. Il puparo si affaccia da sotto la tenda nera con il pupazzo in mano, a testa in giù, mentre Nardo continua a penzolare in alto sulla forca.

VI

Un'ora dopo, Marianna si sveglia nella camera da letto dei genitori con una pezzuola fradicia che le pesa sulla fronte. L'aceto le cola fra le ciglia bruciandole gli occhi. La signora madre è china su di lei: l'ha riconosciuta prima ancora di aprire le palpebre dall'odore forte di trinciato al miele.

La figlia guarda alla madre da sotto in su: le labbra tonde e appena velate da una peluria bionda, le narici annerite dalle tante prese di tabacco, gli occhi grandi gentili e bui; non saprebbe dire se sia bella oppure no, certo c'è qualcosa in lei che la indispone, ma cosa? forse quel suo cedere a ogni spinta, quella quiete inamovibile, quel suo sprofondare nei fumi dolciastri del tabacco, indifferente a tutto.

Ha sempre sospettato che la signora madre, in un lontano passato in cui era giovanissima e immaginosa, ha scelto di farsi morta per non dovere morire. Da lì deve venire quella sua speciale capacità di accettare ogni noia col massimo della accondiscendenza e il minimo dello sforzo.

La nonna Giuseppa prima di morire le scriveva qualche volta della madre sul quaderno dai gigli di Francia: «Era così bella che tutti la volevano a tua madre, ma lei non voleva nessuno. "Cabeza de cabra" come quella testarda di sua madre, Giulia che veniva dalle parti di Granada. Non voleva sposare il cugino, non lo voleva a tuo padre Signoretto. E tutti ci dicevano: ma è un beddu pupu, e veramente beddu è, non perché è figlio mio ma ci si sciacqua gli occhi a guardarlo. Si sposò con la "funcia" tua madre che pareva andasse al funerale e poi dopo un mese di matrimonio si innamorò del marito e tanto lo amava che cominciò a fumare... la notte non dormiva più e perciò prendeva il laudano...».

Quando la duchessa Maria vede che la figlia si riprende va verso lo scrittoio, afferra un foglio di carta e vi scrive sopra qualcosa. Asciuga l'inchiostro con la cenere e porge il foglio alla ragazzina.

«Come stai figghiuzza?»

Marianna tossisce sputando l'aceto che le è colato fra i denti nel tirarsi su. La signora madre le toglie ridendo lo straccio bagnato dalla faccia. Poi si dirige alla scrivania, scarabocchia ancora qualcosa e torna col foglio verso il letto.

«Ora hai tredici anni approfitto per dirtelo che ti devi maritari che ti avimu trovato uno zito per te perché non ti fazzu monachella come è destino di tua sorela Fiametta.»

La ragazzina rilegge le parole frettolose della madre che scrive ignorando le doppie, mescolando il dialetto con l'italiano, usando una grafia zoppicante e piena di ondeggiamenti. Un marito? ma perché? pensava che mutilata com'è, le fosse interdetto il matrimonio. E poi ha appena tredici anni.

La signora madre ora aspetta una risposta. Le sorride affettuosa ma di una affettuosità un poco recitata. A lei questa figlia sordomuta mette addosso un senso di pena insostenibile, un imbarazzo che la gela. Non sa come prenderla, come farsi intendere da lei. Già lo scrivere le piace poco: leggere poi la grafia degli altri è una vera tortura. Ma con abnegazione materna si dirige docile verso la scrivania, afferra un altro foglio, prende la penna d'oca e la boccetta dell'inchiostro e porta ogni cosa alla figlia distesa sul letto.

«Alla mutola un marito?» scrive Marianna appoggiandosi su un gomito e macchiando nella confusione, il lenzuolo di inchiostro.

«Il signor padre tutto fici per farti parlari portandoti cu iddu perfino alla Vicaria che ti giovava lo scantu ma non parlasti perché sei una testa di balata, non hai volontà... tua sorella Fiammetta si sposa con Cristo, Agata è promessa col figghiu del principe di Torre Mosca, tu hai il dovere di accettare lu zitu che ti indichiamo perché ti vogliamo bene e perciò non ti lasciamo niescere dalla familia per questo ti diamo allo zio Pietro Ucrìa di Campo Spagnolo, barone della Scannatura, di Bosco Grande e di Fiume Mendola, conte della Sala di Paruta, marchese di Sollazzi e di Taya. Che poi oltre a essere mio fratello è pure cugino di tuo padre e ti vuole bene è in lui solo ci puoi trovare un ricetto all'anima.»

Marianna legge accigliata non facendo più caso agli errori di ortografia della madre né alle parole in dialetto gettate lì a manciate. Rilegge soprattutto le ultime righe: quindi il fidanzato, lo "zitu", sarebbe lo zio Pietro? quell'uomo triste, ingrugnato, sempre vestito di rosso che in famiglia chiamano "il gambero"?

«Non mi marito», scrive rabbiosa dietro il foglio ancora umido delle parole della madre.

La duchessa Maria torna paziente allo scrittoio, la fronte cosparsa di goccioline di sudore: che fatica le fa fare questa figlia mutola: non vuole capire che è un impiccio e basta.

«Nessuno ti prende attia Mariannina mia. E per il convento ci vuole la dote, lo sai. Già stiamo preparando i soldi per Fiammetta, costa caro. Lo zio Pietro ti prende senza niente perché ti vuole bene e tutte le sue terre seriano le tue, intendisti?»

Ora la signora madre ha posato la penna e le parla fitto fitto come se lei potesse sentirla, accarezzandole con un gesto distratto i capelli bagnati di aceto.

Infine strappa la penna dalle mani della figlia che sta per scrivere qualcosa e traccia rapida, con orgoglio, queste parole:

«In contanti e subito quindicimila scudi.»

VII

Una pila di mattoni di tufo sparsi per il cortile. Secchi di gesso, montagnole di sabbia. Marianna cammina su e giù sotto il sole con la gonna legata in vita per non infradiciarsi gli orli.

Gli scarponcini dai bottoni slacciati, i capelli raccolti sulla nuca con gli spadini d'argento regalatile da suo marito. Intorno c'è una grande confusione di pezzi di legno, cazzuole, pale, palette, carriole, martelli e asce.

Il mal di schiena è diventato quasi insopportabile; gli occhi cercano un posto dove riposare per qualche minuto all'ombra. Un grosso sasso vicino alla stalla, perché no, anche se intorno si sdrucciola per il fango. Marianna si lascia scivolare sulla pietra tenendosi la schiena con le mani. Si guarda il ventre; il gonfiore si vede appena eppure sono già cinque mesi ed è la terza gravidanza.

Eccola lì la villa bellissima davanti a lei. Della "casena" non c'è più traccia. Al suo posto un corpo centrale a tre piani, una scala che si snoda elegante con un movimento serpentino. Dal tronco centrale partono due ali colonnate che si allargano e poi si stringono fino a compiere un cerchio quasi completo. Le finestre si alternano secondo un ritmo regolare: uno, due, tre, uno; uno, due tre, uno, quasi una danza, un tarascone. Alcune sono vere, altre dipinte per mantenere il tempo della fuga. In una di quelle finestre ci farà dipingere una tenda e forse una testa di donna che si affaccia, forse lei stessa che guarda da dietro il vetro.

Il signor marito zio voleva lasciare la "casena" così com'era stata costruita dal nonno Mariano, così come i cugini se l'erano divisa di buon accordo per tanto tempo. Ma lei aveva insistito, tanto che alla fine l'aveva convinto a farne una villa dove si potesse passare anche l'inverno, fornita di stanze per i figli, per la servitù, per gli amici ospiti. Intanto il signor padre aveva preso un'altra "casena" da caccia dalle parti di Santa Flavia.

Sul cantiere il signor marito zio si faceva vedere poco. Aveva in uggia i mattoni, la polvere, la calce. Preferiva rimanere a Palermo nella casa di via Alloro mentre lei a Bagheria trafficava con gli operai e i pittori. Anche l'architetto ci veniva poco volentieri e lasciava tutto in mano al capomastro e alla giovane duchessa.

Di soldi ne aveva già ingoiati tanti quella villa. Solo l'architetto aveva voluto seicento onze. I mattoni di pietra arenaria si rompevano in continuazione e bisognava farne venire dei nuovi ogni settimana, il capomastro era caduto da una impalcatura rompendosi un braccio e i lavori si erano dovuti fermare per due mesi.

Quando mancavano solo i pavimenti, poi, era scoppiato il vaiolo, a Bagheria: tre muratori si erano ammalati e di nuovo i lavori si erano dovuti interrompere per mesi. Il signor marito zio era andato a rifugiarsi a Torre Scannatura con le figlie Giuseppa e Felice. Lei era rimasta nonostante i biglietti ingiuntivi del duca: «Venite via o vi prenderà il male... avete il dovere di pensare al figlio che tenete in petto».

Ma lei aveva resistito: voleva restare e aveva chiesto per sé solo la compagnia di Innocenza. Tutti gli altri potevano andarsene sulle colline di Scannatura.

Il signor marito zio si era offeso ma non aveva insistito troppo. Dopo quattro anni di matrimonio aveva rinunciato all'obbedienza della moglie; rispettava le volontà di lei purché non lo coinvolgessero troppo in prima persona, purché non contraddicessero la sua idea di educazione per i figli e non ostacolassero i suoi diritti di marito.

Non pretendeva, come il marito di Agata, di intervenire in ogni decisione della sua giornata. Silenzioso, solitario, la testa incassata fra le spalle come una vecchia tartaruga, l'aria sempre scontenta e severa, lo zio marito era in fondo più tollerante di tanti altri mariti che lei conosceva.

Non l'aveva mai visto sorridere salvo una volta che lei si

era tolta una scarpa per infilare il piede nudo nell'acqua della fontana. Poi mai più. Fin dalla prima notte quell'uomo freddo e timido aveva preso l'abitudine di dormire sul bordo del letto, voltandole la schiena. Poi una mattina, mentre lei ancora era immersa nel sonno, le si era buttato addosso e l'aveva violentata.

Il corpo della moglie tredicenne aveva reagito a calci e unghiate. La mattina dopo molto presto Marianna era scappata a Palermo dai genitori. E lì la signora madre le aveva scritto che aveva fatto malissimo ad andarsene dal suo posto di "mugghieri", comportandosi come "un purpu inchiostrato" che butta discredito su tutta la famiglia.

«Chi si marita e non si pente, compra Palermo a sole cent'onze» e «Cu si marita p' amuri sempri campa 'n duluri» e «Femmina e gaddina si perde si troppu cammina» e «La bona mugghieri fa bonu maritu» l'avevano investita con rimproveri e proverbi. Con la madre ci si era messa anche la zia Teresa professa scrivendole che andandosene dal tetto coniugale aveva fatto "peccato mortale".

Per non parlare della vecchia zia Agata che l'aveva presa per una mano, le aveva strappata la fede e gliela aveva fatta mettere fra i denti con la forza. E infine perfino il signor padre l'aveva redarguita e poi l'aveva riaccompagnata a Bagheria col suo calesse personale consegnandola al marito, con la preghiera che non infierisse su di lei per riguardo alla sua giovane età e alla sua mutilazione.

«Chiudi gli occhi e pensa ad altro» aveva scritto la zia Professa cacciandole il foglietto nella tasca, dove l'aveva trovato più tardi tornando a casa: «Prega lu Signuri, iddu ti ricompenserà».

La mattina il signor marito zio si alzava presto, verso le cinque. Si vestiva in fretta mentre lei dormiva e se ne andava per le sue campagne con Raffaele Cuffa. Rientrava verso l'una e mezzo. Mangiava con lei. Poi dormiva un'ora e quindi tornava fuori oppure si chiudeva in biblioteca con i suoi libri di araldica.

Con lei era cortese ma freddo. Sembrava dimenticarsi di avere una moglie per giornate intere. Alle volte se ne andava a Palermo e ci rimaneva per una settimana. Poi d'improvviso tornava e Marianna sorprendeva uno sguardo tetro e insistente sul suo petto. Istintivamente si copriva la scollatura.

Quando la giovane moglie si pettinava seduta vicina alla finestra, il duca Pietro a volte la spiava di lontano. Ma appena si accorgeva di essere visto scappava via. D'altronde era difficile che restassero soli di giorno perché c'era sempre una serva che girava per le stanze accendendo un lume, rifacendo il letto, riponendo la biancheria pulita negli armadi, lucidando le maniglie delle porte, sistemando gli asciugamani appena stirati nel "cantaranu" accanto alla bacinella dell'acqua.

Una zanzara grossa come un moscone si posa sul braccio nudo di Marianna che la guarda un istante incuriosita prima di cacciarla via. Da dove può venire una zanzara così gigantesca? la pozza vicino alle stalle l'ha fatta prosciugare già da sei mesi, il canale che porta l'acqua ai limoni è stato ripulito l'anno scorso; i due pantani sul sentiero che scende all'uliveto sono stati riempiti di terra già da qualche settimana. Ci deve essere dell'altra acqua stagnante da qualche parte, ma dove?

Le ombre intanto si sono allungate. Il sole è scivolato dietro la casa del vaccaro Ciccio Calò lasciando il cortile a metà all'oscuro. Un'altra zanzara viene a posarsi sul collo sudato di Marianna che fa un gesto di impazienza: dovrà gettare della calce viva nelle stalle; forse è proprio l'acqua dell'abbeveratoio che serve anche per le mucche messinesi a dare vita a quelle sanguisughe. Ci sono dei giorni dell'anno in cui non c'è rete, non c'è velo, non c'è essenza che possa tenere lontane le zanzare. Una volta la preferita, quella che le attirava tutte, era Agata. Ora che anche lei si è sposata, ed è andata a vivere a Palermo, sembra che gli insetti amino soprattutto le braccia bianche, nude, il collo sottile di Marianna. In camera da letto stanotte dovrà fare bruciare delle foglie di verbena.

Il lavoro della villa è quasi alla fine ormai. Mancano solo le rifiniture degli interni. Per gli affreschi ha interpellato l'Intermassimi che si è presentato con un rotolo sotto il braccio, un tricorno sudicio in testa, gli stivali larghi in cui nuotavano due gambine secche e corte.

È sceso da cavallo, ha fatto un inchino, le ha sorriso compunto fra seducente e baldanzoso. Ha srotolato il foglio sotto gli occhi di lei spianandolo con due mani piccole e grassocce che l'hanno inquietata.

I disegni sono arditi e fantasiosi, rigorosi nelle forme, rispettosi della tradizione ma come abitati da un pensiero notturno, malizioso e sfolgorante. Marianna aveva ammirato le teste delle chimere che non avevano forma di leone, come vuole il mito, ma portavano sul collo una testa donna. Osservandole una seconda volta si era accorta che assomigliavano stranamente a lei e questo l'aveva un poco stupita; come ha fatto a ritrarla in quelle strane bestie mitiche avendola vista una volta sola e nel giorno del suo matrimonio, cioè quando lei contava appena tredici anni?

Sotto quelle teste bionde dai larghi occhi azzurri si allunga un corpo di leone coperto di riccioli bizzarri, il dorso mosso da creste, piume, criniere. Le zampe sono irte di unghie a becco di pappagallo, la coda lunga fa degli anelli, delle spirali che si lanciano in avanti e tornano indietro con la punta biforcuta proprio come i cani che tanto terrorizzano la signora madre. Qualcuna porta sul dorso, a metà schiena, una testina di capra che sporge occhiuta e petulante. Altre no. Ma tutte guardano fra le ciglia lunghe con un'aria di stupita sorpresa.

Il pittore le buttava gli occhi addosso, ammirato, per niente imbarazzato dal suo mutismo. Anzi, aveva subito cominciato a parlarle con gli occhi, senza allungare la mano verso i foglietti che lei teneva cuciti alla vita assieme con l'astuccio delle penne e l'inchiostro.

Le pupille lucenti dicevano che il piccolo e peloso pittore di Reggio Calabria era pronto a impastare con le sue manine scure e gonfie il corpo latteo della giovane duchessa come fosse una pasta messa lì a lievitare per lui.

Lei lo aveva guardato con disprezzo. Non le piaceva quel modo spavaldo e arrogante di proporsi. E poi cos'era? un semplice pittore, un oscuro individuo venuto su da qualche catapecchia calabrese, messo al mondo da genitori magari vaccari o pecorai.

Salvo poi a ridere di sé, nel buio della camera da letto.

Sapeva che quello sdegno sociale era finto, che nascondeva un turbamento mai provato, una paura improvvisa che le chiudeva la gola. Nessuno finora aveva mostrato in sua presenza un desiderio così visibile e ostentato per il suo corpo e questo le sembrava inaudito ma anche l'incuriosiva.

Il giorno dopo aveva fatto dire al pittore che non c'era e il giorno appresso gli aveva scritto un biglietto per ordinargli che cominciasse pure i lavori, gli metteva a disposizione due ragazzi per mescolare i colori e pulirgli i pennelli. Lei se ne sarebbe rimasta chiusa in biblioteca a leggere.

E così era stato. Ma due volte era uscita sul pianerottolo a guardarlo mentre, appollaiato sulle impalcature, trafficava col carboncino sulle pareti bianche. Le piaceva osservare come si muovevano quelle piccole mani pelose e paffute. I disegni erano sicuri ed eleganti, rivelavano un mestiere così profondo e delicato che non potevano non suscitare ammirazione.

Con quelle mani sporche di colore si stropicciava il naso macchiandolo di giallo e di verde, agguantava il "vasteddu ca meusa" e se lo portava alla bocca perdendo filetti di milza fritta e briciole di pane.

VIII

Nessuno si aspettava che il terzo figlio, anzi la terza figlia nascesse così presto, quasi un mese in anticipo e con i piedi in avanti come un vitello frettoloso. La levatrice aveva sudato tanto che i capelli le si erano incollati al cranio come se avesse preso una secchiata d'acqua in testa.

Marianna aveva seguito i movimenti delle mani di lei come se non le avesse mai viste. A mollo nella catinella d'acqua bollente e poi nel grasso di sugna, un segno di croce sul petto e di nuovo sprofondate nell'acqua della "cantara". Intanto Innocenza passava delle pezzuole bagnate nell'essenza di bergamotto sulla bocca e sul ventre teso della puerpera.

> Niesci niesci cosa fitenti
> ca lu cumanna Diu 'nniputenti.

Marianna conosceva le formule e le leggeva sulle labbra della levatrice. Sapeva che stava per essere raggiunta dai suoi pensieri ma non aveva fatto niente per scansarli. Forse allevieranno il dolore, si era detta e aveva chiuso gli occhi per concentrarsi.

«Che fa questo fetente?... perché non niesci? si è messo male questa testa di rapa... che fece, si rivoltò? le gambe ci escono di davanti e le braccia sono inquartate di lato, pare che balla... e balla e balla minchiuneddu... ma perché non niesci babaluceddu?... se non niesci ti prendo a bastonate... alla duchessa poi come ce li chiedo i quaranta tarì promessi?... ahhhh ma questa è na picciridda! ahi ahi, tutte femmine ci escono da questo ventre sciagurato, che disgrazia! mutola com'è non ha fortuna... Niesci niesci fetentissima femmina... e se ti prometto un agnello di zucchero niesci? no, non vuole niescere... e se ti prometto una cantara di baci niesci?... se questa non niesce mi gioco il mestiere... tutti sapranno che Titina la mammana sbagliò travaglio, non ce la fece a farla niescere e fece morire madre e figghia... santa madonna aiutami tu... anche se non hai partorito madonnazza mia, aiutami... ma che ne sai tu di parti e travagli... fammi nascere questa femmina che poi ti accendo un cero grosso quanto una colonna, te lo giuro su Dio, dovessi spendere tutto il denaro che mi darà la duchessa buonanima...»

Se perfino la levatrice la dava per morta forse era tempo di prepararsi ad andare via con la bambina chiusa nella pancia. Doveva subito recitare mentalmente qualche preghiera, chiedere perdono al Signore per i suoi peccati, si diceva Marianna.

Ma proprio nel momento in cui si apparecchiava a morire era uscita la bambina, colore dell'inchiostro, senza fiato. E la mammana l'aveva afferrata per i piedi scuotendola come fosse un coniglio pronto per la pentola. Finché la "picciridda" aveva fatto una faccia da vecchia scimmietta e si era messa a piangere spalancando la bocca sdentata.

Innocenza intanto aveva porto le forbici alla levatrice che aveva reciso con un colpo il cordone ombelicale e poi con una candeletta lo aveva bruciato. Il puzzo di carne era salito alle narici ansanti di Marianna: non doveva più morire, quel fumo aspro la riportava alla vita e improvvisamente si era sentita stanchissima e contenta.

Innocenza continuava a darsi da fare: puliva il letto, legava una "cincinedda" pulita attorno ai fianchi della puerpera, metteva del sale sull'ombelico della neonata, dello zucchero sul piccolo ventre ancora sporco di sangue e dell'olio sulla bocca. Infine, dopo averla sciacquata con acqua di rose, aveva avvolto la neonata nelle bende stringendola da capo a piedi come una mummia.

«E ora chi ce lo dice al duca che è un'altra fimmina?... deve essere qualcuno che ci fici la fattura a questa povera duchissa... se fosse una viddana ci darebbe un cucchiarino di ovu di canna: uno al primo giorno, due al secondo e tre al terzo e la bambina non voluta se ne va all'altro mondo... ma questi sono signori e le femmine se le tengono pure quando sono troppe... »

Marianna non riusciva a staccare gli occhi dalla mammana che asciugandole il sudore la medicava con il "conzu" che è una pezzuolina di tela bruciata inzuppata nell'olio, nella chiara d'uovo e nello zucchero. Tutto questo lo conosceva già; ogni volta che aveva partorito aveva visto le stesse cose, solo che questa volta le vedeva con gli occhi brucianti e nostalgici di una che sa di non dovere più morire. E provava un piacere tutto nuovo a seguire i gesti misurati e sicuri delle due donne che si occupavano del suo corpo con tanta solerzia.

Ora la mammana tagliava con l'unghia lunga e acuminata quella pellicola che tiene ancorata la lingua del neonato, altrimenti da grande diventa balbuziente; come vuole la tradizione e per consolare la bambina che piangeva, le aveva ficcato in bocca una ditata di miele.

L'ultima cosa che aveva visto Marianna prima di sprofondare nel sonno erano state le due mani callose della levatrice che alzavano verso la finestra la placenta, per mostrare che era intera, che non l'aveva stracciata, che non ne aveva lasciato dei brandelli nel ventre della partoriente.

Quando aveva aperto gli occhi dopo dodici ore di incoscienza Marianna si era trovata davanti le altre due figlie, Giuseppa e Felice, vestite a festa, coperte di fiocchi, di trine e di coralli. Felice già in piedi, Giuseppa in braccio alla tata. Tutte e tre la guardavano sbalordite e impacciate quasi che si fosse alzata dalla bara in mezzo al funerale. Dietro di loro c'era pure il padre, il signor marito zio, nel suo migliore abito rosso e abbozzava qualcosa di simile a un sorriso.

Le mani di Marianna si erano subito allungate a cercare la neonata accanto a sé, e non trovandola era stata presa dal dubbio: che fosse morta mentre lei dormiva? ma il mezzo sorriso di suo marito e l'aria cerimoniosa della tata vestita a festa l'avevano rassicurata.

Che si trattasse di una bambina l'aveva saputo dal primo mese di gravidanza: la pancia si ingrossava in tondo e non a punta come succede quando si aspetta un maschio. Così le aveva insegnato la nonna Giuseppa e in effetti la sua pancia ogni volta aveva preso una dolce forma di melone e ogni volta aveva sgravato una figlia. Inoltre l'aveva sognata: una testina bionda che si appoggiava contro il suo petto e la guardava con aria annoiata. La cosa strana era che sul dorso la bambina portava una testina di capra dai ricci scomposti. Che ne avrebbe fatto di un mostro simile?

Invece era nata perfetta, nonostante il mese di anticipo, solo un poco più minuta ma bella e chiara senza i tanti peli di cui era ricoperta Giuseppa quando era uscita al mondo e senza la testa a pera paonazza di Felice.

Si era subito mostrata una bambina tranquilla, quieta, che prendeva il latte quando glielo davano, senza chiedere mai niente. Non piangeva e dormiva nella posizione in cui la posavano nella culla per otto ore di seguito. Se non fosse stato per Innocenza che, con l'orologio in mano, andava a svegliare la duchessa per la poppata, madre e figlia avrebbero continuato a dormire senza tenere affatto conto di quello che dicevano le levatrici, le mammane, le balie e le madri tutte: che i figli neonati vanno allattati ogni tre ore se no sono capaci di morire di fame gettando nell'infamia la famiglia.

Aveva partorito due figlie con facilità. Questa era la terza volta e aveva rifatto una figlia. Il signor marito zio non era contento anche se gentilmente le aveva risparmiato le critiche. Marianna sapeva che finché non avesse partorito il maschio avrebbe dovuto continuare a tentare. Temeva di vedersi gettare addosso uno di quei biglietti lapidari di cui già aveva una collezione, del tipo «E lu masculu, quando vi decidete?».

Sapeva di altri mariti che avevano tolto la parola alla moglie dopo la seconda femmina. Ma lo zio Pietro era troppo sbadato per una simile determinazione. E poi le scriveva già così poco.

Eccola Manina, nata proprio durante gli ultimi lavori della villa, la figlia dei suoi diciassette anni. Ha preso il nome dalla vecchia zia Manina sorella nubile del nonno Mariano. L'albero genealogico appeso nella sala rosa è pieno di Manine: una nata nel 1420 e morta nel 1440 di peste; un'altra nata nel 1615 e morta nel 1680, Carmelitana scalza; un'altra ancora nata nel 1650 e morta due anni dopo, e l'ultima, nata nel 1651, la più vecchia della famiglia Ucrìa.

Della nonna Scebarràs ha preso i polsi sottili, il collo lungo. Dal padre duca Pietro ha preso una certa aria malinconica e severa, anche se poi ha i colori festosi e la bellezza morbida del ramo Ucrìa di Fontanasalsa.

Felice e Giuseppa giocano volentieri con la sorellina mettendole in mano dei pupazzetti di zucchero e pretendendo che li mangi, col risultato di farle impiastricciare la culla e le bende. A volte Marianna ha l'impressione che il loro affetto sia talmente rumoroso e manesco da risultare pericoloso per la neonata. E perciò le tiene continuamente d'occhio quando sono nei pressi della culla.

Da quando è nata Manina hanno perfino smesso di andare a giocare da Lina e Lena, le figlie del vaccaro Ciccio Calò, che abitano accanto alle stalle. Le due ragazze non si sono sposate. Dopo la morte della madre si sono dedicate completamente al padre, alle vacche e alla casa. Sono diventate alte e robuste, si distinguono a malapena l'una dall'altra, vanno vestite uguali con delle gonne rosse stinte, dei corpetti di velluto lilla e dei grembiuli azzurrini sempre sporchi di sangue. Da quando Innocenza ha deciso che le galline non le ammazza più, il compito di strangolarle e farle a pezzi è passato a loro che lo fanno con molta determinazione e rapidità.

Le malelingue dicono che Lina e Lena si coricano col proprio padre nello stesso letto dove una volta dormiva con la madre, che già due volte sono rimaste gravide e che hanno abortito col prezzemolo. Ma sono pettegolezzi che Raffaele Cuffa le ha scritto un giorno dietro il foglio dei conti di casa e a cui non ha voluto dare retta.

Quando stendono la biancheria le ragazze Calò cantano che è una meraviglia. Anche questo l'ha saputo per vie traverse, da una delle serve che viene a casa a lavare i panni. E Marianna si è scoperta qualche mattina appoggiata alla balaustra dipinta della lunga terrazza sopra le stalle, a guardare le ragazze che stendono la biancheria sui fili. Come si chinano insieme sul grande paniere, come si sollevano sulle punte dei piedi con un gesto elegante, come prendono un lenzuolo, lo attorcigliano stando una da un capo e una dall'altro che sembrano giocare al tiro alla fune. Vedeva che aprivano le bocche ma non poteva sapere se cantassero. E la voglia struggente di ascoltare le loro voci, che dicevano bellissime, le rimaneva insoddisfatta.

Il vaccaro loro padre le chiama con un fischio come fa con le sue mucche messinesi. E loro accorrono saltando con passi decisi e bruschi come di chi è abituato a lavori pesanti e ha muscoli forti e guizzanti. Quando il padre è via Lina e Lena chiamano a loro volta con un fischio il baio Miguelito, ci montano sopra e fanno un giro nell'uliveto aggrappandosi l'una al dorso dell'altra, senza preoccuparsi dei rami che si rompono sui fianchi del cavallo, dei rovi penzolanti che si aggrovigliano ai loro capelli lunghi.

Felice e Giuseppa vanno a trovarle nella casa "scurusa" accanto alla stalla, fra immagini di santi e orci pieni di latte messi da parte per la ricotta. Si fanno raccontare storie di morti ammazzati, di lupi mannari che poi loro ripetono al padre zio il quale ogni volta si indigna e proibisce loro di tornarci. Ma appena lui se ne va a Palermo le due bambine si precipitano in casa delle gemelle, dove mangiano pane e ricotta in mezzo a un nugolo di mosche cavalline. E il signor marito zio è talmente distratto che non si accorge neanche dell'odore che si portano addosso quando rientrano a casa di nascosto, dopo essere rimaste accovacciate per ore sulla paglia ad ascoltare storie raccapriccianti.

La notte le due bambine vengono spesso a infilarsi nel letto della madre per la paura che quelle storie hanno messo loro addosso. Qualche volta si svegliano sudate e piangenti. «Sono cretine le tue figlie, se hanno paura perché ci tornano?» È la logica del signor marito zio e non gli si può dare torto. Solo che la logica non basta a spiegare il piacere di praticare coi morti nonostante la paura e l'orrore. O forse appunto per quello.

Pensando a quelle due prime figlie sempre in fuga Marianna tira fuori dalla culla l'ultima nata. Affonda il naso nella vestina merlettata che le scende oltre i piedi e annusa quell'odore inconfondibile di borace, di orina, di latte acido, di acqua di lattuga che si portano addosso tutti i neonati e non si sa per quale ragione è l'odore più squisito del mondo. Preme contro la guancia il piccolo corpo quieto dell'ultima nata e si chiede se parlerà. Anche di Felice e di Giuseppa aveva avuto paura che non parlassero. Aveva spiato con trepidazione i loro respiri tastando con le dita le piccole gole per sentire passare il suono delle prime parole. E ogni volta si era rassicurata vedendo i labbruzzi che si aprivano e si chiudevano seguendo il ritmo delle frasi.

Il signor marito zio ieri sera è entrato in camera, si è seduto sul letto. L'ha guardata allattare con un'aria pensosa e annoiata. Poi le ha scritto un biglietto timido: «Come sta la picciridda?» e «Vi sentite meglio col petto?». Infine ha aggiunto, bonario: «Lu masculu verrà, lassamu tempu al tempu. Non vi sconfortate, verrà».

IX

Lu "masculu" è arrivato come voleva il signor marito zio, si chiama Mariano. È nato dopo due anni giusti dalla nascita di Manina. È biondo come la sorella, bello più di lei, ma di carattere differente: piange facilmente e se non ci si occupa di lui in continuazione, dà in escandescenze. Il fatto è che tutti lo tengono in palmo di mano come un gioiello prezioso e a pochi mesi ha già capito che le sue voglie saranno comunque soddisfatte.

Questa volta il signor marito zio ha sorriso apertamente, ha portato in regalo alla signora sposa una collana di perle dai chicchi rosati, grossi come ceci. Le ha pure fatto una donazione di mille scudi perché così «fanno i re con le regine quando partoriscono un maschio».

La casa si è riempita di parenti mai visti, di fiori e di dolci. La zia Teresa Professa ha portato con sé una frotta di ragazzine di famiglie nobili, future monache, ciascuna con un regalo per la puerpera: chi le consegnava un cucchiaino d'argento, chi un portaspilli in forma di cuore, chi un cuscino ricamato, chi un paio di pianelle incrostate di stelle.

Il signor fratello Signoretto è rimasto seduto per un'ora vicino alla finestra bevendo cioccolata calda con un sorriso felice impresso sulle labbra. Con lui sono venuti anche Agata e il marito don Diego con i bambini vestiti a festa.

Anche Carlo è arrivato dal suo convento di San Martino delle Scale portandole in regalo una Bibbia copiata a mano da un frate del secolo scorso, cosparsa di miniature dai colori lievi.

Giuseppa e Felice per la mortificazione di essere state dimenticate fingono di disinteressarsi del bambino. Hanno ripreso l'abitudine di andarsene da Lina e Lena dove hanno pigliato i pidocchi. Innocenza ha dovuto strigliare le loro teste col petrolio e poi con l'aceto ma sebbene i pidocchi adulti cadessero morti, quelli dentro le uova rimanevano vivi e tornavano ad infestare le capigliature moltiplicandosi rapidamente. Così si è deciso di raparle e ora vanno in giro come due dannate col cranio nudo e un'aria umiliata che fa ridere Innocenza.

Il signor padre poi si è accampato alla villa per «potere spiare il colore degli occhi del picciriddu». Dice che le pupille dei neonati sono bugiarde, che non si capisce se «sono rape o fagioli» e ogni momento se lo prende in braccio e lo "annaca" come se fosse suo figlio.

La signora madre è venuta una volta sola e lo spostamento le è costato una tale fatica che poi si è messa a letto per tre giorni. Il viaggio da Palermo a Bagheria le era apparso "eterno", e le buche "abissali" e il sole "screanzato" e la polvere "minchiona".

Ha trovato che Mariano era «troppu beddu pi essere nu masculu e che ne facciamo di una bellezza simile?» aveva scritto su un foglietto azzurrino profumato di violetta. Poi gli ha scoperto i piedi e li ha mordicchiati delicatamente. «Di chistu ne facimu nu ballerinu.» Contrariamente al suo solito ha scritto molto e volentieri. Ha riso, ha mangiato, si è astenuta dal tirare tabacco per qualche ora e poi si è ritirata nella camera degli ospiti assieme al signor padre e hanno dormito fino alla mattina dopo alle undici.

Tutti i dipendenti della villa hanno voluto prenderlo in braccio questo bambino tanto aspettato: il vaccaro Ciccio Calò reggendolo teneramente con due mani tagliate e rigate di nero. Lina e Lena baciandolo in bocca e sui piedi con inaspettata dolcezza. C'erano anche Raffaele Cuffa che per l'occasione indossava una giamberga nuova di damasco arabescato coi colori degli Ucrìa e la moglie Severina che non esce mai di casa perché soffre di mali di testa che quasi l'acciecano; don Peppino Geraci il giardiniere accompagnato dalla moglie Maria e dai cinque figli, tutti rossi di capelli e di ciglia, ammutoliti per la timidezza; Peppino Cannarota il lacchè col figlio grande che fa il giardiniere in casa Palagonia.

Il neonato se lo sono passato di mano in mano come fosse il bambino Gesù, sorridendo come babbei, inciampando nei lunghi strascichi della vestina trinata, annusando beati i profumi che emanavano da quel corpicino principesco.

Manina intanto andava in giro per la stanza a quattro zampe e solo Innocenza si occupava di lei spingendosi carponi sotto i tavoli mentre gli ospiti entravano, uscivano, calpestando i preziosi tappeti di Erice, sputando nei vasi di Caltagirone, pescando a piene mani nel vassoio colmo di torroncini catanesi che Marianna teneva vicino al letto.

Una mattina il signor padre era arrivato con una sorpresa: un completo da scrittura per la figlia mutola: un retino di maglia d'argento con dentro una boccetta dal tappo avvitabile, per l'inchiostro, un astuccio in vetro per le penne, un sacchetto in pelle per la cenere nonché un taccuino legato a un nastro fissato con una catenella al retino di maglia. Ma la cosa più sorprendente era una mensolina portatile, pieghevole, in legno leggerissimo da appendere alla cintura con due catenelle d'oro.

«In onore di Maria Luisa di Savoia Orléans, la più giovane e la più intelligente regina di Spagna, perché ti sia di esempio, Amen.» Con queste parole il signor padre aveva voluto inaugurare il nuovo completo da scrittura.

Alle insistenze della figlia, si era accinto a scrivere in breve la storia di questa regina morta nel 1714 e mai dimenticata.

«Una ragazzina forse non bella ma vivacissima. Figlia di Vittorio Amedeo il nostro re dal 1713 e della principessa Anna d'Orléans nipote di Luigi quattordicesimo, era diventata moglie di Filippo quinto a sedici anni. Presto il suo sposo fu mandato in Italia a combattere e lei, per suggerimento dello zio Luigi di Francia, fu fatta Reggente. I più brontolavano: come, una ragazzina di sedici anni a capo dello Stato? E invece si scoprì che era stata una scelta più che giudiziosa. La piccola Maria Luisa aveva il talento della politica. Passava ore e ore al Consiglio ascoltando tutti e tutto, intervenendo con osservazioni brevi e azzeccate. Quando un oratore si dilungava troppo e inutilmente, la regina tirava fuori da sotto il tavolo il ricamo e si occupava solo di quello. Tanto che ad un certo momento capirono l'antifona e quando la vedevano mettere mano al ricamo tagliavano corto. In questo modo rese molto più rapide e concrete le sedute al Consiglio di Stato.

«Si teneva in corrispondenza con lo zio Re Sole e ascoltava con grazia i suoi consigli ma quando c'era da dire no, lo diceva e con che decisione! Gli anziani erano a bocca aperta davanti a quell'intelligenza politica. Il popolo l'adorava.

«Quando si seppe delle sconfitte dell'esercito spagnolo la giovane Maria Luisa per dare l'esempio, vendette tutte le sue gioie e andò di persona dai più ricchi ai più poveri a raccogliere i soldi per rimettere in sesto l'armata. Ebbe un primo figlio, il principe delle Asturie. Diceva che se fosse dipeso da lei sarebbe andata al fronte a cavallo col figlioletto in braccio. E tutti sapevano che ne sarebbe stata capace.

«Quando arrivò la notizia delle vittorie di Brihuega e Villaviciosa tale fu la sua gioia che scese in strada mescolandosi alla gente ballando e saltando con loro.

«Ebbe un altro figlio che però morì dopo solo una settimana. Intanto fu colpita da una infezione alle glandole del collo di cui però non si lamentò mai e cercò di coprire i gonfiori con delle gorgiere merlettate. Fece un altro figlio, Ferdinando Pietro Gabriele che per fortuna vive. Il male però si aggravava. I medici dissero che si trattava di tisi. Intanto moriva il gran Delfino, padre di Filippo, e subito dopo la sorella di Maria Luisa, Maria Adelaide, di vaiolo, assieme al marito e al figlio più grande.

«Due anni dopo capì che era arrivato il tempo anche per lei di morire. Si confessò, si comunicò, salutò i figli, il marito con una serenità che stupì tutti e spirò all'età di ventiquattro anni, senza avere pronunciato una sola parola di lamento.»

L'intera carovana dei parenti era scappata via il giorno che uno dei figli di Peppino Geraci si era ammalato di vaiolo. Un'altra volta il vaiolo a Bagheria! era già la seconda da quando Marianna aveva cominciato a trasformare la "casena" in villa. Nella prima epidemia erano morti in tanti, fra cui la madre di Ciccio Calò, il piccolo dei Cuffa che era anche figlio unico ed è da allora che la moglie Severina soffre di dolori alla testa così devastanti che è costretta a portare sempre le tempie fasciate con bende intrise di aceto dei sette ladri e dovunque vada si porta dietro quell'odore acido e pungente.

Nella seconda epidemia sono morti altri due dei quattro figli rimasti di Peppino Geraci. È morta la fidanzata del figlio di Peppe Cannarota, una bella ragazza di Bagheria, serva in casa Palagonia; sono morti due cuochi di casa Butera e la vecchia principessa Spedalotto che da poco si era sistemata nella nuova villa non lontana dalla loro.

Anche la zia Manina che era arrivata tutta avvolta in scialli di lana sorretta da due lacchè, e aveva tenuto fra le braccia scheletriche il piccolo Mariano, è morta. Ma non si sa se è per via del vaiolo. Fatto sta che se n'è andata, proprio lì a villa Ucrìa e nessuno se n'è accorto. L'hanno trovata solo due giorni dopo: posata sul suo letto come un uccellino dalle penne arruffate, la testa leggera leggera che poi il signor padre aveva scritto che «pesava quanto una noce bacata».

La zia Manina da giovane era stata "molto corteggiata", «minuta nei tratti, aveva un corpo da sirena e gli occhi erano così vivaci e i capelli così luminosi che il bisnonno Signoretto aveva dovuto ricredersi dal farla monaca per non scontentare i pretendenti. Il principe di Cutò la voleva per moglie e anche il duca di Altavilla barone di San Giacomo, nonché il conte Patanè barone di San Martino.

«Ma lei aveva voluto restare nubile in casa del padre. Per sfuggire ai matrimoni si era finta malata per anni», così raccontava il signor padre. «Tanto che poi si era ammalata sul serio, ma nessuno sapeva di cosa. Tossiva piegandosi in due, perdeva i capelli, si faceva sempre più magra, sempre più leggera.»

Nonostante le sue malattie la zia Manina ha campato quasi ottant'anni e tutti la volevano alle loro feste perché era una acuta osservatrice e sapeva rifare il verso alle persone, vecchie e giovani, uomini e donne, suscitando le risate di amici e parenti.

Anche Marianna ne rideva sebbene non sentisse quello che diceva. Le bastava guardarla, piccola e agile, come muoveva le mani da prestigiatore, come prendeva l'espressione contrita di quello, balorda di quell'altro, vanesia di quell'altro ancora per rimanerne conquistata.

Era conosciuta per la sua malalingua, la zia Manina e tutti cercavano di farsela amica per il terrore che sparlasse dietro le spalle. Ma tanto lei non si lasciava incantare dalle adulazioni: quando vedeva una persona buffa la metteva in berlina. Non era il pettegolezzo in sé che l'attirava ma gli eccessi a cui portavano i vari caratteri dell'avaro, del vanitoso, del debole, dello sbadato. A volte le sue battute erano così azzeccate che finivano per diventare proverbiali. Come quando aveva detto del principe di Raù che «disprezzava i soldi ma trattava le monete come sorelle». O quando aveva detto che il principe Des Puches aspettava che la moglie partorisse — il principe era conosciuto per la sua bassa statura — «camminando su e giù nervosamente sotto il letto». O quando ancora aveva definito il marchesino Palagonia «un manico di scopa senza uno scopo nella vita». E così via con molto divertimento di tutti.

Di Mariano aveva farfugliato che era un «topolino travestito da leone travestito da topolino». E si era guardata intorno con gli occhi scintillanti aspettando la risata. Ormai era come una attrice sul palcoscenico e per niente al mondo avrebbe rinunciato al suo pubblico.

«Da morta andrò all'inferno» aveva detto una volta. E aveva aggiunto «ma poi cos'è l'inferno? una Palermo senza pasticcerie. Io tanto non amo i dolci.» E dopo un attimo: «Comunque ci starò meglio che in quella sala da ballo dove le sante fanno tappezzeria, che è il paradiso».

È morta senza disturbare nessuno, da sola. E la gente non ha pianto. Ma le sue battute continuano a circolare, salate e piccanti come alici in salamoia.

X

Il duca Pietro Ucrìa non ha mai discusso una virgola di quello che la moglie man mano decideva per la villa. Si è solo impuntato perché nel giardino sia costruita una piccola "coffee house" come la chiama lui, in ferro battuto con il soffitto a cupola, le mattonelle bianche e blu per terra, la vista sul mare.

E così è stato fatto, o per lo meno sarà fatto perché i ferri sono già pronti ma mancano i mastri ferrai che li montino. A Bagherìa in questo periodo si costruiscono decine di ville e gli artigiani, i muratori, sono difficili da trovare. Il signor marito zio spesso dice che la "casena" era più comoda, soprattutto per la caccia. Ma non si sa perché lo dica visto che lui a caccia non ci va mai. Odia la selvaggina. Odia i fucili sebbene ne abbia una collezione. I suoi amori sono i libri di araldica e il whist nonché le passeggiate nelle campagne, fra i limoni di cui cura personalmente gli innesti.

Sa tutto sugli avi, sulle origini della famiglia Ucrìa di Campo Spagnolo e di Fontanasalsa, sulle precedenze, sugli ordini, sulle onorificenze. Nel suo studio tiene un grande quadro che rappresenta il martirio di san Signoretto. Sotto, inciso nel rame: «Beato Signoretto Ucrìa di Fontanasalsa e Campo Spagnolo, nato a Pisa il 1269». E, in piccolo, la storia della vita del beato, di come sia arrivato a Palermo e si sia dato alle opere di pietà «frequentando ospedali e soccorrendo i moltissimi poveri che infestavano la città». Di come poi si sia ritirato sui trent'anni in un «luogo desertissimo in bordatura mare». Ma dove sarà stato questo «luogo desertissimo»? che sia andato a finire sulle coste africane?

In quel deserto «in bordatura mare» Signoretto fu «martirizzato dai Saraceni», ma non si capisce perché fu martirizzato, la targa non lo dice. Solo perché era beato? ma no, che scema, beato lo è diventato dopo.

Un braccio del beato Signoretto, recita la didascalia, è in possesso dei frati Domenicani che lo venerano come una reliquia. Il signor marito zio in effetti, ha fatto di tutto per recuperare questa reliquia di famiglia ma fino ad ora non ci è riuscito. I Domenicani dicono di averla ceduta a un convento di suore Carmelitane e le Carmelitane dicono di averla regalata alle Clarisse le quali sostengono di non averla mai vista.

Nel quadro si vede una buia marina: una barca ormeggiata a riva, vuota, una vela arrotolata, marroncina. In primo piano un fascio di luce che piove da sinistra come se qualcuno reggesse appena fuori dalla cornice una torcia accesa. Un uomo anziano, ma non era trentenne? viene colpito dai pugnali di due robusti giovanotti dal torso nudo. In alto a destra tre angeli sollevano volando una corona di spine.

Per il duca Pietro la storia di famiglia, per quanto mitica e fantasiosa, è più credibile delle storie che raccontano i preti. Per lui Dio «sta lontano e se ne impipa»; Cristo «se era figlio di Dio veramente era a dir poco un dissennato». In quanto alla Madonna «se fosse stata una nobildonna non si sarebbe comportata con tanta leggerezza portando quel povero picciriddu in mezzo ai lupi, lasciandolo in giro tutto il santo giorno, dandogli a credere di essere invincibile quando poi tutti videro la fine che fece».

Secondo il signor marito zio il primo degli Ucrìa era niente di meno che un re del Seicento avanti Cristo e precisamente un re della Lidia. Da quella terra impervia, sempre secondo lui, gli Ucrìa passarono a Roma dove divennero Senatori della Repubblica. Infine si fecero cristiani sotto Costantino.

Quando Marianna gli scrive, per burla, che certo questi Ucrìa erano dei gran voltagabbana che si mettevano sempre coi più forti, lui si incupisce e non la guarda più per qualche giorno. Coi morti di famiglia non si può scherzare.

Se invece gli chiede qualche spiegazione sui grandi quadri che stanno accatastati nel salone giallo aspettando di tornare sulle pareti, a casa finita, si precipita ad afferrare la penna per scriverle di quel vescovo Ucrìa che combatté contro i

Turchi e di quell'altro senatore Ucrìa che fece il famoso discorso per difendere il diritto di maggiorasco.

Non importa che lei risponda. È raro che lui legga quello che gli scrive la moglie sebbene ne ammiri la grafia nitida e veloce. Il fatto che lei bazzichi continuamente la biblioteca lo sconcerta ma non osa opporsi; sa che per Marianna la lettura è una necessità e mutola com'è ha pure le sue ragioni. Lui i libri li evita perché sono "bugiardi". La fantasia è un arbitrio leggermente nauseabondo. La realtà è fatta, per il duca Pietro, di una serie di regole immutabili ed eterne a cui ogni persona di buon senso non può non adeguarsi.

Solo quando c'è da fare una visita a una puerpera, come si usa a Palermo o da presenziare a una cerimonia ufficiale, pretende che la moglie si vesta in ghingheri, che si appunti la spilla di diamanti della nonna Ucrìa di Scannatura sul petto e lo segua in città.

Se si decide a rimanere a Bagheria fa in modo che ci sia sempre gente alla tavola di villa Ucrìa. Ora invita Raffaele Cuffa che gli fa da amministratore, da guardiano e da segretario, ma sempre senza la moglie. Ora fa venire l'avvocato Mangiapesce da Palermo; oppure manda la portantina dalla zia Teresa professa alle Clarisse o ancora spedisce un invito a cavallo a uno dei cugini Alliata di Valguarnera.

Il signor marito zio ama soprattutto l'avvocato Mangiapesce perché gli permette di starsene zitto. Non c'è bisogno di pregarlo perché tenga conversazione il giovane "causidico" come lo chiama il duca Pietro. È uno a cui piace molto disquisire su sottili questioni di diritto e poi è ferratissimo su tutti gli ultimi fatti di politica cittadina e non perde niente dei pettegolezzi delle grandi case palermitane.

Quando c'è la zia Teresa però è più difficile per l'avvocato tenere conversazione perché lei gli taglia la parola in bocca e in effetti per quanto riguarda i pettegolezzi cittadini, la zia ne sa più dell'avvocato.

Di tutti i parenti la zia Teresa, sorella del signor padre, è la più amata dal signor marito zio. Con lei qualche volta parla e anche appassionatamente. Si scambiano notizie sulla famiglia. Si scambiano regali: reliquie, rosari benedetti, antichi oggetti di famiglia. La zia porta dal convento dei fagottelli pieni di ricotta pestata con lo zucchero e la finocchiella, che sono una delizia. Il duca Pietro ne mangia fino a dieci alla volta arricciando il naso come una talpa golosa.

Marianna lo guarda masticare e si dice che il cervello del signor marito zio assomiglia in qualche modo alla sua bocca: trita, scompone, pesta, arrota, impasta, inghiotte. Ma del cibo che trangugia non trattiene quasi niente. Per questo è sempre così magro. Ci mette tanto di quell'impeto nello stritolare i pensieri che gli rimangono in corpo solo i fumi. Appena ingoia è preso dalla fretta di eliminare le scorie che gli sembrano indegne di soggiornare nel corpo di un gentiluomo.

Per molti nobili della sua età, vissuti e maturati nel secolo passato, i pensieri sistematici hanno qualcosa di ignobile, di volgare. Il confronto con altre intelligenze, altre idee, è considerato per principio una resa. I plebei pensano come gruppo o come folla; un nobile è solo e di questa solitudine è costituita la sua gloria e il suo ardimento.

Marianna sa che lui non la considera sua pari per quanto la rispetti come moglie. Per lui la moglie è una bambina di un secolo nuovo, incomprensibile, con qualcosa di triviale nella sua ansia per i mutamenti, per il fare, il costruire.

L'azione è aberrante, pericolosa, inutile e falsa, dicono i suoi occhi malinconici, guardandola aggirarsi indaffarata per il cortile ancora ingombro di secchi di calce e di mattoni. L'azione è scelta e la scelta è necessità. Dare forma all'ignoto, renderlo familiare, noto, significa venire meno alla libertà del caso, al principio divino dell'ozio che solo un nobile vero può permettersi ad imitazione del Padre celeste.

Anche se non ha mai sentito la sua voce Marianna sa cosa cuoce in quella gola scontrosa: un amore superbo e vigile per le infinite possibilità della fantasticheria, della volontà senza mete, del desiderio non realizzato. Una voce resa stridula dalla noia eppure pienamente controllata come di chi non si lascia mai andare. Deve essere così, lo capisce dai fiati che la raggiungono aspri e caldi quando gli sta vicina.

Fra l'altro il duca Pietro considera insensata questa smania della moglie di restare a Bagheria anche nei mesi freddi quando dispongono di una casa grande e accogliente a Palermo. E gli secca anche dovere rinunciare alle sue serate al Casino dei nobili dove può giocare al whist per ore bevendo bicchieri di acqua e anice, ascoltando annoiato il chiacchericcio innocuo dei suoi coetanei.

Per lei invece la casa di via Alloro è troppo buia e ingombra di quadri di antenati, troppo frequentata da visitatori indesiderati.

E poi il viaggio da Bagheria a Palermo con quella strada zeppa di buche e di polvere la immalinconisce. Troppe volte passando per Acqua dei Corsari si è trovata davanti le picche del Governatore con sopra infilzate le teste dei banditi a fare da monito ái cittadini. Teste asciugate dal sole, mangiate dalle mosche, accompagnate spesso da pezzi di braccia e di gambe dal sangue nero, incollato alla pelle.

Inutile voltare la testa, chiudere gli occhi. Un piccolo vento vorticoso prende a spazzare i pensieri. Sa che tra poco passeranno fra i due colonnati di Porta Felice, imboccheranno il Cassaro Morto, e subito entreranno nel largo rettangolare di piazza Marina, fra il palazzo della Zecca e la chiesa di Santa Maria della Catena. Sulla destra apparirà la Vicaria e il vento nella testa si farà tempesta, le dita si contrarranno a stringere il saio del signor padre incappucciato finendo per stracciare la mantellina di velluto che porta sulle spalle.

Perciò odia andare a Palermo e preferisce restarsene a Bagheria; perciò ha deciso, salvo occasioni eccezionali di funerali o battesimi o parti che purtroppo si alternano con grande frequenza fra i parenti tutti molto prolifici, di sistemare i suoi quartieri d'inverno a villa Ucrìa. Anche se è costretta dal freddo a vivere in poche stanze circondata da bracieri con la carbonella accesa.

Ormai tutti lo sanno e vengono a trovarla lì quando le strade non sono rese inaccessibili dallo straripamento dell'Eleuterio che spesso allaga le campagne fra Ficarazzi e Bagheria.

Il signor padre è venuto da ultimo ed è rimasto con lei una settimana intera. Loro due soli, come ha sempre desiderato, senza la presenza dei figli, dei fratelli, dei cugini e di altri parenti. Da quando è morta la signora madre, di improvviso senza ammalarsi, lui viene spesso a trovarla da solo. Si siede nella sala gialla sotto il ritratto della nonna Giuseppa e fuma o dorme. Ha sempre dormito molto il signor padre, ma invecchiando è peggiorato; se non si prende ogni notte le sue dieci ore di sonno sta male. E siccome è difficile che riesca a farsi tante ore filate di sonno, finisce che si addormenta di giorno ciondolando sulle poltrone, sui divani.

Quando si sveglia invita la figlia a una partita di picchetto. Sorridente, allegro nonostante i reumatismi che gli deformano le mani e gli incurvano la schiena, non se la prende mai per niente, è pronto in ogni momento a divertirsi e a divertire gli altri. Non ha la prontezza della zia Manina, è più lento, ma possiede lo stesso senso della comicità e se non fosse pigro sarebbe anche lui un ottimo imitatore.

Alle volte afferra il taccuino che Marianna tiene legato alla cintola, ne strappa un foglio e vi scrive sopra impetuosamente: «Sei una babbasuna, figlia mia, ma invecchiando ho scoperto che preferisco i babbasuni a tutti gli altri». «Tuo marito, il signor cognato zio, è un minchione, ma ti vuole bene.» «Morire mi dispiace perché lascio te ma non mi dispiace andare a vedere se vale la pena di conoscere Nostro Signore.»

La cosa che non finirà mai di sorprenderla è la diversità dello zio Pietro dalla sorella, la signora madre e dal cugino, il signor padre. Come la signora madre è opulenta, pigra, così lui è asciutto e atletico, sempre pronto a muoversi anche se solo per misurare in lungo e in largo le sue vigne. Come lei è disponibile e arresa così lui è spinoso e cocciuto. Per non parlare del cugino signor padre che è tanto sereno quanto l'altro è cupo, tanto ben disposto verso gli altri quanto il duca Pietro è ostile e sospettoso verso tutti. Insomma il signor marito zio sembra nato da un seme straniero che è caduto storto nel terreno di famiglia ed è cresciuto a sghimbescio ruvido e risentito.

L'ultima volta hanno fatto le due, Marianna e il signor padre giocando a picchetto, mangiando canditi, bevendo del profumato vino di Malaga. Il duca Pietro era partito per Torre Scannatura in occasione della vendemmia.

E così fra una partita e una bevuta, il signor padre le aveva scritto di tutti gli ultimi pettegolezzi di Palermo: dell'amante del Viceré che dicevano dormisse fra lenzuola nere per mettere in evidenza la sua pelle bianchissima, dell'ultimo galeone venuto da Barcellona con un carico di vasi da notte di vetro trasparente che tutti regalavano agli amici; della moda della gonna all'"Adrienne" lanciata dalla Corte di Parigi e rotolata su Palermo come una valanga inarrestabile che aveva messo in agitazione tutti i sarti. Le ha perfino confessato di un suo amore per una merlettaia di nome Ester che lavorava in una casa di sua proprietà al Papireto. «Le ho regalato una stanza, quella dove lavora che dà sulla strada... vedessi come è contenta.»

Eppure quest'uomo che le è padre e che la ama teneramente le ha fatto provare il più grande orrore della sua vita. Ma lui non lo sa. Lui l'ha fatto per aiutarla: un grande medico della scuola salernitana gli aveva consigliato di guarire la sordità della figlia che pareva sortita da una grande paura, con un'altra più grande paura. *Timor fecit vitium timor recuperabit salutem*. Non era colpa sua se l'esperimento era fallito.

L'ultima volta che è venuto a trovarla il signor padre le ha portato un regalo: una bambina di dodici anni, figlia di un condannato a morte da lui accompagnato alla forca. «La madre se l'è portata via il vaiolo, il padre fu impiccato e me la raccomandò sul punto di morte. I Fratelli Bianchi la volevano chiudere in un convento di orfane ma ho pensato che starebbe meglio qui con te. Te la regalo, ma voglile bene, è sola al mondo. Pare che abbia un fratello ma non si sa dove si sia cacciato, forse è morto. Il padre mi ha detto di non averlo più visto da quando aveva dato a balia il "nicuzzo" a una campagnola. Prometti che la terrai bene?»

Così è entrata in casa Filomena, detta Fila. Ed è stata vestita, calzata, nutrita ma ancora non ha preso confidenza: parla poco o niente, si nasconde dietro le porte e non riesce a tenere un piatto in mano senza farlo cadere. Appena può, scappa nella stalla e si siede sulla paglia accanto alle vacche. E quando rientra si porta addosso un odore di letame che si sente a dieci passi di distanza.

Inutile rimproverarla. Marianna riconosce in quello sguardo terrorizzato sempre all'erta qualcosa dei suoi umori infantili e la lascia fare suscitando le ire di Innocenza, di Raffaele Cuffa e perfino del signor marito zio che sopporta a stento la nuova venuta e solo per rispetto verso il cognato suocero e verso la moglie mutola.

XI

Marianna si sveglia di soprassalto con una sensazione di gelo. Aguzza gli occhi nel buio per vedere se il dorso del marito è sempre al suo posto sotto le lenzuola; ma per quanto si sforzi non riesce a vedere il rigonfiamento familiare. Il cuscino le pare intatto e il lenzuolo tirato. Fa per accendere la candela ma si accorge che la stanza è inondata di una luce liquida azzurrina. La luna pende bassa sulla linea dell'orizzonte e gocciola latte sulle acque nere del mare.

Il signor marito zio sarà rimasto a dormire a Palermo come fa sempre più spesso da ultimo. Questo non la inquieta, anzi la solleva. Domani finalmente potrà chiedergli di apparecchiare il suo letto in un'altra stanza; nel suo studio magari, sotto il quadro del beato Signoretto, fra i libri di araldica e di storia. Oltre tutto da un po' di tempo ha preso ad agitarsi nel letto come una tarantola svegliandola in continuazione con degli improvvisi terremoti.

In questi casi lei ha voglia di alzarsi e di uscire ma non lo fa per non svegliarlo. Se dormisse da sola non dovrebbe stare lì a chiedersi se sia il caso di accendere la candela oppure no, se potrà leggere un libro o scendere in cucina a prendersi un bicchiere d'acqua.

Da quando è morta la signora madre, seguita in poche settimane da Lina e Lena prese all'improvviso dalle febbri quartane, Marianna è inquietata spesso da incubi e da risvegli cupi e tumultuosi.

Della signora madre le appaiono nel dormiveglia dei particolari a cui non ha mai fatto attenzione, come se la vedesse ora per la prima volta: i due piedi gonfi e bianchi che ciondolavano dal bordo del letto, i due alluci come funghi porcini che muoveva come se dovesse suonare una immaginaria spinetta con i piedi. La bocca dalle labbra carnose che apriva neghittosamente per ricevere il cucchiaio pieno di brodo. Il dito che immergeva nella bacinella dell'acqua calda per provarne la temperatura e poi portarselo alla lingua come se dovesse bersela quell'acqua e non lavarsi la faccia. E di colpo eccola in piedi che si allacciava la cintura di seta dietro la schiena facendosi rossa per lo sforzo.

A tavola, dopo avere mangiato una arancia, prendeva un seme e con i denti davanti lo spaccava in due, lo sputava sul piatto, ne prendeva un altro per spaccare anche quello, finché non riduceva il piatto a un piccolo cimitero di semi bianchi che, sbudellati, diventavano verdi.

Se n'era andata senza disturbare come aveva fatto in tutta la sua breve vita, talmente timorosa di essere considerata di troppo da mettersi in un canto da sola. Troppo pigra per prendere una decisione qualsiasi lasciava fare agli altri, ma senza acrimonia. Il suo posto ideale era alla finestra con una ciotola di frutti canditi accanto, una tazza di cioccolata calda ogni tanto, un bicchiere di laudano per sentirsi in pace, una presa di tabacco per la gioia del naso.

Il mondo poteva in fondo apparirle come un bello spettacolo purché non le chiedessero di partecipare. Era generosa nel battere le mani alle imprese altrui. Rideva volentieri, si entusiasmava anche, ma era come se tutto fosse già accaduto tanto tempo fa e ogni cosa non fosse che la ripetizione prevista di una storia già nota.

Marianna non riusciva a immaginare che da ragazza fosse stata snella e vivace come la descriveva nonna Giuseppa. L'aveva sempre vista uguale: la faccia larga dalla pelle delicata, gli occhi appena un poco troppo sporgenti, le sopracciglia folte e scure, i capelli riccioluti e chiari, le spalle tonde, il collo taurino, i fianchi colmi, le gambe corte rispetto al tronco, le braccia appesantite da anelli di grasso. Aveva un modo di ridere delizioso, fra timido e sfrontato, quasi non sapesse decidere se abbandonarsi al divertimento o tirarsi indietro per risparmiare energie. Quando scuoteva la testa faceva saltellare le ciocche bionde sulla fronte e sulle orecchie.

Chissà perché le torna così spesso alla memoria ora che è

morta. E non sono ricordi ma visioni improvvise quasi fosse lì col suo corpo sfasciato dopo tanti parti e aborti a compiere quei piccoli gesti quotidiani che mentre era viva sembravano eseguiti da una moribonda e ora che non c'è più mantengono il sapore amaro e crudo della vita.

Adesso il sonno le è andato via del tutto. Impossibile rimettersi a dormire. Si rizza sul letto, fa per cacciare i piedi nelle pantofole ma si ferma a mezz'aria e agita le dita come se dovesse suonare una immaginaria spinetta. Ecco le suggestioni della signora madre. Che vada al diavolo, perché non la lascia in pace?

Stanotte le gambe la portano verso le scale di servizio che salgono sui tetti. Le piace sentire il fresco dei gradini sotto le pianelle di rafia. Dieci scalini, una sosta, dieci scalini, un'altra sosta. Marianna riprende a montare leggera: il lembo della larga vestaglia di raso le struscia sul dorso dei piedi nudi.

Da una parte le porte delle soffitte, dall'altra alcune stanze della servitù. Non ha portato la candela con sé; il naso basta a guidarla fra corridoi, scale, strettoie, cunicoli, ripostigli, bugigattoli, rampe improvvise e scalini traditori. Gli odori che la guidano sono di polvere, di escrementi di topo, di cera vecchia, di uva messa ad asciugare, di legno marcio, di vasi da notte, di acqua di rose e di cenere.

La porta bassa che dà sui tetti è chiusa. Marianna prova a girare la maniglia ma sembra che sia incollata, non si sposta di un'unghia. Vi appoggia contro la spalla e prova a spingere tenendo la maniglia fra le dita. In questo modo la porta cede di colpo e lei rimane sulla soglia, sbilanciata in avanti, spaventata all'idea di avere fatto chissà che fracasso.

Dopo qualche minuto di attesa si decide ad allungare un piede sulle tegole. La luce lunare la colpisce in faccia come una secchiata d'argento, il vento tiepido le scompiglia i capelli.

La campagna attorno è allagata di luce. Capo Zafferano scintilla al di là della piana degli ulivi ricoperta da migliaia di scaglie metalliche. I gelsomini e le zagare mandano in alto i loro profumi come riccioli vaporosi che si sfaldano fra le tegole.

Lontano, all'orizzonte, il mare nero e immobile è attraversato da una larga striscia bianca formicolante. Più vicino, all'interno della valle concava, si indovinano le sagome degli ulivi, dei carrubi, dei mandorli e dei limoni addormentati.

«Ecco pel bosco un cavallier venire/il cui sembiante è d'uom gagliardo e fiero/candido come nieve il suo vestire,/un bianco pavoncello ha per cimiero...» sono versi di Ariosto che le salgono dolci alla memoria. Ma perché proprio questi e proprio ora?

Le sembra di scorgere da lontano la figura piacevole del signor padre. Il solo "cavalliere candido come nieve" che si sia proposto al suo amore. Fin da quando aveva sei anni il "cavalliere" l'aveva ammaliata col suo "pennacchio di bianco pavoncello" e poi quando lei si era messa ad inseguirlo lui se n'era andato ad ammaliare altri cuori, altri occhi inquieti.

Forse si era stancato di aspettare che la figlia parlasse, forse lei lo aveva deluso col suo mutismo pertinace, incosciente. Fatto sta che quando aveva compiuto i tredici anni lui era già arcistufo di lei e l'aveva ceduta, in un impeto di generosità cavalleresca, al disgraziato cognato Pietro che rischiava di morire senza moglie e senza figli. Fra disgraziati si intenderanno, sarà stato il pensiero paterno. E aveva alzato le spalle come solo lui sa fare, con festosa noncuranza.

Ma ora cos'è questo odore di sego che brucia? Marianna gira intorno gli occhi ma non ci sono luci in vista. Chi può essere sveglio a quest'ora? In bilico sulle tegole fa qualche passo in avanti, si sporge sul muretto che circonda i tetti e su cui si alzano le statue mitologiche: un Giano, un Nettuno, una Venere e quattro enormi putti armati di arco e di frecce.

La luce viene da una finestra del sottotetto. Se si sporge ancora può intravvedere un pezzo della stanza. È Innocenza che ha acceso la candela accanto al letto. Strano che sia ancora tutta vestita come se entrasse in camera solo in quel momento.

Marianna la osserva mentre si slaccia le scarpe dal collo alto. Dai gesti stizziti indovina quello che la donna sta pensando: «Odiosi questi lacci che debbono essere infilati negli occhielli; ma la duchessa Marianna se le fa fare su misura queste scarpe e poi le regala a noi... e come sputare su un paio di viennesine di camoscio da trenta tarì?».

Ora Innocenza si avvicina alla finestra e guarda fuori. Marianna ha un moto di paura: e se la vede lì che spia dai tetti? ma Innocenza punta gli occhi in basso, incantata anche lei da quello straordinario chiarore lunare che bagna il giardino, lo rende fosforescente, accende di lontano il mare.

La vede piegare un poco la testa come per ascoltare un inatteso rumore. Probabilmente è il baio Miguelito che batte lo zoccolo sul pavimento della stalla. E ancora una volta Marianna viene raggiunta, quasi aggredita dal pensiero di Innocenza: «Avrà fame Miguelito, avrà fame quel cavallo... don Calò ruba sul fieno, lo sanno tutti, ma chi glielo va a dire al duca? mica faccio la spia io... che si arrangino!».

A piedi nudi, con addosso il corsetto rosa dalle gore di sudore sotto le ascelle, la camicia slacciata e la gonna ampia marroncina che le casca sui fianchi, Innocenza si dirige verso il centro della stanza. Lì si inginocchia, solleva con delicatezza un'asse. Fruga con le mani impazienti in una buca, ne tira fuori un sacchetto di pelle legato con un cordoncino nero.

Se lo porta al letto. Slega con due dita sicure il nodo, immerge la mano nel sacchetto, chiude gli occhi mentre tasta qualcosa di caro. Poi con lentezza estrae dalla borsa delle grosse monete d'argento, le posa a una a una sul lenzuolo con un gesto da giardiniere che maneggia i fiori appena in boccio.

«Domattina alle cinque di nuovo con le mani nel carbone, le zaffate di fumo in faccia prima di riuscire ad accendere quel maledetto fuoco sotto la marmitta e poi ci sono i pesci da sbudellare e quei poveri conigli che quando li sente con la testa penzoloni sulle dita ripensa a tutta la pena che si è data per nutrirli, crescerli, e poi zac, un colpo alla testa e quegli occhi che diventano opachi ma non la smettono mai di guardare come a dire: ma perché? domattina toccherà alla gallina, ma che disgrazia che sono morte le due figlie di Calò, erano così brave ad ammazzare i polli... sicuramente erano vergini anche se Severina le ha detto che le ha viste una mattina nella stalla che mentre una mungeva la vacca l'altra mungeva il padre, così diceva lei ma chissà se è vero, Severina da quando le è morto il figlio non ci sta con la testa e vede cose strane dappertutto... però che abbiano perso il mestruo prima l'una e poi l'altra per qualche mese è vero, gliel'ha detto Maria che è una di cui ci si può fidare... lei controllava tutti i pannolini stesi ad asciugare ogni mese e teneva i conti... e se fossero state ingravidate da qualcun altro? perché proprio il padre? eppure altri lo dicevano, pure don Peppino Geraci che li aveva visti una mattina a letto tutti e tre insieme quando era andato a prendere il latte molto presto... e poi hanno abortito... povere babbasone... sicuramente sono andate dalla Pupara, la chiamano così perché fa e disfa i picciriddi... di preciso non si sa come fa... conosce le radici, le erbe... per tre giorni cachi, ti torci, vomiti e al terzo giorno tiri fuori il feto, morto... ci vanno pure le baronesse dalla Pupara... le lasciano fino a tre onze per un aborto riuscito... ma riesce sempre, è brava la Pupara... »

Marianna si tira indietro, sazia di pensieri altrui, su quel tetto che da deserto che era si è popolato di fantasmi indaffarati. Ma non è facile liberarsi della voce di Innocenza, quella voce silenziosa che continua a incalzarla con l'odore dolciastro del sego bruciato.

«E poi dovrà decifrare i bigliettini disegnati da quella pazza della duchessa che ogni cinque minuti cambia idea su quello che vuole mangiare e pretende di farglielo capire con dei disegni stravaganti: un topo infilzato allo spiedo vuol dire pollo arrosto, una rana in padella vuol dire anatra fritta, una patata nell'acqua vuol dire melanzane al forno. E poi scenderà quella sfacciata di Giuseppa che verrà a mettere il naso e le dita nei suoi intingoli, si porterà i pezzi di torta ancora non cotta in biblioteca, rovescerà il latte sempre cantando come un'allocca... avrebbe voglia di schiaffeggiarla ma non lo fa nemmeno la madre che è madre, figuriamoci!... ma dove va con la testa? c'è ancora tanto da fare: il duca non le ha ordinato per domani, che è il compleanno di Manina, lo storione al cartoccio? e quello va tenuto una notte a bagno nel vino... vuole anche la torta alle mille foglie che ogni foglia va lavorata a furia di gomiti e poi va messa a riposare... sarà l'una di notte ed è dalle cinque della mattina che traffica in cucina... tutto per quelle miserabili quattro monete d'argento che ogni mese la fanno penare a chiedere e a richiedere perché tutti se lo scordano che devono pagarla... hanno terre e palazzi questi duchi ma non hanno mai soldi, accidenti a chi li ha inventati!...

«La duchessa qualche volta le rifila cinque grani o anche due carlini ma che se ne fa lei degli spiccioli... ci vuole altro per la sua borsa che ha sempre fame e allarga la bocca come un pesce in cerca d'aria... non li ripone neanche, quei babbasuni di carlini, sotto il pavimento... vogliamo mettere uno scudo d'oro con la testa di Carlo terzo che puzza ancora di zecca? o un bel doblone d'oro con l'effigie di Filippo quinto buonanima?... Don Raffaele conta e riconta prima di dargliele quelle maledettissime monete, una volta voleva rifilargliene una limata... che minchione! come se lei non le conoscesse a occhi chiusi, meglio di come una moglie conosce l'uccello del marito.»

Marianna scuote la testa disperata. Non riesce a scrollarsi di dosso i pensieri di Innocenza che sembrano uscire in quel momento dalla sua stessa mente ubriaca di luce lunare. Si stacca dal muretto in preda a un'insofferenza rabbiosa mentre la voce della cuoca, nella sua testa, continua a borbottare «con tutti quei soldi che ci fai? prenditi un marito, te lo potresti pure comprare... un marito io? per fare la fine delle mie sorelle che una prende le pedate appena apre bocca e l'altra è rimasta sola come un ciuccio perché lui se n'è andato con una di vent'anni più giovane lasciandola senza casa, senza soldi, con sei figli da mantenere?... le gioie del letto? ne parlano le canzoni, i libri che legge la duchessa... ma forse che lei, con tutti quei vestiti di damasco e di seta, con quelle carrozze, quei gioielli, ha mai conosciuto le gioie del letto? la povera mutola sempre incollata ai libri e alle carte... a me mi fa pena...» sembra incredibile ma è così: la cuoca Innocenza Bordon, figlia di un soldato di ventura delle lontane terre venete, analfabeta, con le mani piene di tagli, senza un affetto al mondo che non sia se stessa, prova pietà per la grande duchessa che discende direttamente da Adamo per via paterna...

Marianna è di nuovo appoggiata al muretto, incapace di sottrarsi alle chiacchiere mentali di Innocenza, e accetta gli sgarbi della sua cuoca come la sola cosa vera di quella notte soffice e irreale. Non può fare a meno di guardarla mentre con mani fatte esperte dai traffici in cucina solleva a due a due i grossi scudi d'argento e li avvia appaiati nel sacchetto come per metterli a dormire accompagnati. Le dita ne conoscono il peso con tale precisione che perfino a occhi chiusi saprebbe se ne mancasse anche solo un pezzetto.

Con un sospiro Innocenza ora lega il cordoncino attorno al collo del sacchetto. Lo ripone nel suo buco al centro della stanza. Sistema l'asse prima con le mani e poi col piede, dopo essersi alzata. Quindi ritorna verso il letto e con gesti rapidi si libera della gonna, della camicia, del corpetto, mentre la testa si scuote come in un ballo da tarantolata e le forcine volano per aria assieme ai pettinini di tartaruga che una volta erano della padrona.

Marianna si tira indietro chiudendo gli occhi. Non vuole posare lo sguardo sulle nudità della sua cuoca. Ora tocca a lei scrollare la testa per liberarsi di quei pensieri inopportuni, appiccicosi come il succo delle carrube. Le è già successo altre volte di essere raggiunta dal rimuginio di chi le sta accanto, ma mai così a lungo. Che stia peggiorando? da piccola coglieva delle frasi, dei pezzi di pensieri sparsi ma erano sempre scoperte casuali, impreviste. Quando voleva veramente capire cosa stesse pensando il signor padre, per esempio, non ci riusciva per niente.

Da ultimo ci casca dentro, alle persone, attratta da un certo sfarfallìo brioso dei loro pensieri che promettono chissà quali sorprese. Ma poi si trova inghiottita, persa in loro senza sapere più come uscirne. Come vorrebbe non essere mai salita su quel tetto, non avere mai spiato dentro la stanza di Innocenza, non avere mai respirato quell'aria chiara, velenosa.

XII

«Papà fa scandalo con le sue ultime volontà.» «Tolse al primogenito per dare alle figlie.» «Cose che mai successero.» «Signoretto meschinu.» «Con Geraldo si sciarriaru.» «La zia canonica dissente.» «Attia che ci teneva ti lassò la sua parte della villa Ucrìa di Bagheria, picchè chianci, cretina?» «L'avvocato Mangiapesce dice che il Diritto proibisce una eredità del genere.» «Sarà tutto annullato, ci pensa la legge del maggiorasco.»

Marianna rimescola i biglietti che le sorelle e le zie le hanno buttato rapidamente sul piatto. Le parole le si confondono sotto il naso. Le mani le si bagnano di lagrime. Come si può discutere di feudi e di case quando la faccia pallida e dolce del padre morto è ancora nei suoi occhi?

A guardarli gesticolare se ne dicono di cotte e di crude. E non servono le prelibatezze di Innocenza a fare loro chinare la testa sul piatto. Il pensiero che mentre lei era sui tetti a guardare la campagna allagata dalla luce della luna, suo padre moriva nel suo letto di via Alloro a Palermo, le toglie l'appetito. Possibile che non abbia sentito, lei che sente pure il chiacchiericcio interno della gente, il respiro affannato di lui morente? sì qualcosa c'era stato, le era sembrato di vedere il suo corpo amabile fra le palme nane; aveva pensato al "cavalliere niveo". Ma non l'aveva interpretato come un presentimento di morte. Era sulla seduzione che si era interrogata, senza pensare che stava vicina all'ultima delle seduzioni, la più profonda.

Ed ecco che il pranzo di compleanno per cui il duca Pietro aveva ordinato a Innocenza storione al cartoccio e torta alle mille foglie si è trasformato in un pranzo di doglia. Che poi di doglia ce n'è poca, soprattutto c'è scandalo per l'inusuale testamento del signor padre. Un testamento che non si sa come sia stato già aperto, prima ancora di seppellire il corpo del morto.

Sono tutti sconcertati ma soprattutto Geraldo che ha preso la liberalità del padre verso le sorelle come una offesa personale. Anche se poi si tratta di piccoli lasciti. Il grosso comunque va a Signoretto e di questa eredità inattesa usufruiranno anche i maschi cadetti. Ma lo sconvolgimento delle abitudini li ha presi tutti di sorpresa e anche se in fondo non sono dispiaciuti di avere qualcosa per sé, si sentono in dovere di protestare.

Signoretto, da gran gentiluomo qual è, non interviene sebbene sia il più danneggiato. Ci pensa la zia Agata canonica, sorella del nonno Mariano a difendere i suoi diritti. È lì che allunga il collo e le mani in un parossismo di indignazione.

Il signor marito zio è il solo a non curarsi di quelle beghe. Lui non c'entra con l'eredità del cognato né gli importa a chi andrà. Ha abbastanza del suo. Tanto sa già che la villa Ucrìa di Bagheria a cui tiene tanto sua moglie sarà interamente loro; perciò versa il vino e pensa ad altro, mentre gli occhi si posano con qualche ironia sulle facce rabbiose, accaldate dei nipoti.

Seduto dirimpetto a Marianna, Signoretto forse è il solo che si senta in dovere di mostrare una compunzione dolorosa per la scomparsa del padre. Quando qualcuno gli rivolge la parola, mette su una espressione accigliata che ha qualcosa di comico per lo studio che si immagina l'abbia preceduta.

I titoli gli sono piovuti addosso tutti insieme: duca di Ucrìa, conte di Fontanasalsa, barone di Bosco Grande, di Pesceddi, di Lemmola, marchese di Cuticchio e di Dogana Vecchia.

La moglie ancora non l'ha trovata. La signora madre gli aveva scelto una donna ma lui non l'ha voluta. Poi lei è morta da un giorno all'altro, di un mancamento al cuore e nessuno si è più occupato di portare avanti i complicati rapporti di dare-avere con la famiglia Uzzo di Agliano.

Il signor padre, quando il figlio ha compiuto i venticinque anni da scapolo, si è affrettato, in un impeto di responsabilità paterna, a trovargli un'altra moglie: la principessa Trigona di Sant'Elia. Ma anche questa non gli era andata a genio e il signor padre era troppo debole per costringerlo all'ubbidienza.

Che poi, più che debolezza si trattava di incredulità probabilmente. Il signor padre non credeva del tutto alla sua autorità anche se d'istinto era prepotente. Tutte le sue decisioni erano minate dall'incertezza, da una stanchezza interna che lo portava più al sorriso che al cipiglio, più all'accomodamento che alla rigidezza.

Così Signoretto, all'età in cui tutti i giovanotti delle famiglie nobili palermitane erano sposati e padri a loro volta di figli, era ancora celibe.

Da qualche tempo si appassiona di politica: dice che vuole diventare senatore, ma non di comodo come gli altri; la sua intenzione è di incrementare l'esportazione del grano dall'isola riducendo per questo i prezzi, aprendo delle strade verso l'interno che facilitino il trasporto; di comprare per conto del Senato delle navi da mettere a disposizione dei coltivatori. Così per lo meno va dicendo e molti giovanotti gli danno credito.

«I senatori al Senato ci vanno solo ogni morte di papa» le ha scritto una volta Carlo di nascosto da Signoretto, «e quando ci vanno è solo per discutere di questioni di precedenza mangiando gelati al pistacchio, scambiandosi l'ultimo pettegolezzo della città. Hanno barattato una volta per tutte il proprio diritto di dire no con la garanzia di essere lasciati in pace nei loro feudi.»

Ma Signoretto è ambizioso, dice che se ne andrà alla corte dei Savoia, a Torino, dove altri giovanotti palermitani hanno fatto fortuna con il loro garbo, la loro tenacia e la loro intelligenza pronta a spaccare il capello in quattro. Perciò di recente è stato a Parigi, ha imparato bene il francese e studia i classici con accanimento.

La persona che più lo ama e lo protegge è Agata, la sorella del signor nonno Mariano, canonica alle Carmelitane. Coperta di scialli dalle lunghe frange dorate gettati sbadatamente sopra il saio, fa collezione di biografie: generali, capi di Stato, re, principi, vescovi, e papi.

Per gli interessi che hanno in comune dovrebbero andare d'accordo lei e il duca Pietro, ma non è così. Il fatto è che lui sostiene che la famiglia Ucrìa ha origine nel 600 avanti Cristo, mentre lei giura che è apparsa negli annali storici nel 188 avanti Cristo con Quinto Ucrìa Tuberone diventato console a soli sedici anni. Per questo contrasto non si parlano da anni.

Fiammetta invece, da quando si è monacata ha perso quell'aria striminzita e rassegnata che aveva da bambina. Ha fatto il petto pieno, la pelle rosata, gli occhi accesi. Le mani le sono diventate robuste per il tanto impastare, tagliare, pelare, agitare. Ha scoperto che "manciari pane e sputazza" secondo le regole della Casa non fa per lei: così si ingegna in mezzo ai rami a cucinare pietanze prelibate.

Accanto a lei Carlo, che sempre più assomiglia alla signora madre: pigro, lento, enigmatico, le braccia cicciute, il mento che tende a farsi doppio, triplo, gli occhi miopi e dolci, la tonaca che gli scoppia sul petto massiccio. È diventato bravissimo a decifrare vecchi manoscritti religiosi. Di recente è stato chiamato al convento di San Calogero di Messina per carpire i segreti di alcuni libri del Duecento che nessuno capiva più. E lui li ha ricopiati, parola per parola, mettendoci forse qualcosa di suo, fatto sta che lo hanno riempito di doni e di ringraziamenti.

E poi Geraldo, che "studia da generale" come diceva la zia Manina. Forbito, cerimonioso, freddo. Indossa delle divise che sembrano ancora calde di ferro da stiro, corteggia le donne da cui è molto ricercato. Rifiuta di sposarsi perché non dispone di grandi proprietà né di titoli. Ci sarebbe un partito caldeggiato dalla zia Agata: una certa Domenica Rispoli, ricchissima figlia di certi campieri che hanno fatto i soldi sull'insipienza di un indolente proprietario di terre, ma lui non ne vuole sapere. Dice che non mescolerà il suo sangue con quello di una "zappitedda" neanche se fosse "bella come Elena di Troia". Solo ora è venuto a sapere che il padre gli ha lasciato un pezzo di terra a Cuticchio da cui, se saprà darsi da fare, potrà ricavarci di che mantenere una carrozza e una casa in città. Ma lui aspira a qualcosa di più sfarzoso. Una carrozza ce l'hanno pure i commercianti di piazza San Domenico.

Seduta in pizzo alla sedia come una bambina, con le braccia coperte di morsi di zanzara, c'è Agata, la bellissima Agata, data in moglie a dodici anni al principe Diego di Torre Mosca. Una volta con lei si capivano solo guardandosi, si dice Marianna. Ora sono diventate quasi due estranee.

Qualche volta ci è andata al palazzo dei Torre Mosca in via Maqueda. Ha ammirato i loro arazzi, i loro mobili veneziani, le loro enormi specchiere incorniciate di legno dorato. Ma ogni volta trovava la sorella stranita, presa da pensieri lontani e cupi.

Dopo il primo figlio ha cominciato a rattrappirsi. Quella pelle bianchissima tanto amata dalle zanzare per la sua fragranza si è prosciugata, raggrinzita anzitempo. I tratti le si sono deformati, dilatati e gli occhi le si sono infossati come se il guardare ciò che la circonda le fosse penoso.

Fiammetta che era considerata la brutta della famiglia è diventata quasi bella zappando l'orto e impastando il pane in convento. Agata che a quindici anni "faceva innamorare gli angeli" come scriveva il signor padre, a ventitré ha preso l'aria di una madonna incartapecorita, di quelle madonne che stanno in capo ai letti, dipinte da mani ignote che sembra debbano cadere giù sbriciolate tanto sono consumate.

Ha avuto sei figli di cui due morti. Al terzo figlio una malattia del sangue l'ha quasi portata via. Poi si è ripresa ma non del tutto. Ora soffre di piaghe ai seni. Ogni volta che allatta si torce dal dolore e finisce per dare al proprio figlio più sangue che latte.

Il marito le ha portato in casa delle balie, ma lei si ostina a volere fare da sé. Testarda nel suo sacrificio materno fino a ridursi una larva sempre divorata da febbri di puerperio, gli occhi ritirati nella conca delle orbite, protetti da due sopracciglia tenere e bionde, non accetta né consigli né aiuto da nessuno.

Si legge una volontà quasi eroica nella piega di quelle labbra di giovane madre, la fronte divisa da un solco, il mento irrigidito, il sorriso stentato, i denti privati della porcellana, ingialliti e scheggiati precocemente.

Il marito ogni tanto le afferra una mano, gliela bacia guardandola da sotto in su. Chissà qual è il segreto del loro matrimonio, si chiede Marianna. Ogni matrimonio ha i suoi segreti che non si raccontano nemmeno a una sorella. Il suo è segnato dal silenzio e dalla freddezza, interrotti sempre più raramente per fortuna, da momenti di brutalità notturna. E quello di Agata? Il signor marito don Diego sembra innamorato di lei nonostante le deformazioni e le devastazioni dovute alle maternità ravvicinate e sopportate come dei martirii. E lei? da come accetta quelle carezze, quei baci, sembra che si sforzi di trattenere una insofferenza che sconfina nel disgusto.

Gli occhi di don Diego sono limpidi, grandi e celesti. Ma sotto una apparente premura amorosa ci si può scorgere qualcosa d'altro che fa fatica a venire a galla; forse gelosia, o forse la trepidazione di un possesso che non sente compiuto. Fatto sta che a momenti quegli occhi candidi rivelano dei lampi di soddisfazione per lo sfiorire precoce della moglie e la sua mano si allunga con gioia sospetta mescolando la pietà al compiacimento.

Ma ecco che il guardare di Marianna viene interrotto da un urtone che quasi la fa cadere dalla seggiola. Geraldo si è alzato di scatto mandando a sbattere la propria sedia contro la parete, ha scaraventato il tovagliolo per terra dirigendosi verso la porta non senza avere prima urtato la sorella sordomuta.

Il signor marito zio si precipita verso di lei per vedere se si è fatta male. Marianna gli sorride per rassicurarlo. E si stupisce di trovarsi dalla parte di lui, contro i fratelli, per una volta complici, amici.

A lei basta la villa di Bagheria che si è costruita su misura e in cui pensa di invecchiare. Certo sarebbe contenta di ereditare una delle terre della famiglia paterna per disporre di qualche soldo suo di cui non rendere conto a nessuno, anche se le terre di Scannatura del signor marito rendono bene. Ma di ogni soldo che spende deve dare conto al duca Pietro, e spesso non ha di che comprarsi la carta per scrivere.

Anche il solo noccioleto di Pesceddi o l'uliveto di Bagheria le farebbero comodo. Poterne disporre a modo suo, avere una entrata non controllata da nessuno e di cui non rendere conto ad altri... Ecco che senza accorgersene, si trova anche lei dentro la logica della spartizione, anche lei a calcolare, desiderare, pretendere, rivendicare. Per fortuna non dispone di una voce che si faccia largo in quella stupida lite fra fratelli altrimenti chissà cosa direbbe! D'altronde nessuno la interpella. Sono troppo presi dal suono delle loro parole che certamente acquistano, col montare della rissa, i toni vibranti delle trombe. Che lei non ha mai udito ma che immagina come uno scotimento metallico che fa ballare i piedi.

Spesso si comportano come se lei non ci fosse del tutto. Il silenzio l'ha agguantata come avrebbe fatto uno dei cani della signora madre, per la vita, e l'ha trascinata lontano. E lì, fra i parenti, sta come un fantasma che si vede e non si vede.

Sa che ora la baruffa sta girando proprio intorno alla villa di Bagheria ma nessuno si rivolge a lei. Il signor padre possedeva una parte di quella che era stata la "casena" del nonno e metà degli ulivi e dei limoni che crescono attorno alla villa. Con una disinvoltura che appare scandalosa ha lasciato tutto alla figlia mutola. Ma c'è già chi pensa a "impugnare il testamento, troppo scannalusu". Il signor marito zio si è allontanato e un biglietto lasciatole in grembo parla di «chissà quali processi, tanto gli avvocati crescono come i funghi a Palermo».

Il pensiero che il signor padre ora se ne stia disteso morto nel suo letto di via Alloro mentre lei è qui a mangiare in mezzo ai fratelli che si azzuffano, le pare improvvisamente una cosa molto buffa. E si scioglie in una risata solitaria, muta, che si trasforma un momento dopo in una cascata silenziosa, una pioggia dissennata che la scuote come una tempesta.

Carlo è il solo che si sia accorto della sua desolazione. Ma è troppo preso dalla lite per alzarsi. Si limita a fissarla con occhi generosi ma anche sbalorditi perché i singhiozzi senza voce sono come lampi senza tuoni, qualcosa di monco e di sgraziato.

XIII

La sala gialla è stata sgombrata in parte per fare posto a un gigantesco presepe. I mastri falegnami hanno lavorato due giorni tirando su una montagna che non ha niente da invidiare al monte Catalfano. In lontananza si vede un vulcano dai bordi dipinti di bianco. Al centro un pennacchio di fumo fatto di piume cucite insieme. Sotto la valle degli ulivi, il mare di sete sovrapposte, gli alberelli di terracotta dalle foglie di stoffa.

Felice e Giuseppa sono sedute sul tappeto, intente a bordare un laghetto fatto di specchi con dei pennacchi di carta spruzzata di verde. Manina le osserva stando in piedi appoggiata contro la parete. Mariano è intento a mangiare un biscotto impiastricciandosi le guance e le labbra. Fila accanto a lui, dovrebbe sistemare le statuine dei pastori sul prato di lanetta color bottiglia, ma se ne è dimenticata presa com'è da incantamento per quel magnifico presepe. Innocenza, presso la stalla, dà gli ultimi ritocchi alla mangiatoia da cui escono ciuffi di vera paglia.

Signoretto, l'ultimo nato, dorme in braccio a Marianna che l'ha avvolto nel suo scialle spagnolo e lo "annaca" dolcemente andando avanti e indietro col busto.

Ora il lago è pronto ma anziché riflettere l'azzurro della carta incollata dietro la stalla, rispecchia gli occhi dileggianti di una chimera che si affaccia fra il fogliame del soffitto.

Innocenza posa con delicatezza il Gesù bambino dalla pesante aureola di ceramica sulla paglia fresca. Accanto a lui, la Madonna inginocchiata viene ricoperta di un mantello turchese che le ricopre la testa e le spalle. San Giuseppe porta delle brache di pelle di pecora e un cappello a falde larghe color nocciola. Il bue grasso e bitorzoluto assomiglia ad un rospo e l'asino dalle orecchie lunghissime, rosate, a un coniglio.

Mariano, che ha compiuto da poco i sette anni, si avvia verso la cesta infiocchettata in cui giacciono ancora delle statuine e con una mano impiastricciata di zucchero, tira su un re magio dal turbante tempestato di pietre dure. Subito Giuseppa gli salta addosso, gli strappa la statuina dalle mani. Lui perde l'equilibrio, casca per terra, ma non si perde d'animo e torna a tuffare le mani dentro la cesta per tirare su un altro re magio dalla giamberga lustra di ori.

Questa volta è Felice a precipitarsi sul fratello per togliergli dalle dita la preziosa statuina. Ma lui resiste. I due cascano sul tappeto, lui tirando calci e lei morsi. Giuseppa accorre in aiuto della sorella e tutte e due mettono sotto Mariano riempiendolo di botte.

Marianna si alza col bambino in braccio e si slancia sui tre, ma Innocenza l'ha preceduta agguantandoli per le braccia e per i capelli. La statuina del re magio giace spezzata per terra.

Manina li osserva avvilita. Si dirige verso il fratello, lo abbraccia, gli bacia la guancia umida di lagrime. Subito dopo afferra le mani delle sorelle e le attira a sé per abbracciarle.

Quella bambina ha il talento della paciera, si dice Marianna, più che mangiare, più che giocare, ama la concordia. Adesso, per distogliere le due sorelle dalla lite si è gonfiata le gote e soffia sul presepe in modo da fare svolazzare il manto della Madonna, sollevare la vestina di Cristo, spingere da una parte la lunga barba di san Giuseppe.

Felice e Giuseppa scoppiano a ridere. E Mariano, stringendo ancora nella mano la metà di una statuina, ride anche lui. Perfino Innocenza ride di quel vento che viene a scompigliare le palme di stoffa, fa volare i cappelli dei pastori.

Giuseppa è presa da una idea: perché non vestire Manina da angelo? la testa dai ricci biondi ce l'ha già, la faccia rotonda e dolce dai grandi occhi in preghiera ne fanno una creatura del paradiso. Le mancano solo le ali e una lunga gonna color del cielo.

Con questa idea in testa srotola un foglio di carta d'oro aiutata da Felice. Prende a tagliarla per lungo e per largo mentre Mariano, che vorrebbe fare quello che fanno loro ma non ne è capace, viene spinto via.

Manina, una volta capito che fare l'angelo impedirà ai fratelli di bisticciare per un po', lascia fare: la fasceranno con una mantiglia della madre, le cuciranno le ali sul corsetto, le impiastricceranno la faccia di rosso e di bianco. Ogni cosa sarà accettata se riuscirà con le sue buffonaggini a conquistare le loro risate.

Marianna annusa l'odore dei colori: quella trementina pungente, quel grasso oleoso. Una improvvisa nostalgia le stringe la gola. Una tela bianca, un carboncino e le dita leste ricostruirebbero un pezzo di presepe, un angolo di finestra, il pavimento bagnato dal sole, le due teste chine di Giuseppa e Felice, il corpo paziente di Manina con un'ala già incollata alla schiena, l'altra distesa per terra, il torso massiccio di Innocenza chino misteriosamente fra gli alberelli di ceramica, gli occhi di Fila in cui si riflettono le luci di una gigantesca cometa d'argento.

Intanto Signoretto si è svegliato e sbuca con la testina calva dallo scialle della madre guardandola innamorato. Così pelato, senza denti, assomiglia a uno "spiritu nfullettu" dal cuore saltellante, "nun ave paci lu nfullettu" scriveva la nonna Giuseppa sul quaderno dai gigli d'oro e "ride di avere riso".

Una madre con i suoi figli. Saprebbe metterci anche se stessa in quel quadro dalla tela molto ampia. Comincerebbe dalle chimere, passerebbe ai capelli corvini di Fila, e poi alle mani callose di Innocenza, e ai ricci giallo canarino di Manina, agli occhi color notte di Mariano, alle gonnelle viola e rosa di Giuseppa e Felice.

La madre sarebbe ritratta seduta sopra un cuscino, come sta ora lei e le linee dello scialle si intreccerebbero con quelle del vestito che si aprirebbe all'altezza dell'ascella, per rivelare la testina nuda del figlio di pochi mesi.

Ma perché ha quella faccia stupita e dolorosa la madre di quei figli, in quel quadro che ritrae un felice momento familiare? cos'è quella stranita meraviglia?

La immaginaria pittura raggela la mano di Marianna come un colpevole tentativo di opporsi al volere di Dio. Se non è lui, chi è che tanto ansiosamente li spinge avanti, li fa rotolare su se stessi, li fa crescere e poi invecchiare e poi morire nel tempo di dire un amen?

La mano che dipinge ha istinti ladroneschi, ruba al cielo per regalare alla memoria degli uomini, finge l'eternità e di questa finzione si bea, quasi avesse creato un suo ordine più stabile e intimamente più vero. Ma non è un sacrilegio, non è un abuso imperdonabile nei riguardi della fiducia divina?

Eppure altre mani hanno fermato con sublime arroganza il tempo, rendendoci familiare il passato. Che sulle tele non muore, ma si ripete all'infinito come il verso di un cuculo, con tetra malinconia. Il tempo, si dice Marianna, è il segreto che Dio cela agli uomini. E di questo segreto si campa ogni giorno miseramente.

Una ombra si intromette fra il suo quadro immaginario e il sole che allaga gioiosamente il pavimento. Marianna solleva lo sguardo alla finestra. È il signor marito zio che li osserva da dietro il vetro. Gli occhi piccoli, penetranti, sembrano abitati dalla soddisfazione: davanti a lui, raccolta sul tappeto della più luminosa stanza della villa, l'intera famiglia, la sua discendenza. Adesso che sono due i maschi, i suoi sguardi sono diventati vittoriosi e protettivi.

L'occhiata dello zio marito si incontra con quella della giovane nipote sposa. C'è della gratitudine nel sorriso appena accennato di lui. E lei prova una sorta di antico e patetico appagamento.

Aprirà la portafinestra il signor marito zio? li raggiungerà accanto al presepe oppure no? Se lo conosce bene preferirà, dopo essersi rassicurato, allontanarsi da solo evitando il tepore della sala riscaldata. Infatti lo vede voltare loro la schiena, cacciarsi le mani nelle tasche e incamminarsi a grandi passi verso la coffee house. Lì, al riparo dei vetri e degli arrampicanti, si farà portare un caffè molto zuccherato e contemplerà il paesaggio che conosce a memoria: a destra, la punta protesa del Pizzo della Tigna, di fronte i ciuffi di acacie del monte Solunto, il dorso scuro e nudo di monte Catalfano e accanto, arruffato, il mare che oggi è verde come un prato primaverile.

XIV

La camera è in penombra. Una cuccuma d'acqua bolle sopra un braciere posato per terra. Marianna se ne sta sprofondata nella poltrona bassa, le gambe allungate sul pavimento, la testa abbandonata sopra il cuscino. Dorme.

Accanto a lei la grande culla di legno dai fiocchi azzurri che ha già ospitato Manina e Mariano. I nastri sono mossi da un filo di aria che entra dalla finestra socchiusa.

Innocenza entra piano spingendo la porta con un piede. Fra le mani tiene un vassoio con del punch bollente e un paio di biscotti al miele. Posa il vassoio sopra una sedia vicino alla duchessa e fa per allontanarsi, ma poi ci ripensa e va a prendere una coperta sul letto per riparare dal freddo la madre addormentata. Non l'ha mai vista così malridotta la signora Marianna, smagrita, sbiancata, con le occhiaie nere e un che di unto e disordinato nella persona che non le appartiene. Lei che di solito tutti prendono per una giovane donna di vent'anni, oggi ne dimostra una decina di più. Se per lo meno non si stancasse tanto a leggere! Un libro aperto giace per terra riverso.

Innocenza le stende là coperta sulle gambe, poi si affaccia sulla grande culla e osserva l'ultimo nato, Signoretto che succhia l'aria sibilando. «Questo bambino non passerà la notte» si dice e il pensiero drastico sveglia Marianna che si tira su con un sussulto.

Stava sognando di volare, aveva gli occhi e il naso pieni di vento: le zampe del cavallo rampavano fra le nuvole e lei si rendeva conto di stare a cavalcioni sul baio Miguelito davanti a suo padre che teneva le redini e incitava la bestia al galoppo fra quei massi di bambagia. Sotto, in mezzo alla valle si vedeva villa Ucrìa in tutta la sua bellezza, il corpo elegante color ambra, i due bracci ad arco tempestati di finestre, le statue come ballerine intente a saltare in bilico sul cornicione del tetto.

Apre gli occhi e si trova la faccia grassa, bonaria di Innocenza a un dito dalla sua. Si tira indietro con un movimento brusco. Il primo istinto è di darle una spinta; perché la spia a quel modo? ma Innocenza sorride con una tale apprensione affettuosa che Marianna non ha il coraggio di scacciarla. Si rizza sul busto, si allaccia il colletto, si ravvia i capelli con le dita.

Ora la cuoca si accosta di nuovo al bambino sperduto nella culla, sposta con due dita i nastri di seta, scruta quella faccina rattrappita che apre la bocca disperata cercando l'aria.

Marianna si chiede per quale infausta alchimia i pensieri di Innocenza la raggiungano chiari e limpidi come se li potesse udire. Non lo vuole quel carico, le è sgradevole. Nello stesso tempo le piace aspirare gli odori di quella gonna grigia che sa di cipolla fritta, di tintura di rosmarino, di aceto, di sugna, di basilico. È l'odore della vita che si insinua impertinente fra gli odori di vomito, di sudore e di olio canforato che esalano da quella culla infiocchettata.

Le fa cenno di sedersi accanto a lei. Innocenza ubbidisce quieta tirandosi su la larga gonna a pieghe. Si accomoda sul pavimento allungando le gambe sopra il tappeto.

Marianna tende una mano verso il bicchierino di punch. Veramente avrebbe voglia di una lunga bevuta di acqua fresca ma Innocenza ha pensato che il liquore caldo potrebbe aiutarla a superare il gelo della notte e non può deluderla chiedendole qualcos'altro. Perciò manda giù il liquido bollente e dolciastro di un fiato bruciandosi il palato. Anziché sentirsi più calda però prende a tremare per il freddo.

Innocenza le afferra una mano con un gesto premuroso e gliela struscia fra le sue per riscaldarla. Marianna si irrigidisce: non può fare a meno di pensare al sacchetto di monete, ai gesti sensuali di quelle dita che mettevano a dormire i denari a due a due.

Per non mortificarla con un rifiuto Marianna si alza, si

avvia verso il letto. Lì, dietro il paravento dai cigni ricamati, si accuccia sul vaso da notte pulito e lascia cadere qualche goccia di orina. Quindi prende il vaso e lo porge alla cuoca come se le facesse un regalo.

Innocenza lo afferra per il manico, lo copre con un lembo del suo grembiule e si avvia verso le scale per andare a rovesciarlo nel pozzo nero. Cammina cauta, tenendosi dritta, come se reggesse qualcosa di prezioso.

Ora il bambino sembra che non respiri più per niente. Marianna gli spia le labbra violacee, si china su di lui inquieta, gli appoggia un dito sulle narici. Un poco d'aria esce a intervalli rapidi, sbilanciati.

La madre appoggia la testa sul petto del figlio ascoltando i battiti di un cuore fievole appena percettibile. L'odore del latte rigurgitato e dell'olio di canfora le entra con prepotenza nelle narici. Il medico ha proibito di lavarlo e quel povero corpicino giace avvolto nelle bende che sempre più si impregnano dei suoi odori di moribondo.

Forse ce la farà, anche gli altri sono stati malati: Manina ha avuto due volte gli "oricchiuni" con la febbre alta per giorni, Mariano è stato per morire di risipola. Ma nessuno ha mai emanato quell'odore di carne in disfacimento che esala ora dal corpo di Signoretto che ha appena compiuto quattro anni.

Lo rivede aggrappato al suo seno nei primi mesi di vita, con due manine da ragno. È nato anzitempo, come Manina, ma mentre lei è venuta al mondo un mese prima del previsto lui è voluto saltare fuori con due mesi di anticipo. Ha stentato a crescere ma pareva sano, per lo meno così diceva il dottor Cannamela: che in pochi mesi avrebbe raggiunto i fratelli.

Al seno lo sentiva che non sapeva tirare, dava degli strattoni, si ingurgitava e poi lo sputava, il latte. Eppure è stato il più precoce nel riconoscerla, nel rivolgersi a lei con sorrisi irrequieti ed entusiasti.

Nessuno al mondo poteva tenerlo in braccio salvo lei. E non c'erano balie, tate, "bonnes" che potessero acquietarlo: finché non tornava in collo a sua madre non smetteva di strillare.

Un bambino allegro e intelligente che sembrava avere intuito la sordità della madre e aveva inventato lì per lì un linguaggio per farsi capire da lei e solo da lei. Le parlava scalciando, mimando, ridendo, tempestandola di baci appiccicosi. Le incollava la grande bocca senza denti sulla faccia, le lambiva gli occhi chiusi con la lingua, le stringeva con le gengive i lobi delle orecchie, ma senza farle male, come un cagnolino che conosce le sue forze e sa dosarle per giocare.

Era cresciuto più rapido degli altri. Era diventato lungo lungo con due piedi enormi che Innocenza prendeva in mano ammirata: «Questo ne facciamo un paladino» aveva detto un giorno e il signor marito zio si era affrettato a scriverlo su un foglietto perché la moglie ne ridesse.

Mai grasso, questo no, nell'abbracciarlo sentiva le costole leggere come quarti di luna sotto le dita: quando si deciderà a mettere su un poco di carne questo bambino? si chiedeva e gli baciava l'ombelico che sporgeva in fuori, sempre un poco rosso e gonfio come se fosse stato reciso solo da mezz'ora.

Si portava appresso un odore di latte rappreso che neanche il bagno nella tinozza colma di acqua e sapone riusciva a toglierli del tutto. Lo riconosceva ad occhi chiusi questo ultimo figlio dei suoi trent'anni. E lo prediligeva apertamente per quell'amore smodato di cui la faceva oggetto e da cui lei si lasciava rapire.

Qualche volta la mattina presto si svegliava con un senso di calore sulla spalla nuda e poi scopriva che era lui, entrato furtivamente nel letto, che le incollava la bocca sdentata sulla carne e tirava come fosse un capezzolo.

Lo afferrava per il collo e ridendo se lo abbracciava nel caldo delle coperte, al buio. E lui, ridendo a crepapelle, si aggrappava a lei baciandola, annusando gli odori notturni di lei, prendendola a testate sul seno.

A tavola lo faceva sedere accanto a sé nonostante i biglietti perentori del signor marito zio: «I bambini devono stare con gli altri bambini, nella nursery che è lì per questo».

Ma lei sapeva intenerirlo con l'argomento della magrezza: «Senza di me non mangia signor marito zio». «E non chiamatemi signor zio.» «Il bambino è troppo asciutto.» «Finirò di asciugarlo io se non lo mandate nelle sue stanze.» «Se lo cacciate mìe ne vado anch'io.» Un via vai di biglietti dispettosi che facevano ridere Fila e le sguattere dietro di lei.

Infine Marianna aveva ottenuto che di mattina, solo a pranzo, il bambino sedesse accanto a lei, così da poterlo imboccare con "sfinciuni" ripieni di pollo schiacciato, pasta all'uovo e cacio, zabaione con spuma d'arancia, tutte cose che come diceva Innocenza «fanno sangue».

Non ingrassava Signoretto ma si allungava, cresceva in alto, metteva su un collo da cicogna e due braccine da scimmia che i fratelli ridicolizzavano apertamente. A due anni era più alto del figlio di Agata che ne aveva tre. Solo di peso non cresceva, si spingeva in alto come una pianta che cerchi l'aria. I denti non gli venivano fuori e neanche i capelli. La testa pareva una boccia e lei gliela copriva con delle cuffie ricamate, arricciate e sbuffanti.

All'età in cui tutti gli altri bambini cominciano a parlare, lui faceva solo delle risate. Cantava, urlava, sputava, ma non parlava. E il signor marito zio aveva cominciato a scrivere biglietti minacciosi: «Mio figlio non lo voglio mutolo come voi». E di seguito: «Tocca separare, così dice lo speziale, e anche il dottor Cannamela».

Marianna aveva avuto una tale paura che glielo portassero via che era stata presa dalla febbre. E il duca Pietro, mentre lei delirava, si aggirava esasperato per la casa in preda ad una indecisione forsennata: doveva approfittare dell'incoscienza di sua moglie per toglierle il figlio e metterlo in convento dalla zia Teresa professa, dove lo avrebbero educato alla parola o lasciarlo pietosamente presso la madre che gli era così spasmodicamente legata?

Mentre si torceva indeciso lei si era sfebbrata. E gli aveva fatto promettere di lasciarle il figlio vicino, per lo meno ancora per un anno. In cambio gli avrebbe preso in casa un maestro e l'avrebbe costretto a imparare l'abbecedario. Ormai aveva quattro anni e quel rifiuto alla parola inquietava anche lei.

Così era stato. E il signor marito zio si era messo l'animo in pace: il bambino stava bene, era allegro, mangiava, cresceva; come si faceva a strapparlo dalle braccia della madre? ma di parlare non dava cenno.

Finché un giorno, all'approssimarsi della scadenza di un anno stabilita dal padre, si era ammalato. Era diventato grigio a furia di vomitare.

Il dottor Cannamela dice che si tratta di un delirio dovuto ad una «infiammazione al cervello». Gli ha fatto cavare una scodellina di sangue dal cerusico Pozzolungo; il quale, a sua volta, l'ha messo a digiuno in una stanza isolata dove solo la madre e Innocenza possono entrare. Il cerusico infatti ha decretato che non si tratta di una infiammazione al cervello ma di una forma abnorme di vaiolo.

La cuoca ha già avuto il vaiolo e ne è uscita mezza morta ma ne è uscita. Marianna non l'ha avuto ma non lo teme. Non è rimasta sola in villa quando tutta Bagheria era stata assalita dalle febbri e dai vomiti, senza contagiarsi? Allora si lavava ogni momento le mani con l'aceto, mangiava limoni col sale e si teneva la bocca coperta con un fazzoletto legato dietro la nuca come un brigante.

Da quando Signoretto è malato però non prende neanche le solite precauzioni. Dorme sulla poltrona imbottita accanto alla culla di legno in cui il figlio ansima, cogliendone ogni respiro. La notte si sveglia di soprassalto, allunga una mano verso la bocca del bambino per vedere se respira ancora.

Quando lo vede succhiare l'aria in quel modo straziante, le labbra livide, le manine aggrappate ai bordi della culla, pensa che il miglior modo di aiutarlo sarebbe di farlo morire. Il cerusico dice che dovrebbe essersene già andato. Ma lei lo tiene in vita con il calore della sua vicinanza, baciandolo, regalandogli ogni poco un sorso del suo respiro.

XV

Il signor padre ha un modo tutto suo di montare sul baio acchiappandosi alla criniera corvina e parlando al cavallo con fare persuasivo. Quello che gli racconta, Marianna non l'ha mai saputo, ma assomiglia molto alle chiacchiere sibilline e affettuose che versava nell'orecchio del condannato a morte sul palco di piazza Marina.

Quando è sopra la sella le fa cenno di avvicinarsi, si china sul collo della bestia e tira su la figlia, la fa sedere davanti a lui a cavalcioni sulla criniera. E non c'è bisogno che lo frusti o lo sproni il baio Miguelito perché lui parte appena il signor padre prende una certa posizione con le gambe ben serrate contro i fianchi e il petto proteso in avanti.

Così imboccano la discesa che dalla villa porta allo slargo della fonte di San Nicola, lì dove i pecorai stendono le pelli delle pecore scuoiate ad asciugare. Vi stagna sempre un odore forte di carne in putrefazione e di concia. Ed eccoli padre e figlia che oltrepassano i cancelli di villa Trabia, attraversano il vicolo che sfiora il giardino di villa Palagonia lasciando i due mostri monocoli di pietra rosata sulla sinistra. Si inoltrano sulla strada polverosa fiancheggiata da infiniti cespugli di more e di fichi d'India per dirigersi verso Aspra e Mongerbino.

Il signor padre si spinge in avanti, il baio Miguelito prende il galoppo e si slanciano oltre i carrubi contorti, oltre le case sparse dei contadini, oltre gli ulivi e i gelsi, le vigne e il fiume.

Quando il vapore umido del mare prende a salire alle narici fresco e salato, il baio solleva le zampe anteriori e in pochi attimi, con una spinta poderosa dei fianchi, si solleva da terra. L'aria si fa più leggera, pulita; dei gabbiani vengono loro incontro stupefatti. Il signor padre incita il cavallo, la bambina si aggrappa alla criniera tenendosi in bilico sullo snodato e dolcissimo collo di Miguelito che pare il collo di una giraffa.

Il vento si infiltra fra i capelli, le spezza il fiato in gola, una nuvola avanza tiepidamente verso di loro e con un balzo il baio vi entra dentro, prende a nuotare nella schiuma fluttuante scalciando e nitrendo. Per un momento Marianna non vede più niente, solo una nebbia appiccicosa che le riempie gli occhi. Poi eccoli di nuovo fuori, nel limpido cilestrino di un cielo accogliente.

Il signor padre certamente questa volta la sta conducendo con sé in paradiso, si dice Marianna e guarda con soddisfazione gli alberi che sotto di loro si fanno sempre più minuti e scuri. I campi in lontananza si scompongono in geometrie azzurrate; quadrati e triangoli che si sovrappongono tumultuosi.

Però il baio ora non sta puntando il cielo ma la cima di una montagna. Marianna ne riconosce la punta piatta e brulla, la forma di castello dal corpo grigio. È il monte Pellegrino. In un lampo sono arrivati fin lì. Ora si caleranno su quelle rocce bruciate per riposare un poco prima di proseguire verso chissà quali cieli felici.

Ma sotto di loro si è radunata una gran folla e in mezzo alla folla c'è qualcosa che nereggia: un palco, un uomo, una corda appesa. Il baio Miguelito sta facendo dei giri concentrici. L'aria diventa più calda, gli uccelli rimangono indietro. Ora lo vede con chiarezza: il signor padre sta per posarsi, con cavallo e figlia, davanti al patibolo dove un ragazzo dagli occhi che spurgano sta per essere giustiziato.

Nel momento in cui gli zoccoli di Miguelito toccano terra Marianna si sveglia, la camicia da notte fradicia di sudore, la bocca arsa. Da quando è morto il piccolo Signoretto, di notte non riesce a dormire. Ogni due ore si sveglia col fiato corto, nonostante la valeriana e il laudano che ingolla assieme alle tisane di biancospino, di fiori d'arancio e di camomilla.

Con un moto di insofferenza scansa le lenzuola, tira fuori i piedi nudi. Il tappetino di pelle di capra le procura un leggero solletico sotto le piante. Allunga una mano verso i fosfo-ri. Accende la candela sul comodino. Si infila il mantello di ciniglia color violacciocca e si avvia verso il corridoio.

Sotto la porta della camera del signor marito zio si disegna una listella di luce. Anche lui insonne? o si è addormentato col libro in mano e la candela accesa come gli succede sempre più spesso?

Più avanti la porta della camera di Mariano è socchiusa. Marianna la spinge con due dita. Fa qualche passo in direzione del letto. Trova il figlio che dorme a bocca spalancata. E si chiede se sia il caso di consultare di nuovo il dottor Cannamela. È sempre stato debole di gola quel ragazzo, ogni momento un raffreddore e il naso gli si gonfia, gli si chiude e la tosse lo scuote, stizzosa.

L'ha già fatto visitare da due medici importanti, uno ha ordinato il solito salasso che l'ha solo indebolito. Un altro ha detto che bisogna aprire il naso, togliergli un polipo che lo disturba e tornare a chiuderlo. Ma il signor marito zio non ne ha voluto sapere: «Qui si aprono e si chiudono solo le porte, figghiu di buttana».

Per fortuna il carattere, crescendo, gli è migliorato: non fa più tanti capricci, non si butta per terra quando viene contraddetto. Un poco va assomigliando alla signora madre, sua nonna: è pigro, bonario, facile agli entusiasmi ma altrettanto facile agli scoramenti. Ogni tanto viene a baciarle la mano e a raccontarle qualche fatto, riempiendo i foglietti di una grafia larga e confusa.

Alle volte Marianna sente lo sguardo impietoso del figlio sulle mani che sono precocemente invecchiate. Sa che in qualche modo lui ne gioisce come di una punizione meritata per avere concentrato in maniera impudica e incontrollata tutte le sue cure sul corpiciattolo disgustoso del fratellino morto a quattro anni.

Il duca Pietro e la zia professa Teresa fanno di tutto per convincerlo a comportarsi da duca. Alla morte del padre tanto più anziano della madre, erediterà tutti i titoli nonché le ricchezze del ramo morto degli Scebarràs lasciati in dono allo zio Pietro. E lui un po' sta al gioco, si inorgoglisce, diventa arrogante, un po' si stufa e torna a giocare a nasconderello con le sorelle sotto gli occhi scandalizzati del padre. Ma ha solo tredici anni.

Marianna si ferma davanti alla stanza di Giuseppa che è la più inquieta delle tre figlie: rifiuta le lezioni di musica, di ricamo, di spagnolo, è avida solo di dolci e di corse a cavallo. Sono state Lina e Lena prima che se le portasse la febbre quartana, quando chiamavano il baio con un fischio e correvano abbracciate fra gli ulivi, a insegnarle a cavalcare. Il signor marito zio non approva: «Ci sono le portantine per le signore, ci sono le lettighe, ci sono le carrozze, non voglio amazzoni in giro».

Ma appena il padre se ne va a Palermo, Giuseppa prende Miguelito e con lui se ne va fino al mare. Marianna lo sa ma non l'ha mai tradita. Anche lei avrebbe voluto montare a cavallo e galoppare sui sentieri polverosi ma non glielo hanno mai permesso. La signora madre l'aveva convinta che una mutola non può fare quasi niente di quello che desidera senza essere afferrata "dai cani dalla lunga coda biforcuta". Solo il signor padre, dopo molte insistenze, l'aveva portata di nascosto, due o tre volte, in groppa a Miguelito quando era ancora un cavallino giovane e allegro.

Il duca Pietro è particolarmente severo con Giuseppa. Se la ragazza si rifiuta di alzarsi presto la mattina, la chiude nella stanza e ce la tiene per tutta la giornata. Innocenza di nascosto le porta su dei manicaretti cucinati apposta per lei. Ma questo il signor marito zio non lo sospetta nemmeno.

«Tua figlia Giuseppa, a diciotto anni, si comporta come una bambina di sette» scrive lui su un foglio e glielo getta addosso con aria indispettita. Che la figlia sia scontenta se ne accorge anche Marianna ma non saprebbe dire perché. Sembra che provi piacere a rotolarsi fra le lenzuola fradicie di lagrime, in una frana di briciole di biscotto, i capelli unti, pronta a dire di no a tutto e a tutti.

«Male di crescere» scriveva il signor padre «lasciatela stare.» Ma il signor marito zio non la lascia stare affatto: «Ubbie sono». E ogni mattina le si mette davanti in capo al letto e le rivolge delle lunghissime prediche che sortiscono regolarmente l'effetto opposto. Soprattutto la rimprovera di non volersi sposare. «A diciotto anni ancora "schietta", è uno sconcio. A diciotto anni vostra madre aveva già fatto tre figli. E voi siete zitella. Che me ne faccio di una zitella? che me ne faccio?»

Marianna avanza a tentoni: il corridoio è lungo e le stanze dei figli si susseguono come le stazioni della Via Crucis. Qui dormiva Manina prima di andare sposa, per volontà del padre, a soli dodici anni. È sempre stata la preferita del padre, la più ubbidiente, la più bella. E lui aveva pensato di fare un grande sacrificiò rinunciando a lei «per sposarla bene, con un uomo giusto e agiato».

Il letto col baldacchino frangiato, le tende di velluto ocra, il completo di pettine e spazzola e arricciacapelli in tartaruga e oro, regalo del nonno Signoretto quando aveva compiuto dieci anni. Ogni cosa al suo posto come se la ragazza vivesse ancora lì.

Marianna ripensa alle tante lettere indignate che ha scritto al marito per dissuaderlo da quel matrimonio precoce. Ma è stata sconfitta da parenti, amici, consuetudini. Oggi si chiede se non è stato troppo poco quello che ha fatto per la figlia più giovane. Non ha avuto abbastanza coraggio. Certamente si sarebbe battuta con più energia se si fosse trattato di Signoretto. Con Manina, dopo le prime battaglie, ha lasciato correre, per stanchezza, per noia, chissà, per viltà.

In fretta si allontana dalla camera della figlia rischiarata malamente da un piccolo lume che arde sotto un quadro della Madonna. Accanto, in una stanza che dà sulle scale, fino a pochi anni fa ha dormito Felice, la più gaia delle sue figlie. Entrata in convento a undici anni, si è costruita tra le Francescane un piccolo regno su cui governa capricciosamente. Entra ed esce quando vuole, dà pranzi e cene per ogni occasione. Spesso il padre le manda la portantina e viene per un giorno o due a Bagheria e nessuno le dice niente.

Anche lei ha lasciato un vuoto. Le figlie femmine le ha perse troppo presto, si dice Marianna. Salvo Giuseppa che ingoia veleno e si rotola nel letto non sapendo neanche lei perché. C'è qualcosa di idiota nel covare i figli come uova, con l'esterrefatta pazienza di una chioccia.

Ha trasferito sui corpi dei figli in trasformazione il proprio corpo, privandosene come se l'avesse perso nel momento di maritarsi. È entrata e uscita dai vestiti come un fantasma, inseguendo un sentimento del dovere che non nasceva da inclinazione ma da un cupo e antico orgoglio femminile. Nella maternità ha messo la sua carne, i suoi sensi, adeguandoli, piegandoli, limitandoli. Solo con il piccolo Signoretto ha strafatto, lo sa, il loro è stato un amore che andava al di là del rapporto madre e figlio, per sfiorare quello di due amanti. E come tale non poteva durare. L'aveva capito prima lui di lei nella sua meravigliosa intelligenza infantile e aveva preferito andarsene. Ma si può vivere senza corpo, come ha fatto lei per oltre trent'anni, senza diventare la mummia di se stessi?

Ora i piedi la portano altrove, giù per le scale di pietra coperte dal tappeto a fiori: l'angolo dell'ingresso, le piante che serpeggiano lungo le pareti, il corridoio livido, la grande finestra sul cortile addormentato, la sala gialla dove si intravvede la spinetta verniciata di chiaro, le due statue romane messe a guardia dell'alta portafinestra, le chimere che si affacciano occhiute fra le fronde del soffitto, la sala rosa col suo divano imbottito, l'inginocchiatoio di legno rossiccio, la tavola da pranzo su cui spicca il cesto bianco colmo di pere e di uve di ceramica. L'aria è gelida. Da giorni su Bagheria è calato un freddo inusuale e inaspettato. Da anni non si ricorda un freddo simile.

La cucina l'accoglie appena un poco più tiepida col suo odore di fritto e di pomodoro seccato. Dalla porta aperta entra una lista di luce azzurrina. Marianna si avvia verso lo stipo. Ne apre gli sportelli con un gesto meccanico. L'odore del pane avvolto negli stracci entra prepotente nelle narici. Le viene in mente quello che ha letto su Democrito in Plutarco: per non addolorare con la sua morte la sorella che doveva sposarsi, il filosofo ha protratto l'agonia annusando il pane appena sfornato.

Con la coda dell'occhio, Marianna intravvede qualcosa di nero che serpeggia sul pavimento. Si china a guardare. Da qualche anno non vede più bene da lontano. Il signor marito zio le ha fatto venire da Firenze delle lenti da miope a cui però non riesce ad abituarsi. E poi si sente ridicola con quell'attrezzatura sul viso. A Madrid pare che li portino i giovani, gli occhiali, anche senza motivo, giusto per inalberare le grandi montature di tartaruga. E questa sarebbe già una buona ragione per non metterseli.

Guardando da vicino si accorge che sono formiche: una fila laboriosa composta da migliaia di bestioline che vanno e vengono dalla credenza alla porta. Attraversando l'intera cucina, arrampicandosi sulla parete, raggiungono lo strutto che riempie la zuppiera di maiolica in forma di anitra.

Ma lo zucchero dov'è? Marianna si guarda intorno cercando i barattoli di metallo smaltato dove viene conservato, da quando era bambina, il prezioso granulato. E li trova infine, vicini alla persiana, allineati sopra un'asse. Cosa non ha saputo inventare l'ingegno di Innocenza per tenere lontane le formiche! l'asse sta in bilico fra due sedie; le zampe delle sedie sono immerse dentro delle pentoline piene d'acqua, sopra ogni barattolo una fondina colma di aceto.

Marianna estrae da un cesto posato per terra un limone bitorzoluto, ne annusa l'odore fresco e aspro, lo taglia a metà con un coltellino dal manico di corno. Da una metà ricava una fetta carnosa col bianco morbido e spugnoso. Ci spruzza sopra un pizzico di sale e se la porta sulla lingua.

È una abitudine che ha preso dalla nonna Giuseppa la quale ogni mattina, prima ancora di lavarsi la faccia, si mangiava un limone tagliato a spicchi. Era il suo modo di conservare i denti sani, la bocca fresca.

Marianna si tocca i denti con un dito cacciandolo fra le gengive e la lingua. Certamente sono ben saldi e robusti anche se due se li è portati via il cerusico l'anno scorso e ora da una parte non mastica più tanto bene. Qualcuno è scheggiato, qualcun altro appannato. I figli si vedono dai denti. Non si sa perché, sono avidi di osso, quando sono nella pancia. Quel molare forse si poteva salvare, ma doleva e il cerusico, si sa, fa il mestiere di tagliare, non di aggiustare. Ha fatto tanta fatica per tirarle quei due denti che sudava, tremava come avesse la febbre. Con quella tenaglia fra le mani tirava, tirava ma il dente non si spostava. Allora l'aveva spezzato con un martellino ed era riuscito ad estrarre i pezzi rotti solo puntando un ginocchio contro il petto di lei, soffiando come un bufalo.

Col limone in mano Marianna si dirige verso la credenza. Apre lo sportellino forzandolo con l'unghia, afferra il barattolo del borace. Poi, col pugno pieno di polvere bianca si avvicina alla fila delle formiche, ne lascia sgusciare dei rivoletti sul serpentone in moto. Subito le formiche prendono ad agitarsi scomponendo le file, saltando le une sulle altre, rifugiandosi nelle fessure della parete.

Con le dita impolverate di borace Marianna si avvicina alle imposte chiuse. Le scosta leggermente lasciando entrare il chiarore della luna. Il cortile spennellato di calce, risplende. Gli oleandri formano delle masse scure che fanno pensare a dorsi di giganteche tartarughe addormentate col muso contro vento per ripararsi dal freddo.

Il sonno le fa lagrimare gli occhi: i passi si dirigono da soli verso la camera da letto. È quasi mattina. Dalle finestre chiuse filtra un leggero odore di fumo. Qualcuno nelle "casene" vicino alla stalla ha acceso il primo fuoco.

Il letto disfatto non è più una prigione da cui fuggire ma un rifugio in cui riparare. I piedi le si sono congelati e le dita intirizzite. Dalla bocca escono nuvole di vapore. Marianna si caccia sotto le coperte e appena appoggia la testa sul cuscino sprofonda in un sonno buio e senza sogni.

Ma non fa in tempo a saziarsene che viene svegliata da una mano fredda che le solleva la camicia da notte. Si rizza a sedere con un soprassalto. La faccia del signor marito zio è lì a un dito dalla sua. Così da vicino non l'ha mai guardato, le sembra di fare un sacrilegio. Nel ricevere i suoi abbracci ha sempre chiuso gli occhi. Ora invece lo osserva e lo vede distogliere lo sguardo infastidito.

Ha le ciglia bianche il signor marito zio; quand'è che sono scolorite a quel modo? com'è che non se n'è mai accorta? da quando? Lui alza una mano lunga e ossuta come se volesse colpirla. Ma è solo per chiuderle gli occhi. Il ventre armato preme contro le gambe di lei.

Quante volte ha ceduto a quell'abbraccio da lupo chiudendo le palpebre e stringendo i denti! Una corsa senza scampo, le zampe del predatore sul collo, il fiato che si fa grosso, pesante, una stretta sui fianchi e poi la resa, il vuoto.

Lui sicuramente non si è mai chiesto se questo assalto le

sia gradito o meno. Il suo è il corpo che prende, che inforca. Non conosce altro modo di accostarsi al ventre femminile. E lei l'ha lasciato al di là delle palpebre calate, come un intruso.

Che si possa provare piacere in una cosa così meccanica e crudele non le è mai passato per la mente. Eppure qualche volta, annusando il corpo tabaccoso e sonnolento della signora madre, aveva indovinato l'odore di una segreta beatitudine sensuale a lei del tutto sconosciuta.

Ora per la prima volta, guardando in faccia il signor marito zio, riesce a fare un segno di diniego con la testa. E lui si paralizza, con il membro rigido, la bocca aperta, talmente sorpreso del suo rifiuto da rimanere lì impalato senza sapere che fare.

Marianna scende dal letto, si infila la cappa e si avvia rabbrividendo per il freddo e senza rendersene conto verso la stanza del marito. Lì si siede sulla sponda del letto e si guarda intorno come se la vedesse per la prima volta questa camera tanto vicina alla sua e però tanto lontana. Com'è povera e scostante! bianche le pareti, bianco il letto ricoperto da una trapunta strappata, una pelle di pecora dai peli sporchi sul pavimento, un tavolinetto di legno di ulivo su cui giacciono lo spadino, un paio di anelli e una parrucca dai riccioli appannati.

Allungando l'occhio può scorgere, dietro lo sportello semiaperto della "rinaliera" il vaso da notte bianco bordato d'oro a metà pieno di un liquido chiaro in mezzo a cui galleggiano due salsicce scure.

Questa stanza pare volerle dire qualcosa che lei non ha mai voluto ascoltare: una povertà di uomo solitario che nell'ignoranza di sé ha messo tutto il suo terrorizzato sentimento d'orgoglio. Proprio nel momento in cui ha trovato la forza di negarsi prova una dolcezza sfinita per lui e per la sua vita di vecchio brusco e abbrutito dalla timidezza.

Lo cerca con gli occhi tornando verso la sua stanza fra piante grasse, chimere che si allungano sulle pareti e sui soffitti, vasi di fiori dai petali brinati. Ma lui non c'è. E la porta che conduce sul corridoio è chiusa. Allora si avvia verso la grande finestra che dà sul balcone e lo trova lì, accovacciato per terra, la testa incassata fra le spalle, lo sguardo rivolto verso la campagna lattiginosa.

Marianna si lascia scivolare per terra accanto a lui. Davanti a loro la valle degli ulivi si va facendo sempre più luminosa. In fondo, fra capo Sólanto e Porticello, di un celeste slavato che si confonde con il cielo, il mare calmo, senza onde.

Nel freddo della mattina, in quell'angolo riparato Marianna fa per allungare una mano verso il ginocchio del signor marito zio, ma le sembra un gesto di tenerezza che non appartiene al loro matrimonio, qualcosa di imprevedibile e inaudito. Avverte il corpo dell'uomo impietrito accanto a sé, abitato da stracci di pensieri che sgusciano come spifferi d'aria da quella testa sbiancata e priva di saggezza.

XVI

Le mani di Fila nello specchio si muovono goffe e rapide districando la matassa dei capelli di Marianna. La duchessa osserva le dita della giovane serva che stringono il pettine di avorio come fosse un aratro. Ogni nodo uno strattone, ogni inciampo una tirata. C'è qualcosa di rabbioso e di crudele in quei polpastrelli che si cacciano nei suoi capelli come se volessero disfare dei nidi, togliere delle erbacce.

D'un tratto la padrona strappa l'arnese dalle mani della ragazza e lo spezza in due; poi lo scaraventa fuori dalla finestra. La serva rimane in piedi a guardarla sbigottita. Non ha mai visto la signora così adirata. È vero che da quando le è morto il figlio piccolo perde spesso la pazienza ma ora esagera: che colpa ne ha lei se quei capelli sono un groviglio di sterpi?

La signora osserva la propria faccia contratta nello specchio, accanto a quella stupefatta della domestica. Con un gorgoglio che sale dal fondo del palato, una parola sembra emergere dalle cavità della memoria atrofizzata: la bocca si apre ma la lingua resta inerte fra i denti, non vibra, non suona. Dalla gola rattrappita esce infine uno strido acuto che fa paura a sentirsi. Fila rabbrividisce visibilmente e Marianna le fa cenno di andarsene.

Ora è sola e alza gli occhi sullo specchio. Una faccia nuda, arsa, dagli occhi disperati la fissa dal vetro argentato. Possibile che sia lei quella donna appannata dalla desolazione, un solco come una sciabolata che divide in due per verticale la fronte spaziosa? dove sono le dolcezze per cui innamorava di sé l'Intermassimi? dove sono le rotondità soffici delle guance, i colori morbidi degli occhi, il sorriso contagioso?

Le pupille si sono fatte più chiare, di un celeste sbiadito, stanco; stanno perdendo quel luccichio vivace fatto di candore e di sorpresa, stanno diventando dure, vetrose. Una ciocca di capelli bianchi le scivola sulla fronte. Fila qualche volta gliel'ha tinta quella ciocca con l'estratto di camomilla, ma ormai si è affezionata alla pennellata di calce sulla massa dei capelli biondi: un segno di frivolezza sopra una faccia allagata dall'impotenza.

Lo sguardo si sposta sui ritratti dei figli: piccoli acquarelli dalle pennellate rapide e leggere, schizzi quasi rubati durante i loro giochi e il loro sonno. Mariano col naso eternamente gonfio, la bellissima bocca sensuale, gli occhi sognanti; Manina mezza sepolta nei capelli ricci biondi e aerei, Felice con quell'aria di topo ingordo di cacio e Giuseppa che piega le labbra in un broncio scontroso.

«Scantu la 'nsurdiu e scantu l'avi a sanari» aveva trovato scritto un giorno in una lettera del signor padre alla signora madre. Ma di quale spavento parlava? c'era stato un intoppo, un inciampo, un arresto involontario del suo pensiero quando era bambina? e a cosa era dovuto?

Il dolce fantasma del signor padre si limita a sorriderle al di là del vetro con la sua solita aria festosa. Al dito porta l'anello d'argento con i due delfini che Manina, alla morte di lui, ha voluto per sé.

Il passato è una raccolta di oggetti usati e rotti, il futuro è nelle facce di questi bambini che ridono indifferenti dentro le cornici dorate. Ma anche loro si avviano a diventare passato, assieme alle zie monache, alle balie, ai campieri. Tutti corrono verso il paradiso ed è impossibile fermarli, anche per un momento.

Solo Signoretto si è fermato. L'unico dei suoi figli che non corra, che non si trasformi giorno per giorno. È lì in un angolo del pensiero di lei, sempre uguale a se stesso e ripete all'infinito i suoi sorrisi d'amore.

Aveva voluto non farsi mangiare dai figli come sua sorella Agata che a trent'anni sembra una vecchia. Li aveva voluti tenere a una certa distanza preparandosi alla loro perdita. Con l'ultimo però non ne era stata capace, suscitando con il suo affetto eccessivo, imperdonabile, il rancore degli altri.

Non aveva resistito al richiamo di quella sirena. Aveva giocato con quell'amore fino a gustarne l'amaro sapore di feccia.

Una luce intanto si è insinuata nel grigiore lattiginoso dello specchio. Non si è accorta che sta calando la sera e sulla porta c'è Fila con un candelabro. È incerta se entrare. Marianna la chiama con la mano. Fila cammina a piccoli passi titubanti; posa il candelabro sul tavolo, fa per andarsene. Marianna la ferma per un braccio, le solleva con due dita l'orlo della gonna e vede che non porta le scarpe. La ragazza, sentendosi scoperta, la guarda con occhi di topo in trappola.

Ma la signora sorride, non vuole rimproverarla; lo sa che Fila ha la passione di andarsene scalza per casa. Le ha regalato tre paia di scarpe ma lei, appena può se le sfila e gira a piedi nudi fidando nelle gonne lunghe che si portano appresso la polvere e nascondono bene i calcagni screpolati e callosi.

Marianna fa un movimento brusco e vede Fila che si curva nelle spalle come per schivare un colpo. Eppure non l'ha mai picchiata, cosa ha da temere? quando solleva una mano ai capelli la ragazza si curva ancora di più come a dire: non rifiuto la sberla, cerco solo di ridurre il dolore. Marianna fa scivolare le dita sulla testa di lei. Fila le pianta addosso gli occhi selvatici. La carezza sembra inquietarla più dello schiaffo. Forse teme che l'acciuffi per i capelli e glieli tiri, dopo averli avvoltolati attorno al pugno, come fa qualche volta Innocenza quando perde la pazienza.

Marianna prova a sorridere ma Fila è talmente sicura del castigo che bada solo a capire da dove possa arrivare il colpo. Scoraggiata, Marianna lascia che Fila corra via saltellando sulle punte dei piedi nudi. Le insegnerà a leggere, si propone raccogliendo i capelli e annodandoli in modo da farne un grosso e bitorzoluto "scignò".

Ma la porta si apre di nuovo per lasciare entrare Innocenza che tiene per mano una Fila riluttante e immusonita. Anche la cuoca si è accorta dei piedi nudi che tanto infastidiscono il duca Pietro o semplicemente si è insospettita dalla fuga precipitosa della ragazza?

Marianna accenna una piccola risata muta che smonta Innocenza e rincuora la ragazza. È il solo modo che ha per mostrare che non è adirata, che non ha l'intenzione di punire nessuno. Fare sempre la parte del giudice, del censore, l'annoia. D'altronde non vuole provocare Innocenza che nell'ansia di farsi capire da lei prende a sbracciarsi, a torcersi, a fare versi e gesti scomposti. Per levarsele di torno tira fuori da un cassetto della scrivania due monete da un tarì e le posa sui palmi delle loro mani tese.

Fila se la svigna dopo avere accennato un inchino goffo e stizzoso. Innocenza gira e rigira la moneta fra le dita con l'aria di chi se ne intende. Marianna, guardandola, avverte la minaccia di una valanga di pensieri che gravitano pericolosamente verso di lei. Chissà perché proprio le riflessioni di Innocenza, fra le tante persone a lei vicine, hanno questa capacità di rendersi leggibili.

Per fortuna Innocenza ha fretta di tornare in cucina, oggi. Per questo le porge rapida un foglietto in cui riconosce la grafia gigantesca e traballante di Cuffa: «Vuscienza chi vulissi pi manciari?»

E Marianna, sull'altra faccia del biglietto scrive distrattamente «Cicirata e purpu», senza pensare che il signor marito odia i ceci e non sopporta i polpi. Piega il foglio e lo caccia in una tasca del grembiule di Innocenza, perché se lo faccia leggere da Raffaele Cuffa o da Geraci. Poi la spinge verso la porta.

XVII

«Oggi autodafé in piazza Marina. Richiesta mia partecipazione. È d'uopo che ci sia anche la duchessa signora sposa. Consiglio vestito porpora croce di Malta sul petto. E per una volta niente selvatichezze campagnole.»

Marianna legge il biglietto perentorio del signor marito zio posato sotto il barattolo della cipria. L'autodafé significa rogo, piazza Marina e la folla delle grandi occasioni: le autorità, le guardie, i venditori di acqua e "zammù", di polpi bolliti, di caramelle e di fichi d'India; l'odore di sudore, di fiati marci, di piedi inzaccherati, nonché l'eccitazione che monta, si fa carnosa, visibile, e tutti aspettano mangiando e chiacchierando quel colpo di rasoio al ventre che porta pena e delizia. Non ci andrà.

In quel momento vede entrare il signor marito zio in una camicia profumata coperta di pizzi. Ai piedi un paio di scarpe nuove di pelle lucida che sembra laccata.

«Non me ne vogliate ma non potrò venire con voi all'autodafé» scrive rapida Marianna e gli porge il foglio ancora bagnato di inchiostro.

«E perché no?»

«Mi lega i denti come l'uva acerba.»

«Portano al rogo due eretici conosciuti, suor Palmira Malaga e frate Reginaldo Venezia. Ci sarà l'intera Palermo e oltre. Non posso esimermi. E neanche voi signora.»

La signora fa per scrivere una risposta ma il duca Pietro ha già imboccato la porta. Come farà a sottrarsi a questo ordine? quando il signor marito zio prende quell'aria indaffarata e frettolosa è impossibile contraddirlo; si impunta come un mulo. Bisognerà inventarsi una malattia che gli dia la scusa per presentarsi da solo.

Suor Palmira Malaga, un guizzo della memoria, ha letto di lei da qualche parte, forse nel libro di storia delle eresie? o in una pubblicazione sul Quietismo? o in uno di quegli elenchi che mette in giro la Santa Inquisizione con i nomi dei sospetti di eresia?

Suor Palmira, ora ricorda, su di lei ha letto un libretto stampato a Roma, capitato non si sa come nella biblioteca di casa. C'era pure una sua caricatura con due cornetti sulla testa e una lunga coda d'asino, ora ricorda, che le usciva da sotto il saio e finiva in una punta biforcuta, non molto dissimile da quelle dei cani temuti dalla signora madre.

La vede salire ad uno ad uno i gradini di legno del patibolo. I piedi scalzi, le mani legate dietro la schiena, la faccia contratta in una smorfia bizzarra quasi che quell'orrore fosse l'ultimo suggello di una sua decisione di pace. Dietro di lei fra Reginaldo che immagina barbuto, il collo esile e il petto cavo, i grandi piedi sporchi e callosi stretti nei sandali alla francescana.

Il boia ora li lega ai pali sopra una pila di ciocchi tagliati con l'accetta. Due assistenti con le torce accese si avvicinano ai legni ammucchiati. La fiamma non si attacca subito ai rametti di sambuco e alle canne spezzate che qualcuno ha raccolto e legato col salice per facilitare l'accensione. Del vapore bianco sbuffa sulle facce dei primi spettatori.

Suor Palmira sente salire l'odore aspro delle fascine e la paura le contrae i muscoli del ventre, un rivolo di orina le scorre lungo le cosce. Eppure il martirio è appena cominciato. Come farà a resistere fino alla fine?

Il segreto le viene soffiato nell'orecchio da una voce dolcissima. Il segreto è il consenso, Palmira mia, non irrigidirsi e resistere, ma raccogliere nel proprio grembo quei brandelli di fuoco come fossero fiori volanti e ingoiare il fumo come se fosse un incenso e rivolgere verso chi guarda un occhio di pietà. Sono loro che soffrono, non tu.

Quando delle mani sbrigative si alzano sulla sua testa e le impiastricciano i capelli di pece, suor Palmira rivolge uno sguardo d'amore verso i torturatori. Essi ora avvicinano, con serietà esaltata, una torcia accesa verso quei capelli imbrattati e la testa della donna si accende e fiammeggia come una corona splendente. E il pubblico applaude.

Essi vogliono che la sua morte faccia spettacolo e se il Signore lo permette vuol dire che anche lui lo vuole, nel modo misterioso e profondo in cui il Signore vuole le cose del mondo.

Fra Reginaldo apre la bocca per dire qualcosa, ma è forse solo un urlo di dolore. Di fronte a lui la testa di suor Palmira arde come un sole, mentre la bocca di lei tenta di sorridere e si torce e si accartoccia nel calore del fuoco.

Marianna vede il signor marito zio seduto su una bella seggiola dorata foderata di velluto viola, accanto ai santissimi Padri dell'Inquisizione, eleganti nei loro abiti ricamati con disegni di grappoli d'uva.

La folla intorno a loro è così pigiata che non si distinguono quasi le facce l'una dall'altra. Un unico corpo occhiuto, spasmodicamente in attesa, che guarda in su, palpita, gioisce.

Nel momento in cui le fiamme a raggiera hanno acceso i capelli di suor Palmira Malaga è scoppiato il boato. Marianna lo sente vibrare nella pancia. Il signor marito zio ora si sporge in avanti, il collo rugoso proteso, la faccia rattrappita da uno spasimo che lui stesso non capisce: di raccapriccio o di consolazione?

Marianna allunga una mano al cordone del campanello. Lo tira più volte, insistente. Poco dopo vede aprirsi la porta e affacciarsi la testa di Fila. Le fa cenno di entrare. La ragazza non si azzarda, teme i suoi malumori. Marianna le guarda i piedi: sono nudi. Sorride per non spaventarla e piega l'indice su se stesso come fa qualche volta con i bambini per chiamarli a sé.

Fila si avvicina titubante. Marianna le fa capire che deve aiutarla a sbottonare il vestito sulla schiena. Le maniche vengono via da sole, come tubi di legno, con le loro incrostazioni di perle. La gonna rimane in piedi su se stessa ed è come se la duchessa si sdoppiasse: da una parte un corpo di donna snello, frettoloso, nella sua camiciola di cotone bianco; dall'altro Sua Eccellenza Ucrìa con le dovute preziosità e armonie, chiusa nei rigidi broccati che si inchina, sorride, annuisce, acconsente.

È il punto di sutura fra questi due corpi che è difficile da scoprire: dove l'uno si riconosce nell'altro, dove se ne fa scudo, dove si mostra e dove si nasconde per perdersi definitivamente.

Fila intanto si è inginocchiata per aiutarla a sfilarsi le scarpe ma Marianna ha fretta e per farle capire che farà da sé l'allontana con un piccolo calcio affettuoso. Fila solleva la testa impermalita: nel suo sguardo cova una offesa senza rimedio. Ci penserà dopo, si dice Marianna, ora ha troppa fretta. Si toglie le scarpe, le lancia una di qua e una di là, afferra la liseuse giallo uovo e si caccia dentro il letto appena rifatto.

Giusto in tempo: la porta si apre prima ancora che abbia avuto l'agio di sistemarsi i capelli. Il guaio della sordità è che nessuno bussa prima di entrare, sapendo di non essere udito. E così lei si trova sempre impreparata all'arrivo del visitatore di turno. Il quale spalanca l'uscio e le si mette davanti con un sorriso di trionfo come a dire: eccomi qua, non mi avete sentito, ora mi vedete!

Questa volta si tratta di Felice, la signorina figlia monaca, elegantissima nel suo saio bianco latte, la cuffia color panna da cui sgusciano impertinenti dei riccioli castani.

Felice va dritta allo scrittoio della madre. Usa la penna, la carta, l'inchiostro della boccetta d'argento. E in pochi attimi le consegna il foglio scritto: «Oggi autodafé. Grande festa a Palermo, che fate? vi sentite male?».

Marianna legge e rilegge il foglio. Da quando è in convento Felice ha migliorato la sua grafia. Inoltre ha preso un'aria spigliata e disinvolta che non ha nessuno degli altri figli. La guarda mentre parla con Fila e muove le labbra con grazia sensuale.

Certamente la sua voce deve essere dolcissima, si dice Marianna, le piacerebbe poterla ascoltare. Qualche volta sente nelle cavità interne un ritmo che si forma come un grumo in moto, che si dipana, si scioglie, scorre, e lei prende a battere col piede per terra seguendo una armonia lontana, sotterranea.

Ha letto di Corelli, di Stradella e di Haendel come di meraviglie dell'architettura musicale. Ha provato a immaginare un arco teso fatto di una cupola di luci dai colori incantevoli; ma quello che esce dai sotterranei della sua memoria infantile sono solo pochi sgorbi sonori, conati di musiche sepolte, smembrate. Solo gli occhi hanno la capacità di afferrare il piacere, ma la musica può essere trasformata in corpi da abbracciare con lo sguardo?

«Sai cantare?» scrive alla figlia porgendole un bel foglio pulito. Felice si volta sorpresa; che c'entra adesso il canto? tutta la casa è in preparativi per questo viaggio a Palermo in occasione del grandissimo spettacolo dell'autodafé e la signora madre si perde in domande sciocche e fuori luogo: alle volte pensa che sia proprio mentecatta, le difetta la ragione. Sarà perché le manca la parola e ogni pensiero diventa scritto e gli scritti, si sa, hanno la pesantezza e la levigata goffaggine delle cose imbalsamate.

Marianna indovina il pensiero della figlia, lo precede, lo insegue con un gusto crudele di scoperta: «La nonna è morta a meno di cinquanta anni, può darsi che anche la signora madre Marianna muoia presto... lo sa che ha solo trentasette anni ma un colpo potrebbe venirle in ogni momento... in fondo è una minorata... nel caso che morisse potrebbe lasciarle per lo meno un grosso usufrutto sull'eredità del padre... diciamo tremila onze o forse cinquemila... le spese del convento stanno diventando sempre più imponenti... e poi c'è la portantina nuova con i putti dorati e le frange damascate... non può sempre aspettare che il signor padre le mandi la sua... e lo zucchero è aumentato di cinque grani al rotolo, lo strutto di venti, la cera poi è diventata impossibile: sette grani il moccolo e dove li prende lei tutti quei soldi? non che le auguri la morte, alla signora madre... a volte è così buffa, più bambina di tutti i suoi figli, crede di capire tutto perché legge tanti libri ma non capisce assolutamente niente... d'altronde perché Manina ha avuto una dote più grande della sua? solo per sposare quel macaco di Francesco Chiarandà dei baroni di Magazzinasso... Sarà più importante essere sposate con Cristo no?... che debba andare tutto, ma proprio tutto a Mariano è un insulto... in Olanda dicono che non si fa più così. Se poi li vogliono spogliare e lasciare nudi e crudi i figli perché li fanno?... non sarebbe meglio lasciarli in paradiso fra gli alberi di manna e le fontane di vino dolce? quella babba della zia Fiammetta vorrebbe che lei zappasse l'orto in convento, come le altre... "picchì, non siete uguale a tutte, picciridda mia?". Ma una Ucrìa di Campo Spagnolo di Scannatura e di Bosco Grande può mettersi a zappare l'orto come una contadina qualsiasi? hanno le rape nel cervello certe badesse, sono piene di gelosia e di invidia. "Se lo faccio io che sono nobile come te..." dice la zia Fiammetta e bisogna vederla come si rimbocca le maniche, come si piega su quella zappa, col piedino a premere sul bordo di ferro... una demente... chissà dove ha scovato quella passione per i lavori umili... il bello è che non lo fa nemmeno per mortificarsi... no, a lei piace la zappa, piace la terra, piace chinarsi sotto il sole e diventare scura di pelle come una "viddana"... valla a capire quella scimunita.»

«Cosa ti aggrada nel vedere bruciare due eretici?» scrive Marianna alla figlia, nel tentativo di scrollarsi di dosso quei pensieri frivoli e risentiti. Sebbene sappia che c'è più ingenuità che malevolenza in quei rimuginii, se ne sente urtata.

«Tutto il convento di Santa Chiara sarà all'autodafé: la badessa, la priora, le professe... dopo ci saranno preghiere e rinfreschi.»

«Dunque è per i dolci, confessa.»

«Dolci me ne regalano quanti ne voglio le consorelle, basta che ne chieda» risponde stizzita Felice piegando le elle su un fianco come se volesse buttarle giù con un soffio.

Marianna si avvicina per abbracciarla sforzandosi di dimenticare quei pensieri smargiassi. Ma trova la figlia immusonita e pronta a cacciarla via: non le è piaciuto che l'abbia trattata come una tredicenne ora che ha compiuto i ventidue anni e se ne sta lì rigida a scrutarla con occhio malevolo.

«Quel camicione lungo... quei calzoncini alle ginocchia... roba del secolo scorso... vecchi, fuori moda... a trentasette anni con delle figlie grandi, cosa crede di fare?... in quella testa buia e sorda è più vecchia del signor padre zio che ne ha settanta. Lui, col corpo lungo e stretto sembra sull'orlo della tomba ma ha mantenuto la freschezza dello sguardo, mentre lei dentro quelle vesti da Infante di Spagna, con i colletti che sembrano bavagli, ha un che di stantìo che la spinge irrimediabilmente verso il passato... quegli scarponcini allacciati stile Casa Asburgo, quelle calze color latte... le madri delle sue amiche portano calze colorate intessute di fili d'oro e fiocchi lucidi alla vita, gonne flosce trapunte di coroncine, scarpette scollate con la punta fina dai disegni orientali...»

Come le succede spesso, una volta afferrato il bandolo di un pensiero Marianna non riesce più ad abbandonarlo, se lo rigira tra le dita tirandolo e annodandolo ai suoi stessi intendimenti.

Una voglia rabbiosa di ferire la figlia per quel chiacchiericcio interno troppo disinvolto e brutale le fa tremare le mani. Ma nello stesso tempo il desiderio di chiederle di nuovo di cantare la spinge verso lo scrittoio. È sicura che in qualche modo riuscirebbe ad ascoltarla e già avverte la fluidità farfallina di quella voce nelle orecchie murate.

XVIII

«L'intelletto quando agisce da solo e secondo i suoi più generali principii, distrugge del tutto se stesso... noi ci salviamo da questo scetticismo totale soltanto per mezzo di quella singolare e apparentemente volgare proprietà della fantasia per la quale entriamo con difficoltà negli aspetti più reconditi delle cose...»

Marianna legge con il mento appoggiato alla mano. Un piede si scalda sull'altro riparandosi, sotto una coperta, dalle gelide correnti che filtrano attraverso le finestre chiuse. Chissà chi ha lasciato questo quaderno dalla fodera marmorizzata in biblioteca. Che l'abbia portato il fratello Signoretto da Londra? ne è tornato qualche mese fa e due volte è venuto a trovarli a Bagheria con dei doni inglesi. Ma questo quaderno non l'ha mai visto. Che sia stato dimenticato dall'amico di Mariano, quel giovanotto piccolo e corvino, nato a Venezia da genitori inglesi e che ha girato mezzo mondo a piedi?

Era rimasto qualche giorno a Bagheria dormendo nella camera di Manina. Un tipo insolito: si alzava a mezzogiorno perché passava la notte a leggere. Le lenzuola si trovavano la mattina imbrattate di cera. Prendeva i libri in biblioteca e poi si dimenticava di riportarli indietro. Accanto al letto si era formata una pila alta un braccio. Mangiava molto, era goloso delle specialità siciliane: caponata, pasta con le sarde, "sfinciuni" con la cipolla e l'origano, gelati al gelsomino e allo zibibbo.

Tutto nero di capelli aveva però la pelle chiarissima e bastava un poco di sole per sbucciargli il naso. Ma come si chiama? Dick o Gilbert o Jerome? non riesce a ricordare. Perfino Mariano lo chiamava col cognome: Grass e lo pronunciava con tre esse.

Sicuramente quel quadernetto era appartenuto al giovane Grass che veniva da Londra e andava a Messina in un viaggio di "ragionamento" come diceva lui. Innocenza non lo sopportava per quell'abitudine di leggere a letto con la candela posata sul lenzuolo. Il signor marito zio lo tollerava ma lo guardava con sospetto. Lui l'inglese l'aveva anche imparato da ragazzo ma si era sempre rifiutato di parlarlo. Così l'aveva dimenticato.

Con lei Grass comunicava raramente con dei biglietti puliti e ben scritti. Solo negli ultimi giorni avevano scoperto di amare gli stessi libri. E la loro corrispondenza si era fatta improvvisamente fitta e congestionata.

Marianna sfoglia il quadernetto e si ferma stupita: nella prima pagina in basso c'è una dedica scritta a penna in caratteri minuscoli: «A colei che non parla perché accolga nella sua testa spaziosa questi pensieri che mi sono vicini».

Ma perché l'aveva nascosto fra i libri della biblioteca? Grass sapeva che solo lei metteva le mani fra i libri. Però sapeva anche che il signor marito zio ogni tanto andava a controllare. Quindi era un regalo clandestino, nascosto in modo che lo trovasse lei dopo la partenza dell'ospite, in solitudine.

«Avere il senso della virtù non significa altro che provare una soddisfazione particolare nel contemplare certe qualità... ed è proprio in questa soddisfazione per la qualità che noi osserviamo che risiede la nostra lode o la nostra ammirazione. Noi non andiamo oltre, non andiamo a cercare la causa della soddisfazione. Non decidiamo che una qualità sia virtuosa perché ci piace ma nel sentire che ci piace in un certo modo particolare sentiamo che in effetti è virtuosa. Ciò accade anche nei nostri giudizi su ogni genere di bellezza, gusti e sensazioni. La nostra approvazione è implicita nel piacere immediato che le cose ci danno.» Sotto, in piccolo, con l'inchiostro verde un nome: David Hume.

Il ragionamento si fa strada fra i sentieri scompigliati della mente della duchessa disabituata a pensare secondo un ordine preciso, radicale. Deve rileggere due volte per entrare nel ritmo di questa prorompente intelligenza, così diversa dalle altre intelligenze che l'hanno tirata su.

«Non parliamo né con rigore né con filosofia quando parliamo di una lotta fra la passione e la ragione. La ragione è e deve essere schiava delle passioni e non può rivendicare in nessun caso una funzione diversa da quella di servire e obbedire a esse.»

Il contrario esatto di quello che le hanno insegnato. La passione non è quel fagotto ingombrante dalle cui cocche sbucano brandelli di ingordigie da tenere nascoste? E la ragione non è quella spada che ciascuno tiene al fianco per tagliare la testa ai fantasmi del desiderio e imporre la volontà della virtù? il signor marito zio inorridirebbe a leggere anche una sola delle frasi di questo libretto. Già all'epoca della guerra di Secessione aveva dichiarato che «lu munnu finìu a' schifiu» e tutto per colpa di gente come Galileo, Newton, Cartesio che «vogliono forzare la natura in nome della scienza ma in realtà la vogliono mettere in tasca per usarla a modo loro, pazzi presuntuosi, fedifraghi!».

Marianna chiude il quaderno di scatto. Lo nasconde istintivamente fra le pieghe del vestito. Poi si ricorda che il duca Pietro è a Palermo da ieri e ritira fuori il libretto. Lo porta al naso, ha un buon odore di carta nuova e inchiostro di buona qualità. Lo apre e fra le pagine trova un disegno colorato: un uomo sui trent'anni con un turbante di velluto a righe che gli copre le tempie. Una faccia larga, soddisfatta, gli occhi che guardano verso il basso come a dire che tutto il sapere viene dalla terra su cui poggiamo i piedi.

Le labbra sono leggermente dischiuse, le sopracciglia folte e scure suggeriscono una capacità di concentrazione quasi dolorosa. Il doppio mento fa pensare a un signore che mangia a sazietà. Il collo delicato fasciato da un colletto molle di tela bianca sbuca da una giacchetta a fiorami, a sua volta ricoperta da una giubba disseminata di larghi bottoni di osso.

Anche qui la minuta grafia di Grass ha segnato un nome: «Davide Hume, un amico, un filosofo troppo inquieto per essere amato se non dagli amici fra cui mi lusingo di annoverare anche la amica dalla parola tagliata».

Davvero bizzarro questo Grass. Perché non glielo aveva dato in mano anziché farglielo trovare un mese dopo la sua partenza, nascosto fra i libri di viaggi?

«Quale il nostro disappunto quando impariamo che le connessioni delle nostre idee, i legami, le energie sono meramente in noi stessi e sono niente altro che una disposizione della mente.»

Accidenti signor Hume! come dire che Dio è una «disposizione della mente...» Marianna ha un moto di sconcerto e di nuovo nasconde il quaderno fra le pieghe della gonna. Per un pensiero simile, espresso a voce alta, si può finire bruciati per volontà dei santissimi Padri dell'Inquisizione che occupano il grande palazzo dello Steri alla Marina.

«Una disposizione della mente acquisita con l'abitudine...»; qualcosa di simile l'aveva pur letto su qualche biglietto di pugno del signor padre che del resto era un uomo ligio alle tradizioni. Ma con queste tradizioni a volte si permetteva di giocare, per puro divertimento, arricciando il labbro in un sorriso capriccioso e incredulo.

«Ad ogni formicola ci piaci lu su pirtusu... e ci mette la sua proprietà in quel pirtusu e la sua morale che subito diventano una cosa sola: morale e manciari, patri e figghiu...»

La signora madre dava uno sguardo alle parole scritte dal marito sul quaderno della figlia, si portava una presa di tabacco al naso, scatarrava, si rovesciava addosso mezza bottiglia di acqua nanfa per togliersi l'appiccicaticcio del tabacco. Chissà che aveva in quella testa sempre languidamente reclinata su una spalla la dolcissima signora madre! Possibile che sia entrata da una porta e uscita da un'altra senza fermarsi? anche lei preda di «una disposizione della mente acquisita con l'abitudine»? con quella tendenza a impigrirsi dentro un letto sfatto, dentro una poltrona, perfino dentro un vestito in cui si assestava appoggiandosi con le carni molli alle stecche di balena, ai ganci, financo alle asole. Una pigrizia più fonda di un pozzo nel tufo, un torpore che la conteneva come un baccello di carruba contiene il seme duro, morbido, color della notte. Dentro le sue scorze brune e buie era dolce la signora madre, appunto come un seme di carrubo, arresa da sempre al piccolo cosmo familiare. Innamorata del marito tanto da dimenticarsi. Si era fermata con un piede nel vuoto e per non cadere si era seduta a rimirare affascinata il deserto davanti a sé.

La voce della signora madre, chissà com'era? A immaginarla viene in mente una voce profonda, dalle vibrazioni basse, sgranate. È difficile amare qualcuno di cui non si conosce la voce. Eppure suo padre l'ha amato senza averlo mai udito parlare. Un leggero sapore amaro le tinge la lingua, si diffonde sul palato: che sia rimorso?

«Se chiamiamo abitudine ciò che procede da una antecedente ripetizione senza nessun nuovo ragionamento e inferenza, possiamo stabilire come verità certa che ogni credenza la quale segue una impressione presente ha in questa la sua unica ragione.»

Come dire che la certezza, ogni certezza va buttata alle ortiche, e che l'abitudine ci tiene in soggezione fingendo di educarci. La voluttà delle abitudini, la beatitudine delle ripetizioni. Queste sarebbero le glorie di cui si rimugina?

Le piacerebbe conoscere questo signor Hume col suo turbante verdolino, le sopracciglia folte e nere, lo sguardo sorridente, il doppio mento e le giubbe fiorite.

«La credenza e l'assenso che sempre accompagnano la memoria e i sensi non consistono in altro che nella vivacità delle loro percezioni le quali in questo solo si distinguono dalle idee della immaginazione. Credere è, in questo caso, sentire una impressione immediata dei sensi o la ripetizione di questa impressione nella memoria.»

Diavolo di una logica petulante e ostinata! non può non sorridere di ammirazione. Una frustata nelle gambe di un pensiero come il suo che ha girovagato sbadatamente fra romanzi di avventure, libri d'amore, libri di storia, poesie, almanacchi, favole. Un pensiero abbandonato all'incuria delle antiche certezze, quelle sì, dal sapore delle melanzane in agrodolce. O è stato quel suo continuo interrogarsi sulla sua sorte di mutilata che l'ha distratta da altri giudizi più fondi e succosi?

«Siccome vi è certamente una grande differenza fra il semplice concetto dell'esistenza di un oggetto e la credenza in essa, e poiché questa differenza non risiede nelle parti o nel complesso dell'idea che concepiamo, ne segue che essa debba risiedere nel modo in cui la concepiamo.»

Pensare il pensiero, ecco qualcosa di spericolato che la

tenta come un esercizio a cui indulgere segretamente. Il signor Grass con impertinenza degna di un giovane studioso si è messo a calpestare i prati della sua testa. Non contento, ha portato con sé un amico: il signor David Hume con quel ridicolo turbante. E ora vogliono confonderla. Ma non ci riusciranno.

Intanto cos'è quel dondolio di gonne sulla porta? qualcuno è entrato nella biblioteca senza che lei se ne accorgesse. Sarà bene nascondere il quaderno dalla copertina marmorizzata, pensa Marianna, ma si rende conto che è troppo tardi.

Fila viene avanti con un bicchiere e una brocca in bilico su un vassoio. Accenna una lieve riverenza, posa il vassoio sul ripiano del tavolo coperto di carte, solleva con un gesto malizioso le grosse pieghe della veste per mostrare che ha indosso le scarpe e poi si appoggia allo stipite aspettando un ordine, un cenno.

Marianna contempla quella faccia tonda e fresca, quel corpo snello. Ha quasi trent'anni, Fila, eppure sembra sempre una bambina. «Te la regalo, è tua», aveva scritto il signor padre. Ma dove è detto che le persone si possono dare, prendere, buttare come cani o uccellini? «Che babbasunate dici» scriverebbe il signor marito zio, «forse che Dio non ha fatto i nobili e i viddani, i cavalli e le pecore?» Non sarà questo suo interrogarsi sulla uguaglianza, uno di quei semi indigesti volati dalle pagine del quadernetto di Grass a scombussolare il suo opaco cervello di mutola?

Di suo poi cosa ha che non sia la suggestione di altre menti, altre costellazioni di pensieri, altre volontà, altri interessi? un ripetersi nella memoria di simulacri che appaiono veri perché si muovono come lucertole sbilenche sotto il sole dell'esperienza quotidiana.

Marianna torna al suo quaderno, anzi alla mano che regge il quaderno, così precocemente sciupata: unghie rotte, nocche rugose, vene sporgenti. Eppure è una mano che non conosce l'acqua saponata, una mano abituata al comando. Ma anche all'obbedienza, dentro una catena di obblighi e doveri che ha sempre ritenuto fatali. Cosa direbbe il signor Hume dal serafico turbante orientale, di una mano così disposta all'ardimento e così prona alla soggezione?

XIX

Frugando fra i vecchi bauli e le damigiane d'olio è saltata
fuori una vecchia tela scurita e impolverata. Marianna la tira
su, la pulisce con la manica del vestito e scopre che non è altro che il ritratto dei fratelli, dipinto da lei quando aveva tredici anni. È il quadro interrotto quella mattina in cui è stata
chiamata al Tutui nel cortile della "cascna", il giorno stesso
in cui la signora madre le aveva annunciato che avrebbe sposato lo zio Pietro.

L'ombra nera che copre la tela si apre, compaiono delle
facce chiare, sbiadite: Signoretto, Geraldo, Carlo, Fiammetta, Agata, la bellissima Agata che sembrava riserbarsi un futuro da regina.

Sono passati più di venticinque anni: Geraldo è morto in
un incidente: una carrozza contro un muro, il corpo sbalzato
per aria e poi precipitato per terra, una ruota che gli passa
sopra il petto. E tutto per una questione di precedenza. «Lasciatemi spazio, ho il diritto di priorità.» «Quale diritto, sono
Grande di Spagna, ricordàtelo!» L'hanno riportato a casa
senza una goccia di sangue sui vestiti, ma con l'osso del collo
spezzato.

Signoretto è diventato senatore come si era proposto. Ha
sposato, dopo anni di celibato, una marchesa già vedova, di
dieci anni più anziana di lui mettendo sottosopra per lo scandalo la famiglia. Ma lui è l'erede degli Ucrìa di Fontanasalsa
e può permetterselo.

A Marianna è simpatica questa cognata spregiudicata che
se ne infischia degli scandali, cita Voltaire e Madame de Se-
vigné, si fa venire i vestiti da Parigi e tiene in casa un maestro di musica che è anche, come tutti sussurrano, il suo "ci-

cisbeo". Un giovanotto che conosce bene il greco oltre al francese e all'inglese, e ha la battuta facile. Li ha visti qualche volta insieme, lui e lei, ai balli palermitani in quelle rare occasioni in cui vi è stata tirata dal marito: un "cantusciu" di damasco coperto di balze lei, stretto in una giamberga blu dagli alamari d'argento sbiancati ad arte lui.

Signoretto non si adonta affatto di quella frequentazione. Anzi si vanta che sua moglie ha l'accompagnatore privato e fa capire che alla fine non è altro che un guardiano messole alle costole da lui stesso, tanto è come "un cantante alla moda secentesca", cioè un castrato. Ma che sia vero, molti ne dubitano.

Fiammetta è diventata canonica del convento delle Carmelitane di Santa Teresa. Porta i capelli castani folti chiusi dentro una cuffia che ogni tanto si strappa di testa, soprattutto quando cucina. Le mani le si sono fatte grandi e robuste, abituate come sono a trasformare il crudo in cotto, il freddo in caldo, il liquido in solido. I denti accavallati danno un senso di allegro disordine a una bocca sempre pronta a ridere.

Agata ha continuato a prosciugarsi. Non saprebbe nemmeno dire quanti figli ha fatto, fra vivi e morti, avendo cominciato a dodici anni e non avendo ancora smesso. Ogni anno rimane incinta e se non fosse che molti muoiono prima ancora di venire alla luce, ne avrebbe un esercito.

Il sapore dei colori sulla lingua. Marianna sposta il quadro verso la finestra e riprende a strusciare la tela con la manica per toglierle quella patina di opacità che la rende illeggibile. Peccato avere perso la pratica dei colori. Ma è successo senza una ragione, alla nascita della prima figlia. Uno sguardo di riprovazione del signor marito zio, una parola ironica di sua madre, il pianto di una delle bambine: aveva riposto i pennelli e i tubetti nella scatola laccata, regalo del signor padre e non li aveva tirati fuori che molti anni dopo quando la mano si era ormai inselvatichita.

Il blu genziana, che sapore aveva il blu genziana? sotto l'odore della trementina, dell'olio e dello straccio unto trapelava un aroma unico, assoluto. Chiudendo gli occhi lo si poteva sentire entrare in bocca, posarsi sulla lingua e depositare un gusto curioso, di mandorle schiacciate, di pioggia primaverile, di vento marino.

E il bianco, più o meno lucido, più o meno granuloso? il bianco delle pupille dentro un quadro scuro, forse gli occhi impudichi e insolenti di Geraldo, il bianco delle mani delicate di Agata, i bianchi dimenticati che hanno bivaccato in questa tela sporca e ora, dopo una strisciata della manica, occhieggiano timidi, con l'ardimento incosciente dei testimoni del passato.

Quando ha dipinto quel quadro la villa ancora non c'era. Al suo posto la "casena" da caccia costruita dal bisnonno quasi un secolo prima. Dal giardino alla piana degli ulivi si poteva andare solo percorrendo un viottolo di capre e Bagheria non esisteva ancora come villaggio ma era composta dai quartieri di servitù di villa Butera, dalle stalle, dai "dammusi", dalle chiesucole che il principe faceva costruire, a cui si aggiungevano ogni anno nuove stalle, nuovi "dammusi", nuove chiese e nuove ville di amici e parenti palermitani.

«Bagheria è nata da un tradimento» aveva scritto la nonna Giuseppa quando si era messa in testa di insegnare la storia della Sicilia alla piccola nipote sordomuta. «Al tempo di Filippo IV, anzi alla morte di stu re, in Spagna nacque una disputa per la successione, non si sapeva chi doveva diventare re fra i vari nipoti picchì iddu figli non ne aveva.»

Una scrittura minuta, contratta, stiracchiata. La nonna, come tante donne nobili del suo tempo, era semianalfabeta. Si può dire che aveva imparato a scrivere per "entrarci 'nna cucuzza della nipote mutola".

«Il pane si faceva sempre più caro figghiuzza, tu non sai cosa fu la fame che la gente si manciava la terra per riempire la pancia, si manciava pure la crusca come i maiali, le ghiande, si manciava le unghie come te che sei una piccola scimunita senza discernimentu. Ora non siamo in carestia e lascia stare le unghie!»

Qualche volta le apriva la bocca con due dita, le spiava fra i denti e poi scriveva: «picchì nun parri, picchi babbasuna? hai un bel palatuzzo rosato, hai dei beddi dentuzzi robusti, due labbruzze prelibate, ma perché non dici una parola?».

Lei però dalla nonna voleva sentire le storie. E la vecchia Giuseppa, pur di non farla scappare via si disponeva a scrivere sul quaderno della nipote trafficando con l'inchiostro e la penna.

«Sui marciapiedi di Palermo allora camminavi e inciampavi in uno che non sapevi se dormiva, se sognava o se stava morendo di stenti. Ci furono penitenze pubbliche per ordine dell'arcivescovo che la gente si inginocchiava sui vetri e si frustava in mezzo alla piazza. Ci furono pure delle principesse che ricevettero per penitenza in casa propria delle puttane matricolate e le nutrirono col poco pane che avevano.

«Mio padre e mia madre scapparono nel feudo di Fiumefreddo dove si presero le febbri di stomaco. Per non farle prendere pure a me mi mandarono indietro con la balia; tanto, dicevano, a una picciridda, che ci pozzunu fari?

«Così mi trovai sula sula a Palermo nel palazzo vuoto quando scoppiarono le rivolte del pane. Un certo La Pilosa andava 'gridando che c'era la guerra dei poveri contro i ricchi. E presero a bruciare i palazzi.

«Brucia e brucia si fecero tutte le facce nere di fumo e La Pilosa che era il più nero di faccia tanto che sembrava un toro di Spagna andava a testa bassa contro i baroni e i principi. Me lo raccontava la balia che aveva una grande paura che venivano al palazzo Gerbi Mansueto. Infatti vennero. Ciccio Rasone il portiere ci disse che non c'era nessuno. "Megghiu accussì" dissero "che non ci bisogna di scappellarci davanti alle sue Eccellenze." E col cappello in testa entrarono ai piani superiori, si portarono i tappeti, l'argenteria, gli orologi di vermeil, i quadri, i vestiti, i libri e fecero un falò, bruciarono tutto, ogni cosa.»

Marianna vedeva le fiamme che si alzavano dalla casa e immaginava che la nonna ne fosse rimasta travolta ma non osava chiederglielo per iscritto. E se poi risultava che era morta e che quella che parlava con lei non era altro che uno spettro di quelli che popolavano le notti placide della signora madre?

Ma la nonna Giuseppa, come indovinando i pensieri della nipote, scoppiava in una delle sue risate larghe, gioiose e riprendeva a scrivere con foga.

«La balia ad un certo punto, per la paura scappò. Io però non lo sapevo; dormivo pacifica nel mio letto quando chisti rapunu a porta e vengono vicini al letto: "E chista cu è?" dicono. "Sugnu la principessa Giuseppa Gerbi di Mansueto" ci dissi io che ero una scimunita peggio di te. Così mi avevano insegnato e portavo l'orgoglio come na cammisa d'argento che tutti dovevano ammirarla. Quelli mi guardano e mi fanno: "Ah sì e noi alle principesse ci tagliamo la testa e la portiamo in trionfo". E io, sempre più scimunita e babba ci dico: "Se non ve ne andate, popolaccio, chiamo i dragoni del signor padre."

«La fortuna fu che la presero a ridere: "U soldu di caciu fa u paladinu" dissero e per il gran ridere si misero a sputare di qua e di là, ancora oggi sulla tappezzeria di palazzo Gerbi al Cassaro ci puoi trovare i segni di quegli sputi.»

A questo punto rideva anche lei, rovesciando la testa all'indietro e poi tornava a occuparsi della sordità della nipote scrivendo: «Il buco c'è qui nelle tue orecchiuzze belle, ora ci provo a soffiare, senti niente?».

La nipotina scuoteva la testa, rideva contagiata dall'allegria della nonna e lei scriveva: «Tu ridi ma senza suono, devi soffiare; soffia, apri la bocca e manda un suono dalla gola, così, ah ah ah... figghiuzza mia sei un disastro, non imparerai mai».

La nonna scriveva tutto con una pazienza da certosina. E dire che di natura non era affatto paziente. Le piaceva correre, ballare. Dormiva poco, passava ore in cucina a guardare i cuochi che lavoravano e qualche volta ci metteva mano pure lei. Si divertiva a chiacchierare con le cameriere, si faceva raccontare le loro storie d'amore, sapeva suonare il violino e pure il flauto, era un portento, la nonna Giuseppa.

Ma aveva il suo "ma" la nonna Giuseppa, come sapevano tutti in famiglia ed erano i giorni di buio in cui si chiudeva in camera e non voleva vedere nessuno. Se ne stava al chiuso con una pezzuola sulla testa e non voleva né bere né mangiare. Quando usciva, tirata per un braccio dal nonno, sembrava ubriaca.

Marianna faticava a mettere insieme le due persone, per lei erano due donne diverse, una amica e una nemica. Quando attraversava i suoi periodi di "ma" la nonna Giuseppa diventava scostante, quasi brutale. Per lo più rifiutava di parlare o di scrivere, e se si sentiva tirare per la manica dalla bambina, afferrava con un gesto rabbioso la penna e scriveva ingarbugliando le parole: «Mutola e babba, megghiu morta che Marianna». Oppure: «Avessi a finire come La Pilosa, mutola noiosa». E anche: «Di unni niscisti mutola camurriusa, fai pena ma io pena non ne ho». E le gettava il foglietto in faccia con gesto sgarbato.

Ora le dispiace di non averli conservati quei foglietti cattivi. Solo dopo la sua morte aveva davvero capito che erano la stessa persona quelle due donne così diverse perché le erano mancate tutte e due in un solo sentimento di perdita.

La Pilosa lo sapeva come era finito, perché glielo aveva scritto più di una volta con un certo gusto malandrino: «Fatto a pezzi con le tenaglie roventi». E proseguiva: «Papà e mamma tornarono butterati e io diventai una eroina...». E rideva gettando indietro la testa come avrebbe fatto una popolana, sfrontatamente.

«E il tradimento da cui nacque Bagheria nonna Giuseppa?»

«Senza orecchi e senza lingua ti stai facendo curiusazza... che vuoi sapere cucuredda? il tradimento di Bagheria? ma è una lunga storia, te la racconto domani.»

Domani era ancora domani. E poi magari nel frattempo arrivava il suo "ma" e la nonna si chiudeva in camera al buio per giorni e giorni senza affacciarsi neanche con la punta del naso. Finalmente una mattina che il sole era appena uscito, nuovo nuovo come un tuorlo d'uovo, dalle nuvole di coccio e aveva rallegrato il palazzo di via Alloro, la nonna si era seduta alla scrivania e le aveva raccontato con i suoi caratteri minuti e rapidi la storia del famoso tradimento.

Respirava male, come se l'aria le mancasse e il petto volesse uscirle dal corsetto che le stringeva sotto le ascelle. La pelle le si chiazzava di rosso, però il suo "ma" se n'era andato assieme col vento polveroso che veniva su dall'Africa e lei di nuovo era pronta a ridere e a raccontare storie.

«La gabella lo sai cos'è? non importa, e il dazio? manco quello? sei una babbasuna... dunque il Viceré Los Veles se la faceva sotto dalla paura perché in maggio c'era stato La Pilosa e in agosto l'orologiaio anche lui un capochiacchiera che comandava a tutti i pezzenti che volevano il pane e si rivoltavano per questo. Ma l'orologiaio era più devoto al re di Spagna e puranco all'Inquisizione. Alesi, perché così si chiamava l'orologiaio, aveva saputo fermare il popolaccio che rubava, mangiava, bruciava, non aveva la faccia niura questo "ruggiari" e le principesse si fecero in quattro per presentargli regali: guantiere d'argento, coperte di seta, anelli di brillanti. Finché iddu si montò la testa e si credette bello e forte come il re di tutte le Austrie: si fece fare sindaco a vita, capitano generale, illustrissimo Pretore e si faceva riverire e si faceva portare Paliermu Paliermu sopra un cavallo con un fucile in ogni mano e tante corone di rose in testa.

«Tornò il Viceré dalla Spagna e dice: "Chistu chi buole?" "Abbassare il prezzo del grano eccellenza". "E noi lo abbassiamo" rispose iddu, "però questo buffone deve sparire." Così lo presero e lo scannarono che lo buttarono poi a mare, salvo la testa che fu portata su una pertica per tutta la città.

«Due anni dopo scoppiò un'altra rivolta, il 2 dicembre del 1649 e quella volta ci si immischiarono pure dei grandi baroni che volevano l'isola indipendente e farsi padroni delle terre del re; c'era pure un avvocato di nome Antonio Del Giudice che anche lui voleva l'indipendenza. E c'erano preti, c'erano nobili degnissimi con tanto di carrozza che si misero in questo rivoltone. Pure mio padre c'era, tuo bisnonno che si infiammò per una nuova Sicilia libera. Si trovavano in casa di questo avvocato Antonio di nascosto, facevano grandi discorsi sulla libertà. Ma dopo poco si divisero in due fazioni, quelli che volevano al posto del Viceré il principe don Giuseppe Branciforti e quelli che invece volevano a don Luigi Moncada Aragona di Montalto.

«Il principe Branciforti che era ombroso, si pensò tradito per certe voci che circolavano e a sua volta tradì denunciando il complotto al padre gesuita Giuseppe Des Puches. Iddu subito subbito ci spifferò la cosa al Santo Ufficio che lo fece sapere al capitano di Giustizia di Palermo e iddu ce lo disse al Viceré.

«Detto fatto li presero tutti, li torturarono coi ferri roventi. All'avvocato Lo Giudice ci tagliarono la testa e la appiccarono ai Quattro Canti di città. Tagliarono pure la testa al conte Recalmuto e all'abate Giovanni Caetani che aveva solo ventidue anni. Mio padre si fece solo due giorni di prigione ma perse una gran quantità di picciuli per potersi tenere la testa sulle spalle.

«In quanto a don Giuseppe Branciforti Mazzarino, ebbe il perdono per avere denunciato il Moncada. Ma iddu era triste, la politica l'aveva sdelluso e venne a ritirarsi a Bagheria unni aveva le sue terre. Si costruì una villa sontusa e nel frontespicente ci scrisse: "Ya la speranza es perdida/ Y un sol bien me consuela/ Que el tiempo que pasa y buela/ Lleverá presto la vida".

«Così nacque Bagheria Mariannuzza mia, mutola babbasuna, per il tradimento di un'ambizione. Però si trattò di un tradimento principesco e perciò u Signuri non la punì come Sodoma e Gomorra con la distruzione ma anzi la fece così bella e ambita che tutti la vogliono questa terra ingioiellata fra gli antichi monti di Catalfano, Giancaldo, e Consuono, la marina di Aspra e la meravigliosa punta di Capo Zafferano.»

XX

«Io non lo voglio lo zio, signora madre diteglielo voi.» Il biglietto viene schiacciato contro le dita di Marianna.

«Anche tua madre ha sposato uno zio» risponde alla figlia il signor marito zio.

«Ma lei era mutola, e chi la voleva?» Mentre scrive, Giuseppa guarda la madre come a dire: perdonami ma di queste armi dispongo adesso per difendere la mia volontà.

«Tua madre è mutola ma più coltivata di te che sembri l'erba cipollina senza un filo di saggezza. Era pure più avvenente di te, tua madre, bella e regale.» È la prima volta che Marianna legge un complimento del signor marito zio e ne rimane così stupita da non trovare le parole per difendere la figlia.

Inaspettatamente Signoretto viene in aiuto alle due donne. Da quando ha sposato la veneziana è diventato tollerante. Ha preso dei modi ironici che ricordano quelli del signor padre.

Marianna lo vede discutere, aprendo le braccia e chiudendole, col signor marito zio. Il quale certamente gli sta facendo notare che Giuseppa ha ormai ventitré anni ed è inconcepibile che a quell'età non sia ancora sposata. Le sembra di vedere la parola "zitella" tornare più e più volte sulle labbra del duca. E Signoretto avrà tirato fuori l'argomento della libertà, che tiene in gran conto da un po' di tempo a questa parte? gli avrà ricordato che il bisnonno Edoardo Gerbi di Mansueto è stato in carcere per «difendere la sua libertà, anzi la nostra»?

Signoretto si vanta molto di questa gloria familiare. Ma la cosa non fa che indispettire di più il cognato. Per essere coerente con le idee di "indipendenza" il fratello ha preso un atteggiamento incoraggiante verso le donne della famiglia. Permette alle figlie di studiare assieme ai fratelli, cosa che sarebbe stata assolutamente inconcepibile vent'anni fa.

Il signor marito zio ribatte con disprezzo che Signoretto «con la sua insipienza si sta mangiando tutto il suo e ai figli, istruitissimi, lascerà sapienza e lagrime».

Giuseppa, in mezzo allo zio e al padre che litigano, sembra contentissima. Forse ce la farà a non sposare lo zio Gerbi. A questo punto la madre intercederà per lei e per Giulio Carbonelli, coetaneo, amico d'infanzia e fidanzato segreto da anni.

Un momento dopo eccoli sparire tutti e tre verso il salone giallo. Con grande naturalezza si sono dimenticati di lei. O forse l'idea di continuare a discutere davanti a una mutola che spia le loro labbra li indispone. Fatto sta che chiudono la porta lasciandola sola come se la cosa non la riguardasse.

Più tardi Giuseppa entra ad abbracciarla. «Ce l'ho fatta mamà, sposo Giulio.»

«E il signor padre?»

«È Signoretto che l'ha convinto. Piuttosto che lasciarmi zitella accetta Giulio.»

«Nonostante la sua fama di perdigiorno e la sua magra ricchezza?»

«Sì, ha detto sì.»

«Ora bisognerà preparare.»

«Niente preparativi. Ci sposiamo a Napoli, senza feste... non si usano più queste antichità... Ci pensate, una festa con tutti quei parrucconi amici del signor padre zio... Ci sposiamo a Napoli e partiamo subito per Londra.»

Un attimo dopo Giuseppa è volata via dalla porta lasciandosi dietro un tenero odore di sudore misto a fior di spigo.

Marianna si ricorda di avere in tasca una letterina della figlia Manina che non ha ancora letto. Dice solo: «Vi aspetto per l'Avemaria». Ma l'idea di andare a Palermo non la alletta. L'ultimo figlio Manina l'ha chiamato Signoretto come il nonno. Assomiglia moltissimo al piccolo Signoretto morto a quattro anni di vaiolo. Ogni tanto Marianna va in casa

Chiarandà a Palermo per tenere in braccio questo nipotino dall'aria fragile e vorace. L'impressione di stringere al petto il piccolo Signoretto è così forte che a volte lo posa subito e scappa via col cuore zuppo.

Se Felice l'accompagnasse... Ma Felice, dopo essere stata novizia tanti anni si è definitivamente monacata con una cerimonia che è durata dieci giorni. Dieci giorni di festa, di elemosine, di messe, di pranzi e di cene suntuose.

Per l'entrata in convento della figlia il signor marito zio ha speso più di diecimila scudi, fra dote, cibarie, liquori e ceri. Una festa che tutti se la ricordano in città per il suo sfarzo. Tanto che il Viceré conte Giuseppe Griman, presidente del regno, si è risentito e ha emesso un bando per ammonire i signori baroni che spendono troppo e si coprono di debiti vietando l'uso di feste monacali che durino più di due giorni. Cosa di cui naturalmente nessuno ha tenuto conto a Palermo.

Chi poteva dargli retta? la grandezza dei nobili consiste proprio nel disprezzare i conti, quali che siano. Un nobiluomo non fa mai calcoli, non conosce nemmeno l'aritmetica. Per questo ci sono gli amministratori, i maggiordomi, i segretari, i servitori. Un nobiluomo non vende e non compra. Semmai offre ciò che vi è di meglio sul mercato a chi considera degno della sua generosità. Può trattarsi di un figlio, di un nipote, ma anche di un accattone, di un imbroglione, di un avversario al gioco, di una cantante, di una lavandaia, secondo il capriccio del momento. Poiché tutto quello che cresce e si moltiplica nella bellissima terra di Sicilia gli appartiene per nascita, per sangue, per grazia divina, che senso ha calcolare profitti e perdite? roba da commercianti e borghesucci.

Quegli stessi commercianti e borghesucci che, a detta del duca Pietro, «un giorno si mangeranno tutto», come già sta succedendo, rosicchiando come topi, morsetto dopo morsetto, gli ulivi, i sugheri, i gelsi, il grano, i carrubi, i limoni eccetera. «Il mondo in futuro apparterrà agli speculatori, ai ladri, agli accaparratori, agli arruffoni, agli assassini», secondo il pensiero apocalittico del marito zio e tutto andrà in rovina perché «con i nobili si perderà qualcosa di incalcolabile: quel senso spontaneo dell'assoluto, quella gloriosa impossibilità di accumulare o di mettere da parte, quell'esporsi con ardimento divino al nulla che divora tutti quanti senza lasciare tracce. Si inventerà l'arte del risparmio e l'uomo conoscerà la volgarità di spirito».

Cosa rimarrà dopo di noi? dicono gli occhi insofferenti del duca Pietro. Solo alcune vestigia diroccate, qualche brandello di villa abitata da chimere dall'occhio lungo e sognante, qualche pezzullo di giardino in cui suonatori di pietra diffondono musiche di pietra fra scheletri di limoni e di ulivi.

La festa della monacazione di Felice non poteva essere più gloriosa, fra una folla di nobili vestiti con grande eleganza. Le signore facevano girare i loro strascichi, i loro "cantusci", le loro "Andrié", le loro mussoline leggere come ali di farfalla, i capelli avvolti in reti d'oro e d'argento, i nastri di vellutino trinato, di pizzo e di seta che scendevano dalle cinte colorate.

Fra piume, spadini, guanti, manicotti, cuffie, fiori finti, scarpette dalle fibbie tempestate di perle, tricorni felpati, tricorni lucidi, venivano servite cene da trenta portate. E fra una portata e l'altra le coppe di cristallo si riempivano di sorbetti di limone profumati al bergamotto.

La neve veniva giù dai monti Gibellini avvolta nella paglia sulle groppe degli asini, dopo essere stata tenuta sepolta per mesi sottoterra e Palermo non mancava mai dei suoi prodigiosi gelati.

Quando in mezzo all'oratorio, fra due ali di invitati, suor Maria Felice Immacolata si era prostrata a terra a braccia aperte come una morta, e le suore l'avevano coperta con una coltre nera accendendo due candele ai piedi e due alla testa, il signor marito zio si era messo a singhiozzare appoggiandosi al braccio della moglie mutola. Una cosa che l'aveva riempita di stupore. Mai l'aveva visto piangere da quando si erano sposati, neanche per la morte del piccolo Signoretto. E ora quella figlia che andava sposa a Cristo gli spezzava il cuore.

Finita la festa il duca Pietro ha mandato alla figlia monaca una cameriera per aiutarla a vestirsi e a tenere in ordine le sue cose. Le ha anche inviato in prestito la sua portantina di velluto imbottito, coi puttini dorati sul tetto. E ancora oggi non le fa mancare i denari per "favorire" il confessore a cui bisogna offrire in continuazione frutti prelibati, sete e ricami.

Ogni mese sono cinquanta tarì per la cera delle candele e altri cinquanta per le offerte dell'altare, settanta per le tovaglie nuove e trenta per lo zucchero e la pasta di mandorle. Un migliaio di scudi se ne sono andati per ricostruire il giardino del convento che certo ora è una meraviglia, abbellito com'è da laghi artificiali, fontane di pietra, viali, loggiati, boschetti e grotte finte in cui le sorelle si riposano mangiando confetti e sgranando il rosario.

Il realtà il duca Pietro non è affatto rassegnato a sapere lontana la figlia e ogni volta che può le manda la carrozza perché venga a casa per un giorno o due. La zia Fiammetta vede il convento come un orto in cui la zappa deve accompagnare le preghiere. La nipote Felice ha fatto della sua cella una oasi suntuosa in cui ritirarsi dalle brutture del mondo, dove gli occhi si possano posare solo su cose belle e piacevoli. Il giardino per Fiammetta è il luogo della meditazione, e del raccoglimento, per Felice un centro di conversazione dove starsene comodamente sedute all'ombra di un fico a scambiarsi notizie e pettegolezzi.

Fiammetta accusa Felice di "corruzione". La più giovane accusa la zia di bigotteria. L'una legge solo il Vangelo e se lo porta dietro sia nell'orto che in cucina tanto da averlo ridotto a un ammasso di pagine unte, l'altra legge vite romanzate dei santi in libriccini candidi rilegati in pelle. Fra le pagine compaiono improvvise immagini di sante dal corpo coperto di piaghe, distese in pose sensuali e chiuse in drappi carichi di volute e ghirigori.

Quando era viva la zia Teresa professa erano in due a criticare Felice. Ora che la zia Teresa se n'è andata quasi nello stesso giorno in cui è morta la zia Agata canonica, è rimasta solo Fiammetta a recriminare e certe volte si ha l'impressione che non sia più tanto sicura di essere dalla parte della ragione. Proprio per questo diventa più aspra, più dura. Ma Felice non le bada. Sa di avere dalla sua il padre e si sente forte. In quanto alla madre mutola non l'ha mai considerata molto: legge troppi libri e questo la rende distante, un poco "pazzotica" come dice alle amiche per giustificarla.

Mariano a sua volta considera la sorella "pretenziosa" ma ne condivide i gusti per lo sfarzo e le novità. Preparandosi ad ereditare tutte le ricchezze paterne si fa ogni giorno più arrogante e più bello. Con la madre è paziente anche se di una pazienza leggermente artefatta. Quando la vede si inchina a baciarle la mano, poi si impossessa della penna e della carta di lei per scrivere qualche bella frase in una grafia gigantesca e piena di volute.

Anche lui si è innamorato, e di una bella ragazza che gli porta in dote una ventina di feudi: Caterina Molè di Flores e Pozzogrande. A settembre ci sarà il matrimonio e già Marianna immagina le fatiche dei preparativi per le feste che dureranno non meno di otto giorni e si concluderanno con una notte di fuochi d'artificio.

XXI

Fuori è buio. Il silenzio avvolge Marianna sterile e assoluto. Fra le sue mani un libro d'amore. Le parole, dice lo scrittore, vengono raccolte dagli occhi come grappoli di una vigna sospesa, vengono spremuti dal pensiero che gira come una ruota di mulino e poi, in forma liquida si spargono e scorrono felici per le vene. È questa la divina vendemmia della letteratura?

Trepidare con i personaggi che corrono fra le pagine, bere il succo del pensiero altrui, provare l'ebbrezza rimandata di un piacere che appartiene ad altri. Esaltare i propri sensi attraverso lo spettacolo sempre ripetuto dell'amore in rappresentazione, non è amore anche questo? Che importanza ha che questo amore non sia mai stato vissuto faccia a faccia direttamente? assistere agli abbracci di corpi estranei, ma quanto vicini e noti per via di lettura, non è come viverlo quell'abbraccio, con un privilegio in più, di rimanere padroni di sé?

Un sospetto le attraversa la mente: che il suo sia solo uno spiare i respiri degli altri. Così come cerca di interpretare sulle labbra di chi le sta accanto il ritmo delle frasi, rincorre su queste pagine il farsi e il disfarsi degli amori altrui. Non è una caricatura un po' penosa?

Quante ore ha trascorso in quella biblioteca, imparando a cavare l'oro dalle pietre, setacciando e pulendo per giorni e giorni, gli occhi a mollo nelle acque torbide della letteratura. Che ne ha ricavato? qualche granello di ruvido bitorzoluto sapere. Da un libro all'altro, da una pagina all'altra. Centinaia di storie d'amore, di allegria, di disperazione, di morte, di godimenti, di assassinii, di incontri, di addii. E lei sempre lì seduta su quella poltrona dal centrino ricamato e consunto dietro la testa.

La parte bassa degli scaffali, quelli raggiungibili da mani infantili contengono soprattutto vite di santi: *La sequenza di santa Eulalia*, *La vita di san Leodegario*, qualche libro in francese *Le jeu de saint Nicolas*, il *Cymbalum mundi*, qualche libro in spagnolo come il *Rimado de palacio* o il *Lazarillo de Tormes*. Una montagna di almanacchi: della *Luna nuova*, degli *Amori sotto Marte*, del *Raccolto*, dei *Venti*; nonché storie di paladini di Francia e alcuni romanzi per signorine che parlano d'amore con ipocrita licenza.

Più sopra, negli scaffali ad altezza d'uomo si possono trovare i classici: dalla *Vita nuova* all'*Orlando furioso*, dal *De rerum natura* ai *Dialoghi di Platone* nonché qualche romanzo alla moda come il *Colloandro fedele* e *La leggenda delle vergini*.

Questi erano i libri della biblioteca di villa Ucrìa quando l'ha ereditata Marianna. Ma da quando là frequenta assiduamente i libri sono raddoppiati. Da principio la scusa era lo studio dell'inglese e del francese. E quindi vocabolari, grammatiche, compendii. Poi, qualche libro di viaggi con disegni di mondi lontani e infine, con sempre più ardimento, romanzi moderni, libri di storia, di filosofia.

Da quando i figli sono andati via ha molto più tempo a disposizione. E i libri non le bastano mai. Li ordina a dozzine ma spesso ci mettono dei mesi per arrivare. Come il pacchetto che conteneva il *Paradise Lost* che è rimasto cinque mesi al porto di Palermo senza che nessuno sapesse dove fosse andato a finire. Oppure la *Histoire comique de Francion* che è andato perso nel tragitto fra Napoli e la Sicilia in un battello che è affondato al largo di Capri.

Altri li ha prestati e non ricorda più a chi; come i *Lais* di Maria di Francia che non sono più tornati indietro. O il *Romance de Brut* che deve essere nelle mani di suo fratello Carlo al convento di San Martino delle Scale.

Queste letture che si protraggono fino a notte fonda sono prostranti ma anche dense di piaceri. Marianna non riesce mai a decidersi ad andare a letto. E se non fosse per la sete che quasi sempre la strappa alla lettura continuerebbe fino a giorno.

Uscire da un libro è come uscire dal meglio di sé. Passare dagli archi soffici e ariosi della mente alle goffaggini di un corpo accattone sempre in cerca di qualcosa è comunque una resa. Lasciare persone note e care per ritrovare una se stessa che non ama, chiusa in una contabilità ridicola di giornate che si sommano a giornate come fossero indistinguibili.

La sete ha messo il suo zampino in quella quiete sensuale togliendo profumo ai fiori, ispessendo le ombre. Il silenzio di questa notte è soffocante. Tornata alla biblioteca, alle candele consumate, Marianna si chiede perché queste notti le stanno diventando strette. E perché ogni cosa tenda a precipitare verso l'interno della sua testa come dentro un pozzo dalle acque scure in cui ogni tanto echeggia un tonfo, una caduta, ma di che?

I piedi scivolano delicati e silenziosi sui tappeti che coprono il corridoio; raggiungono la sala da pranzo, attraversano il salone giallo, quello rosa; si fermano sulla soglia della cucina. La tenda nera che nasconde il grande orcio dove si conserva l'acqua da bere è scostata. Qualcuno è sceso a bere prima di lei. Per un momento è presa dal panico di un incontro notturno col signor marito zio. Da quella notte del rifiuto non l'ha più cercata. Le sembra di avere intuito che amoreggi con la moglie di Cuffa. Non la vecchia Severina che è morta ormai da un po', ma la nuova moglie, una certa Rosalia dalla folta treccia nera che le ciondola sulla schiena.

Ha una trentina d'anni, è di temperamento energico, ma col padrone sa essere dolce e lui ha bisogno di qualcuno che accolga i suoi assalti senza raggelarsi.

Marianna ripensa ai loro frettolosi accoppiamenti al buio, lui armato e implacabile e lei lontana, impietrita. Dovevano essere buffi a vedersi, stupidi come possono esserlo coloro che ripetono senza un barlume di discernimento un dovere che non capiscono e per cui non sono tagliati.

Eppure hanno fatto cinque figli vivi e tre morti prima di nascere che fanno otto; otto volte si sono incontrati sotto le lenzuola senza baciarsi né carezzarsi. Un assalto, una forzatura, un premere di ginocchia fredde contro le gambe, una esplosione rapida e rabbiosa.

Qualche volta chiudendo gli occhi al suo dovere si è distratta pensando agli accoppiamenti di Zeus e di Io, di Zeus e di Leda come sono descritti da Pausania o da Plutarco. Il corpo divino sceglie un simulacro terreno: una volpe, un cigno, un'aquila, un toro. E poi, dopo lunghi appostamenti fra i sugheri e le querce, l'improvvisa apparizione. Non c'è il tempo di dire una parola. L'animale curva i suoi artigli, inchioda col becco la nuca della donna, e la ruba a se stessa e al suo piacere. Un battere di ali, un fiato ansante sul collo, il taglio dei denti su una spalla ed è finito. L'amante se ne va lasciandoti dolorante e umiliata.

Avrebbe voglia di chiedere a Rosalia se anche con lei il signor marito zio si trasforma in lupo che azzanna e scappa. Ma sa già che non glielo chiederà. Per discrezione, per timidezza, ma forse anche per paura di quella treccia nera che quando è di malumore sembra alzarsi e soffiare come una serpe ballerina.

Non ci sono lumi nelle stanze da basso e Marianna sa con certezza che il signor marito zio non andrebbe in giro al buio come fa lei a cui la sordità ha reso lo sguardo particolarmente acuto, al pari dei gatti.

L'orcio trasuda umidità. A toccarlo è fresco e poroso, manda un buon odore di terracotta. Marianna vi immerge il secchiello di metallo attaccato a una canna e beve avidamente facendosi colare l'acqua sul corpetto ricamato.

Con la coda dell'occhio vede una luce debole che filtra da uno degli usci della servitù. È la camera di Fila la cui porta è rimasta socchiusa. Non saprebbe dire che ore sono ma certo è passata la mezzanotte e anche l'una, forse siamo vicini alle tre. Le pare di avere avvertito quella contrazione dell'aria, quella increspatura leggera della notte che provoca la campana della chiesa di casa Butera quando batte le due.

Senza quasi che se ne accorga i suoi piedi la portano verso la luce e lo sguardo si insinua in quella fessura rimasta aperta, cercando di distinguere qualcosa fra i guizzi fumosi di un moccolo acceso.

C'è un braccio nudo che ciondola sospeso al bordo del letto, un piede calzato che si alza e si abbassa. Marianna si tira indietro indignata con se stessa: spiare non è degno di lei. Ma poi sorride di sé: lo sdegno lasciamolo alle anime belle, la curiosità sta alla radice dell'inquietudine come direbbe il signore Davide Hume di Londra, ed è parente di quell'altra curiosità che la porta a intrufolarsi nei libri con tanta passione. Allora perché fare gli ipocriti?

Con un ardire che la sorprende, torna a spiare dallo spiraglio aperto col fiato sospeso come se da ciò che vedrà dipendesse il suo futuro, come se il suo sguardo fosse già stato colpito prima di avere guardato.

Fila non è sola. Con lei c'è un ragazzo dai tratti armoniosi che piange desolato. I capelli ricci e neri gli stanno raccolti dietro la nuca in un treccino striminzito. A Marianna sembra di averlo già visto quel ragazzo, ma dove? le sue membra sono morbide e terragne, il colore della sua pelle è quello del pan di Spagna. Intanto vede Fila che estrae dalla tasca un fazzoletto appallottolato e con quello pulisce il naso al ragazzo piangente.

Ora Fila sembra incalzare il ragazzino con delle domande a cui lui non ha voglia di rispondere. Ciondolando riottoso, ridacchiando e piangendo si siede sul bordo del letto a guardare con meraviglia le scarpe di pelle di daino che giacciono a terra coi lacci in disordine.

Fila continua a parlargli seccata, ma intanto ha riposto in tasca il fazzoletto bagnato e ora si china su di lui, insistente e materna. Lui non piange più, afferra una scarpa e se la porta al naso. In quel momento Fila si butta su di lui e lo colpisce con veemenza; gli dà una botta con la mano aperta sulla nuca, poi sulla guancia, infine coi pugni chiusi gli tempesta il cranio di colpi.

Lui si lascia picchiare senza reagire. Intanto la candela, nel movimento, si è spenta. La stanza rimane al buio. Marianna fa qualche passo indietro, ma Fila deve avere riacceso il moccolo perché la luce riprende a tremolare lungo lo stipite.

È l'ora che torni di sopra, si dice Marianna, ma una curiosità sconosciuta, incontrollabile che fra sé giudica oscena l'attira di nuovo verso la visione proibita. Ed ecco Fila che si siede sul letto e lui le si accoccola vicino appoggiando la testa sul seno di lei. Un momento dopo lei gli bacia dolcemente le tempie arrossate e passa la lingua sul graffio che lei stessa gli ha fatto sotto l'occhio sinistro.

Marianna questa volta si costringe a tornare verso l'orcio dell'acqua fresca. L'idea di assistere a un atto d'amore fra Fila e quel ragazzo la sgomenta: è già abbastanza scombussolata dalla sorpresa. Immerge di nuovo la canna col coppino di metallo nell'acqua; se lo porta alle labbra e beve chiudendo gli occhi, a grandi sorsate. Non si accorge che nel frattempo la porta si è aperta e Fila sta sulla soglia a guardarla.

Il corpetto slacciato, le trecce disfatte, lo stupore la tiene lì gelata, incapace di fare qualsiasi cosa che non sia rimirarla a bocca aperta. Intanto anche il ragazzo è venuto avanti e si è fermato alle spalle di lei, il codino che gli pende da dietro un orecchio arrossato.

Marianna li osserva ma senza cipiglio e forse i suoi occhi ridono perché finalmente Fila si scioglie dalla sorpresa paralizzata e prende ad allacciarsi il corpetto con dita frettolose. Il ragazzo non mostra nessuna paura. Viene avanti, nudo fino alla cintola, piantando gli occhi arditi sulla duchessa. Proprio come uno che l'abbia vista sempre da lontano, fra porte socchiuse, forse spiandola come ha fatto poco fa lei con lui, al di là di tende semitirate, standosene nascosto e fermo, in agguato. Come chi abbia sentito molto parlare di lei e ora voglia vedere di che stoffa è fatta questa grande signora dalla gola di pietra.

Ma Fila ha qualcosa da dire. Si avvicina a Marianna, l'afferra per un polso, le parla nell'orecchio sordo, le fa dei cenni con le dita davanti agli occhi. Marianna la guarda affannarsi mentre i capelli neri sgusciano fuori dalle trecce e le scivolano sulle guance rigandole di nero.

Per una volta la sordità la protegge senza farla sentire una minorata. Il gusto del castigo le accende le guance. Sa benissimo che una punizione non avrebbe senso – è lei la colpevole che gira per casa al buio di notte – ma in quel momento ha bisogno di ribadire una distanza che è stata pericolosamente sospesa.

Si avvicina a Fila con la mano alzata come una padrona che ha scoperto la domestica con uno sconosciuto sotto il proprio tetto. Il signor marito zio l'approverebbe, anzi le metterebbe in mano la frusta.

Ma Fila le agguanta la mano al volo e la trascina verso

l'interno della stanza, verso lo specchio illuminato di sguincio dal moccolo ancora acceso. Con l'altra mano ha tirato a sé il ragazzino e una volta davanti allo specchio gli afferra la testa per i capelli e l'accosta alla sua, guancia contro guancia.

Marianna fissa quelle due teste dentro il vetro offuscato dal fumo e in un attimo capisce quello che Fila le vuole dire: due bocche tagliate dalla stessa mano, due nasi modellati dalla stessa matrice, ingobbiti al centro, stretti in alto e in fondo, gli occhi grigi appena un poco troppo distanti, gli zigomi larghi, rosati: sono fratelli.

E Fila che ha capito di averla convinta con la forza delle immagini annuisce e si succhia il labbro gioiosamente. Ma come avrà fatto a nascondere il ragazzo tutto quel tempo, che neanche il signor padre sapeva della sua esistenza?

Ora Fila, con una autorità che solo una sorella matura può pretendere, impone al ragazzo di inginocchiarsi davanti alla duchessa e di baciare il lembo del suo prezioso vestito color ambra. E lui, docile, guardando da sotto in su con la faccia compunta e teatrale, le sfiora l'orlo della gonna con le labbra. Un guizzo di astuzia bambina, una lontana sapienza seduttiva, di quelle che solo chi si sente escluso dal mondo delle meraviglie può manifestare.

Marianna osserva con tenerezza i quarti di luna che appaiono sul suo dorso piegato. Rapida, gli fa cenno di alzarsi. E Fila ride e batte le mani. Il ragazzo le si pianta in piedi di fronte e ha qualcosa di spudorato che la indispone ma nello stesso tempo la incuriosisce. I loro sguardi si intrecciano un momento emozionati.

XXII

Saro e Raffaele Cuffa sono ai remi. La barca sguscia sull'acqua calma e nera con dei brevi strattoni cadenzati. Sotto un festone di lumi di carta si intravvedono delle sedie dorate. La duchessa Marianna: una sfinge chiusa in un mantello verde bottiglia, la faccia rivolta verso il porto.

Sugli scanni, seduti di traverso: Giuseppa col marito Giulio Carbonelli e il figlio di due anni, Manina con la figlia minore Giacinta. A prua, su due rotoli di corda, Fila e Innocenza.

Una barca li affianca, a poche braccia di distanza. Un altro festone, un'altra sedia dorata su cui siede il duca Pietro. Accanto a lui la figlia monaca Felice, il figlio maggiore Mariano accompagnato dalla sposa signora Caterina Molè di Flores, la giovane moglie di Cuffa, Rosalia che ha avvolto la treccia nera sul capo come fosse un turbante.

Disseminate sull'acqua della baia di Palermo centinaia di barche: gozzi, caicchi, feluche, ciascuna con la sua bardatura di festoni luminosi, le sue seggiole padronali, i suoi rematori.

Il mare è quieto, la luna nascosta dietro straccetti di nuvole orlate di viola. I limiti fra cielo e acqua scompaiono nel nero fitto di una calma e solida notte di agosto.

Fra poco dalla macchina dei fuochi che si alza imponente sulla marina partiranno le girandole, i razzi, le fontane di luce che pioveranno sul mare. Sul fondo, Porta Felice pare un presepe tutto cosparso di lumi a olio. Sulla destra il Cassaro Morto, la sagoma scura della Vicaria, le abitazioni basse della Kalsa, la massicciata dello Steri, le pietre grigie di Santa Maria della Catena, le mura squadrate del Castello a mare, la costruzione lunga e chiara di San Giovanni de' Leprosi e subito dietro un pullulare di vicoli storti, bui, da cui migliaia di persone si rovesciano verso il mare.

Marianna legge un foglietto sgualcito che tiene in grembo su cui una mano gentile ha scritto «macchina costruita per grazia dei maestri tessitori, dei maestri palafrenieri e dei maestri venditori di caci, amen».

Ora gli uomini hanno smesso di remare. La barca oscilla leggermente sulle onde con il suo carico di luci, di corpi agghindati a festa, di fette di cocomero, di bottiglie d'acqua e anice. Marianna gira la testa su quel popolo di imbarcazioni che nel silenzio della sua notte si dondolano come piume fioccanti sospese nel vuoto.

«Viva Ferdinando, il nuovo figlio di Carlo III re di Sicilia, amen» dice un altro biglietto cadutole sulla scarpa. Parte il primo razzo. Esplode in alto, quasi coperto dalle nuvole. Una pioggia di fili d'argento precipita sui tetti di Palermo, sulle facciate delle case principesche, sulle strade con le loro "balate" grigie, sui muretti del porto, sulle imbarcazioni cariche di spettatori e si spegne friggendo nell'acqua nera.

«L'altro ieri le feste per l'incoronazione di Vittorio Amedeo di Savoia, ieri le luminarie per la salita al trono di Carlo VI d'Asburgo, oggi si festeggia la nascita del figlio di Carlo III di Borbone... stesse baldorie, stesso pot-pourri: primo giorno: messa solenne in cattedrale, secondo giorno: combattimento del leone col cavallo, terzo giorno i musici al teatro marmoreo, quindi ballo al palazzo del Senato, corsa di cavalli, processione e fuochi alla Marina... che infinito mortorio...»

A Marianna è bastato uno sguardo al signor marito per sapere cosa stia rimuginando. Da ultimo è diventato trasparente per lei: gli occhi sbiaditi, la fronte stempiata non riescono più a nascondere i pensieri come facevano prima gelosamente. Sembra che abbia perso la pazienza di dissimulare. Per anni ne aveva fatto un vanto: nessuno doveva penetrare al di là di quelle sopracciglia, al di là di quella fronte nuda e austera. Ora pare che quell'arte gli sia diventata troppo familiare e di conseguenza priva di interesse.

«Bestie noi a chinare sempre il collo... chiddu Vittorio Amedeo lassamulu stari, voleva fare di Paliermu un'altra Torino, miserere nobis! gli orari, le tasse, i dazi, le guarnigioni... volessi mettere il dazio alla malattia, alla fame, signor re? le piaghe nostre profumano di gelsomino, imperatore mio e solo noi le capiamo deo gratias... il trattato di Utrecht, un'altra cavolata, si sono spartiti i bocconi: uno ammia, uno attia... e quella troia di Elisabetta Farnese si scapricciò per l'isola, volle un trono "pe' so figghiu". Il cardinale Alberoni ci tenne bordone e Filippo V allungò una mano... A Capo Passero gli inglesi ci fecero mangiare aceto a quel babbasone di Filippo V ma Elisabetta non mollò l'osso, quella è una madre "pacinziusa"; gli austriaci vinti in Polonia ci voltarono le spalle a Napoli e alla Sicilia, così suo figlio don Carlo mise la mano sul settebello... ci salirono sul collo e chissà quannu scinnunu...»

Quella voce senza voce non riesce più a fermarla. Il signore le ha fatto questo dono, di entrare nella testa degli altri. Ma una volta chiusa la porta si trova a respirare un'aria stantia in cui le parole prendono un odore raffermo.

Due mani si fermano sulle spalle della duchessa, sollevano lo scialle sul collo, le aggiustano i capelli. Marianna si volta per ringraziare Fila e si trova davanti la faccia scanzonata di Saro.

Poco dopo, mentre ammira le parabole di luci verdi e gialle che fioriscono contro il cielo avverte un'altra volta la presenza del ragazzo alle spalle. Due dita leggere hanno scostato lo scialle e sfiorano l'attaccatura dei capelli.

Marianna fa per scacciarlo ma una spossatezza muta e molle la inchioda alla sedia. Ora il ragazzo con una mossa da gatto si è spostato a prua e indica il cielo col braccio.

È andato lì per farsi ammirare, è chiaro. Se ne sta in piedi sul triangolo convesso, in equilibrio precario a mostrare il corpo snello e alto, la faccia bellissima illuminata a tratti dalle scintille volanti.

Tutte le teste sono rivolte verso l'alto, tutti gli sguardi seguono l'esplosione dei fuochi. Solo lui guarda altrove, nella direzione della regale seggiola piantata in mezzo alla imbarcazione. Negli sprazzi di luce che colorano l'aria Marianna vede gli occhi del "picciutteddu" fissi su di sé. Sono occhi amorosi, allegri, forse anche arroganti, ma privi di malizia. Marianna lo osserva un attimo e subito ritrae lo sguardo. Eppure dopo un momento non può fare a meno di tornare a rimirarlo: quel collo, quelle gambe, quella bocca sembrano essere lì per sgomentarla e appagarla.

XXIII

Che sia in giardino a leggere un libro, che sia nel salone giallo a fare i conti con Raffaele Cuffa, che sia in biblioteca a studiare l'inglese, Saro se lo trova sempre davanti, sbucato dal nulla, in procinto di sparire nel nulla.

Sempre lì a fissarla con occhi accesi e dolci che supplicano una risposta. E Marianna si stupisce che quella devozione duri, si faccia più ardita e insistente ogni giorno che passa.

Il signor marito zio l'ha preso a benvolere e gli ha fatto fare su misura una bella livrea dai colori della Casa, blu e oro. Il codino non gli ballonzola più dietro l'orecchio, striminzito come una coda di topo. Una ciocca di capelli neri e lucidi gli scivola sulla fronte e lui se la tira indietro con un gesto spigliato e seducente.

C'è solo un luogo dove lui non può entrare ed è la camera da letto padronale ed è lì che lei si rifugia sempre più spesso con i suoi libri, sotto gli occhi enigmatici delle chimere, chiedendosi se lui oserà continuare a cercarla.

Ma ogni tanto si scopre a scrutare giù in cortile aspettando il suo arrivo. Le basta vederlo passare con quel suo passo ciondolante e vago per mettersi di buon umore.

Pur di non incontrarlo si era perfino decisa ad andare a stare a Palermo per qualche tempo nella sua casa di via Alloro. Ma una mattina l'aveva visto arrivare sulla carrozza del signor marito zio, ritto in piedi sul predellino posteriore, allegro e ben vestito: il tricorno piantato sui ricci neri, un paio di scarpini luccicanti, ornati da una fibbia di ottone.

Fila dice che si è messo a studiare. L'ha raccontato a Innocenza che l'ha spifferato a suor Felice che l'ha scritto in un foglietto alla madre: «Iddu impara a scrivere per parlarci con vuscienza». Non si sa se detto con malignità o ammirazione.

Oggi piove. La campagna è velata: ogni cespuglio, ogni albero è zuppo d'acqua e il silenzio di cui è prigioniera pare a Marianna più ingiusto del solito. Una nostalgia profonda dei suoni che accompagnano la vista di quei rami brillanti, di quella campagna formicolante di vita la prende alla gola. Come sarà il canto di un usignolo? l'ha letto tante volte nei libri che si tratta del canto più soave che si possa immaginare, qualcosa che fa tintinnare il cuore. Ma come?

La porta si apre come in certi incubi, spinta da una mano sconosciuta. Marianna la guarda muoversi lenta, senza sapere cosa ne verrà fuori: una gioia o un dolore, una faccia amica o nemica?

È Fila che entra col candelabro acceso. Ancora una volta è scalza, e si capisce che si tratta di una voluta insubordinazione, un segnale rivolto ai padroni troppo esigenti. Ma nello stesso tempo conta sull'indulgenza di Marianna, non dovuta alla tolleranza ma a un segreto increscioso, sembra pensare, che le lega con un bel fiocco, al di là delle differenze di età, di denaro, di stato sociale.

Cosa vuole da lei? perché pianta con tanto gusto i piedi nudi e sporchi nei tappeti preziosi? perché cammina con tanta disinvoltura, incurante che la gonna si alzi e lasci scoperti i calcagni callosi e macchiati?

Marianna sa che il solo modo di ristabilire le distanze sarebbe di alzare una mano da padrona per uno schiaffo, anche leggero. È così che si usa. Ma basta che il suo sguardo si posi su quella faccia dai tratti teneri, così simile a quell'altra maschile dai lineamenti solo un po' più marcati, che le passa ogni voglia di batterla.

Marianna si porta una mano al colletto che le si stringe sotto la gola. Il corpetto di lana di pecora le preme ruvido contro la schiena sudata; pare fatto di spine. Con due dita fa cenno a Fila di andarsene. La ragazza esce facendo dondolare l'ampia gonna di pannicello rosso. Nei pressi della porta fa un inchino secco accompagnato da una mezza smorfia.

Rimasta sola Marianna si inginocchia davanti a un piccolo Cristo in avorio che le ha regalato Felice e prova a pregare: «Mio Signore, fai che io non mi perda ai miei stessi occhi, fai che sappia mantenere l'integrità del cuore».

Lo sguardo si ferma sul crocifisso: le sembra che sul volto di Cristo appaia una smorfia di derisione. Anche lui come Fila sembra ridere di lei. Marianna si alza, va a stendersi sul letto coprendosi gli occhi con le braccia.

Si gira su un fianco. Allunga una mano verso il libro che le ha regalato il signor fratello abate Carlo alla nascita di Mariano. Apre e legge:

> Il mio spirito viene meno
> i miei giorni si spengono
> non sono in balìa dei beffardi?
> fra i loro insulti veglia il mio occhio
> sii tu la garanzia di te stesso.

Le parole di Giobbe sembrano lì per ricordarle un crimine, ma quale? quello di pensare il pensiero secondo i suggerimenti del signor Hume o quello di lasciarsi tentare da un desiderio sconosciuto e temibile? I suoi giorni certamente vengono meno, si spengono man mano le luci del suo corpo, ma chi la salverà dai beffardi?

La porta prende a muoversi un'altra volta, scivola sui cardini allungando un'ombra quadrata sul pavimento. Cosa si trascina dietro? che corpo, che sguardo? forse quello di un ragazzo che mostra dodici anni e invece ne ha diciannove?

Questa volta è Giuseppa col figlio piccolo che viene a trovarla. Com'è ingrassata! I vestiti trattengono a stento la carne, la faccia è pallida, spenta. Entra con passo risoluto, si siede sul bordo del letto, si sfila le scarpe che le serrano i piedi, distende le gambe sul pavimento, guarda la madre e scoppia a piangere.

Marianna le si avvicina amorevolmente, la stringe al petto; ma la figlia anziché acquetarsi si lascia andare ai singhiozzi mentre il bambino, a quattro zampe, si infila sotto il letto.

«Per carità che hai?» scrive Marianna su un foglietto e lo caccia sotto il naso della figlia.

Giuseppa si asciuga le lagrime col dorso della mano, incapace di frenare i singhiozzi. Torna ad abbracciare la madre, poi afferra un lembo dello spolverino di lei e si soffia·il naso rumorosamente. Solo dopo molte sollecitazioni, mettendole la penna fra le dita, Marianna riesce a farle scrivere qualcosa.

«Giulio mi maltratta, me ne voglio andare.»

«Che t'ha fatto meschinedda?»

«Mi portò in casa una "cuffiara", me la mise nel letto con la scusa che è malata e poi siccome non ciaveva vestiti le regalò le mia con tutti i ventagli francesi che tenevo ammucciati.»

«Ne parlerò con il signor padre zio.»

«No mamà ti pregassi, lassalu stari.»

«Che posso fare allora?»

«Voglio che lo fai bastonare.»

«Non siamo mica ai tempi di tuo bisnonno... e poi a che servirebbe?»

«Per vindicarimi.»

«Che ci fai con la vendetta?»

«Mi piacc, mi faccio pena e mi voglio ristorare.»

«Ma perché nel letto la cuffiara, non capisco» scrive Marianna in fretta; le risposte arrivano sempre più lente, storte e disordinate.

«Per sfregio.»

«Ma perché vuole sfregiarti tuo marito?»

«Susapiddu.»

Una storia curiosa, incredibile: se il signor marito Giulio Carbonelli vuole divertirsi non ha bisogno di cacciare nel letto della moglie l'amante "cuffiara". Cosa ci può essere dietro questo gesto insensato?

Ed ecco che piano piano, fra parole mozze e frasi dialettali fanno capolino alcune rivelazioni: Giuseppa è diventata amica della zia Domitilla, la moglie di Signoretto, la quale l'ha introdotta ai libri proibiti dei pensatori francesi, alle riflessioni laiche, alle richieste di libertà.

Don Giulio Carbonelli, che odia le idee nuove che circolano fra i giovani peggio del signor marito zio, aveva cercato di fermarla su quella strada «assolutamente disdicevole per una Carbonelli dei baroni di Scarapullè». Ma la moglie non gli aveva dato retta e così lui aveva trovato un modo obliquo e brutale per dimostrarle senza tante parole che il padrone in casa era lui.

Ora si tratta di convincere la figlia che le vendette richiamano altre vendette e che fra marito e moglie è impensabile un simile litigio. Di separarsi da lui non se ne parla nemmeno: ha un figlio piccolo e non può lasciarlo senza padre e d'altronde una donna priva del marito, per non essere tacciata di prostituta, potrebbe rifugiarsi solo in convento. Deve però trovare un modo per farsi rispettare da lui senza vendette né ritorsioni. Ma che fare?

Mentre riflette Marianna si scopre a scrivere: «Ma cosa sono questi ventagli francesi?».

«Fra stecca e stecca si scoprono scene da letto mamà» scrive la figlia con impazienza e Marianna annuisce imbarazzata.

«Devi guadagnarti la sua stima» insiste la madre e la mano fatica a mantenersi composta, autorevole.

«Siamo cane e gatto.»

«Eppure sei stata tu a volerlo. Se sposavi lo zio Antonio come ti proponeva tuo padre...»

«Meglio morta... lo zio Antonio è un vecchio cimurrusu, cu l'occhio di gaddina. Preferisco Giulio con la sua "cuffiara". Solo tu povera mutola ti potevi prendere a uno zotico come lo zio padre... se lo dico a Mariano credi che mi saprà vendicare?»

«Toglitelo dalla testa, Giuseppa.»

«Che lo aspettino fuori della porta e lo mazzolìano, solo chistu vogghiu mamà.»

Marianna rivolge alla figlia uno sguardo rannuvolato. La ragazza fa una smorfia bizzosa, si morde il labbro. Ma ancora la madre ha dell'ascendente su di lei e dinanzi a quegli occhi severi, Giuseppa si tira indietro rinunciando al proposito della vendetta.

XXIV

Le tende tirate. Il velluto che cade in grosse pieghe. Il soffitto a volta che raccoglie le ombre. Qualche goccia di luce che si infiltra fra i panneggi, si scioglie sul pavimento formando delle pozzette polverose.

. C'è odore di canfora nell'aria stantia: l'acqua bolle in un pentolino appoggiato sulla stufa. Il letto è così grande che occupa una intera parete della stanza: poggia su quattro colonnine di legno scolpito, fra cortine ricamate e cordoni di seta.

Sotto le lenzuola spiegazzate il corpo sudato di Manina, da giorni e giorni se ne sta fermo a occhi chiusi. Non si sa se riuscirà a sopravvivere. Gli stessi odori dell'agonia di Signoretto, la stessa consistenza gelatinosa, lo stesso calore malato dal sapore dolciastro e nauseabondo. Marianna allunga una mano verso la mano della figlia che giace col palmo rovesciato sulla coperta. Con due dita, cautamente, accarezza il palmo umido.

Quante volte si è aggrappata alle sue gonne quella mano da bambina, come a sua volta si era aggrappata lei al saio del signor padre, con una richiesta di attenzione e una serie di domande che si potevano racchiudere in una sola: posso fidarmi di te? ma forse anche la figlia aveva scoperto che non è possibile confidare in chi, pur amandoti ciecamente, alla fine resterà incomprensibile e lontano.

Una mano il cui biancore è spesso guastato dai morsi rossastri delle zanzare, come quella di Agata. Simili in molte cose zia e nipote, tutte e due molto belle, con una vocazione alla crudeltà. Aliene da ogni civetteria, ogni cura, ogni sentimento di sé, tutte e due cupamente dedite all'amore materno, rapite in una adorazione per i figli che rasenta l'idolatria.

Sola differenza: l'umorismo di Manina che cerca di mettere pace facendo ridere, pur restando seria lei. Agata si immola alla maternità senza chiedere niente in cambio, ma con quale giudizio spregiativo verso le donne che non fanno la stessa scelta. Ha già partorito otto figli e continua a partorire, nonostante i suoi trentanove anni, mai stanca, sempre alle prese con balie, tate, cerusici, varveri e mammane.

Manina ama troppo la concordia per disprezzare chicchessia. Il suo sogno è di cucire con lo stesso filo il marito, i figli, i genitori, i parenti e tenerli saldi a sé. A venticinque anni ha già fatto sei figli, ed essendosi sposata a dodici, man mano che crescono i figli, vanno assomigliando più che altro a dei fratelli.

Se la ricorda ancora traballante sulle gambe grassocce, chiusa dentro un vestito a palloncino coperto di fiocchi rossi che lei aveva fatto copiare da un quadro di Velázquez di cui possedeva una riproduzione ad acquarello. Una bambina rosea, tranquilla, con gli occhi color acquamarina.

Non era ancora uscita da quel quadro che già era entrata in un altro, al braccio del marito, la pancia enorme portata in giro come un trofeo, offerta spudoratamente all'ammirazione dei passanti.

Due aborti e un figlio nato morto. Ma ne era uscita senza troppi danni. «Il mio corpo è una sala d'aspetto: c'è sempre qualche infante che entra o che esce» scriveva di sé alla madre. E di quelle entrate e uscite non si adontava per niente, anzi se ne beava: la confusione di bambini sempre in procinto di correre, mangiare, cacare, dormire, strillare, le metteva addosso una grande allegria.

L'ultimo parto ora rischia di ucciderla. Il bambino era messo bene, così per lo meno diceva la mammana, il seno aveva già cominciato a fabbricare latte e Manina si divertiva a farlo assaggiare ai più piccoli che accorrevano, si arrampicavano sulle sue ginocchia, si attaccavano al capezzolo strizzando e tirando la carne affaticata.

Il bambino è nato morto e lei ha continuato a perdere sangue fino a diventare grigia. La levatrice, a furia di tamponare e zaffare, è riuscita a fermare l'emorragia ma di notte la giovane madre ha cominciato a delirare. Ora è legata a un filo, la faccia gessosa, gli occhi offuscati.

Marianna prende un batuffolo di cotone, lo intinge nell'acqua e limone, lo accosta alle labbra della figlia. Per un momento la vede aprire gli occhi ma sono ciechi, non la distinguono.

Un sorriso compiaciuto passa su quella faccia esangue, una sbavatura di sublime noncuranza di sé, un fulgore di sacrificio. Chi può averle inculcato questa smania di abnegazione materna? questo entusiasmo per la perdita consapevole di sé? la zia Teresa professa o la tata dai capelli bianchi e il cilicio sotto il corpetto che la costringeva a pregare per ore in ginocchio accanto al letto? oppure don Ligustro che è anche il confessore di zia Fiammetta e che le è stato vicino per anni insegnandole il catechismo e la dottrina? Eppure don Ligustro non è affatto un fanatico, anzi a un certo momento sembrava che amoreggiasse con il grande Cornelius Jansen detto Giansenio. Da qualche parte ci deve essere conservato un biglietto di padre Ligustro che comincia con una citazione di Aristotele: «Dio è troppo perfetto per potere pensare ad altro che a se stesso».

Né Agata né Manina si aspettano niente dai loro mariti: non amore né amicizia. E forse per questo invece sono amate. Don Diego di Torre Mosca non si allontana un momento dalla moglie ed è geloso di lei fino allo spasimo.

Il marito di Manina, don Francesco Chiarandà di Magazzinasso, è anche lui molto legato alla moglie anche se questo non gli impedisce di assalire governanti e serve che circolano per casa, soprattutto quando vengono dal "continente". Com'è successo con una certa Rosina venuta da Benevento, una ragazza bella e sdegnosa che faceva la "cammarera di fino". È rimasta incinta del signor barone e tutti si sono molto agitati. La baronessa signora suocera Chiarandà di Magazzinasso l'ha prelevata dalla casa del figlio e l'ha spedita a Messina in casa di certi amici che avevano bisogno di una serva elegante. Fiammetta è venuta dal convento per fare una strigliata al nipote. Zie, cognate, cugine, si sono precipitate nel grande salone del palazzo Chiarandà di via Toledo per compatire la "meschinedda".

La sola che non si sia curata per niente di tutta la faccenda è invece proprio Manina che si è pure offerta di allevare lei il bastardo tenendo in casa anche la madre. E diceva delle spiritosate sulla somiglianza di padre e figlio che «portano lo stesso naso a beccuccio». Ma la signora suocera è stata irremovibile e Manina ha ceduto, con la solita remissività, chinando la bella testa su cui ha preso l'abitudine di appuntare un vezzo di perle rosate.

Ora quelle perle sono lì sul comodino e mandano dei bagliori color malva nella penombra della camera. Accanto, quattro anelli: il rubino della nonna Maria che porta ancora addosso le macchie e gli odori del trinciato di Trieste, un cammeo con la testa di Venere che è appartenuto alla bisnonna Giuseppa, e prima di lei alla trisavola Agata Ucrìa, una fede di oro massiccio e l'anello d'argento coi delfini che portava il nonno Signoretto. Accanto, un fermacapelli di tartaruga tempestato di brillanti che è passato dai capelli corvini della suocera a quelli biondi della nuora.

L'anello dei delfini il signor padre una volta l'aveva perso mettendo in allarme tutta la famiglia. Poi era stato ritrovato, vicino alla vasca delle ninfee, da Innocenza. La quale, dopo quella volta, come dice il proverbio "fatti a fama e curcati", era diventata per tutti "l'onesta Innocenza". Ma l'anello coi delfini si era perso ancora: il signor padre questa volta lo aveva lasciato in casa di una cantante d'opera di cui si era invaghito.

«Per rispetto mi toglievo l'anello e lo posavo sul tavolino da notte» aveva scritto una volta confidenzialmente alla figlia.

«Rispetto di che signor padre?»

«Della mamma, della famiglia.» Ma nello scriverlo gli era sfuggito un sorriso. Così credulo e incredulo insieme. Gli piacevano i gesti ripetuti, le serate in famiglia ma anche le recite, le ostentazioni, gli ardimenti di una sola notte vagabonda.

Non voleva che l'antica geometria degli affetti e delle abitudini andasse stravolta, ma nello stesso tempo era curioso di ogni idea nuova, di ogni emozione inaspettata, tollerante verso le proprie contraddizioni e impaziente verso quelle degli altri.

«Ma poi l'avete ritrovato l'anello?»

«Ero io il "vastaso", credevo che l'avesse rubato Clemen-

tina e invece me l'ha fatto trovare sul cuscino due giorni dopo... una brava picciotta era...»

Di questi biglietti del signor padre ne ha una scatola
piena che tiene chiusa a chiave nel comò della camera da
letto. I suoi li butta via ma quelli del padre, qualcuno della
madre, qualcuno dei figli li conserva e ogni tanto va a rileg-
gerseli. La grafia disinvolta e slegata del signor padre, quella stentata e affaticata della signora madre, le O strette e
slanciate di suo figlio Mariano, le esse e le elle svolazzanti
di sua figlia Felice, la firma storta e macchiata di inchiostro
della figlia Giuseppa.

Di Manina non ne ha neanche uno. Forse perché le ha
scritto poco o forse perché le sue parole sui fogli materni sono
sempre state così insignificanti da non lasciare traccia. Scrivere non le è mai piaciuto a quella figlia dalle bellezze suntuose e svagate. Semmai la musica, le note più che la parola.
E le spiritosaggini, che avevano sempre il fine di distogliere
gli altri da pensieri cupi, da liti o da malumori, arrivavano a
Marianna solo quando qualcuno glieli trascriveva. Non era
mai Manina a farlo.

Durante i primi anni di matrimonio Manina e Francesco
usavano invitare ogni sera amici e amiche nella grande casa
di via Toledo. Avevano un cuoco francese dalla faccia butterata che preparava degli squisiti "fois gras" e delle buonissi-
me "coquilles aux herbes". Dopo le solite gremolate alla me-
lagrana e al limone passavano nel salone affrescato dall'Intermassimi. Anche lì chimere dal corpo di leonessa e la faccia
femminile che ricordava Marianna.

Manina sedeva al clavicembalo e faceva scorrere le dita
sui tasti, prima timidamente, con precauzione, poi sempre
più spedita e sicura e a questo punto la bocca le si piegava in
una smorfia amara, quasi feroce.

Dopo la morte del secondogenito e i due aborti che erano
seguiti, i Chiarandà avevano smesso di ricevere. Solo la domenica qualche volta invitavano i parenti a pranzo e poi Manina veniva spinta quasi con la forza al clavicembalo. Ma la
sua faccia non si deformava più, rimaneva liscia e soave come la si può vedere nel ritratto dell'Intermassimi che sta appeso nella sala da pranzo fra un nugolo di angeli, uccelli del
paradiso e serpenti dalla testa di pesce.

In seguito ha rinunciato del tutto. Ora al clavicembalo siede la figlia Giacinta di sette anni, accompagnata dal maestro ticinese che batte il tempo sul coperchio con una bacchetta di legno di ulivo.

Marianna si è assopita stringendo nel pugno la mano febbricitante della figlia. Nella sua testa vuota rimbomba lo scalpiccìo degli zoccoli del baio Miguelito. Chissà dove sta galoppando ora il vecchio cavallo regalato al signor padre da un lontano cugino, Pipino Ondes, che a sua volta l'aveva comprato da uno zingaro.

Per anni Miguelito aveva vissuto nelle stalle dietro villa Ucrìa accanto al "dammuso" dei Calò, assieme agli altri cavalli arabi. Poi il signor padre aveva preso a prediligerlo per il suo carattere docile e coraggioso e lo montava per andare a trovare i Butera o i Palagonia e qualche volta si faceva portare fino a Palermo. Da vecchio era finito in casa Calò, prima spinto a fughe precipitose fra gli ulivi dalle due gemelle Lina e Lena, e poi, cieco di un occhio, trasportava il vecchio Calò dietro le vacche per la piana di Bagheria. Alla morte delle gemelle lo si vedeva ancora girare per l'uliveto, magrissimo ma pronto ad infuocarsi appena imbroccava la discesa polverosa della villa.

Fra poco gli salterò in groppa, si dice Marianna e andremo a trovare il signor padre, ma dove? il cavallo orbo e spelato, i denti ingialliti e rotti per l'età, non ha perso la sua aria ardimentosa, la folta criniera color caffè per cui andava famoso. Ha qualcosa di strano però alla coda, gli si è allungata, attorcigliata, e gonfiata. E ora si stende, si snoda, mette fuori una punta aguzza; pare che voglia afferrarla per la vita e sbatterla contro una roccia. Che si stia trasformando in uno di quei cani che popolavano i sogni della signora madre?

Marianna apre gli occhi giusto in tempo per scorgere dietro la porta socchiusa, un ciuffo nero saltellante, uno sguardo liquido e nero che la spia.

XXV

Da lontano fanno pensare a tre grosse tartarughe che si muovano lentamente lungo il viottolo in mezzo alle erbe alte e ai sassi. Tre tartarughe: tre lettighe, ciascuna preceduta e seguita da due mule. In fila indiana, una dietro l'altra fra i boschi e i dirupi, lungo un sentiero impervio che da Bagheria porta verso i monti delle Serre passando per Misilmeri, Villafrati, fino a raggiungere le alture della Portella del Coniglio. Quattro uomini armati seguono la carovana, altri quattro aprono la strada con i moschetti sulle spalle.

Marianna se ne sta seduta sospesa, incassata nello stretto sedile, le gonne pesanti sollevate un poco sulle caviglie sudate, i capelli tirati e attorcigliati sulla nuca perché facciano meno calore. Ogni tanto alza una mano per cacciare via una mosca.

Di fronte a lei, sul sedile foderato di broccato, in un vestito bianco di velo d'India, un fisciù di seta azzurro buttato sulle ginocchia, dorme Giuseppa incurante delle scosse e delle oscillazioni della lettiga.

Ora il sentiero si è fatto più ripido e più stretto, da una parte in bilico su un precipizio cosparso di roccioni grigio rosati, dall'altra sovrastato da una parete ripida di terre nere e cespugli intricati. Gli zoccoli delle mule ogni tanto slittano sulle rocce facendo pencolare la lettiga, ma poi si riprendono, salgono ancora schivando le buche.

Il mulattiere guida i loro passi tenendo ritta davanti a sé una pertica per saggiare il terreno pantanoso. A volte le zampe delle mule sprofondano nell'argilla e non ne escono che a fatica, a furia di frustate, appesantite da zolle di fango; altre volte l'erba alta e aguzza si aggroviglia attorno alle caviglie delle bestie impedendo loro il passo.

Marianna si afferra alla maniglia di legno, lo stomaco in subbuglio, chiedendosi se finirà per vomitare. Affaccia la testa allo sportello, vede la lettiga sospesa sopra un dirupo: ma perché non si arrestano, perché non cessa quel dondolio esasperante che scombussola le viscere? Il fatto è che fermarsi è pericoloso più ancora che camminare e le mule, come se lo capissero, vanno avanti a testa bassa, soffiando, mantenendo con un sapiente gioco dei muscoli l'equilibrio fra le stanghe.

Le mosche vanno e vengono dai musi delle bestie all'interno della vetturetta: il movimento le eccita. Passeggiano sui capelli raccolti della duchessa, sulle labbra dischiuse di Giuseppa. Meglio guardare lontano, si dice Marianna, cercare di dimenticare quella situazione di prigionia sospesa fra due pali in equilibrio sul vuoto.

Sollevando lo sguardo può vedere, oltre il precipizio pietroso, oltre un bosco di sugheri, in mezzo a un digradare di campi gialli bruciati, la valle di Sciara dai larghi appezzamenti coltivati a grano: distese di terreni coperti da una lanuggine gialla piumata appena scossa dal vento. Fra i campi di grano, vivo e snodato come un serpente dalle scaglie lucenti, il San Leonardo che si butta nel golfo di Termini Imerese.

Negli occhi dilatati di Marianna il grosso fiume dal colore metallico, i boschi di sugheri dalle striature rossicce, le distese di canne, sono chiusi dentro un blocco di calore vetroso appena scosso da un verminare interno appena percettibile.

Il paesaggio grandioso le ha fatto dimenticare le mosche e il mal di mare. Fa per allungare una mano verso la figlia che dorme con la testa penzoloni su una spalla; ma poi si ferma con la mano a metà strada. Non sa se svegliarla per mostrarle il panorama o lasciarla riposare ricordando che la mattina si sono alzate alle quattro e il dondolio non aiuta certo a rimanere sveglie.

Cercando di non mettere in pericolo l'equilibrio del fragile involucro a cupola Marianna si sporge per vedere se le altre lettighe seguono. In una si trovano Manina, tornata magra e bella dopo la guarigione, e Felice che si "sciuscia" con un gran ventaglio di seta gialla. Nell'altra viaggiano Innocenza e Fila.

Fra gli uomini armati ci sono Raffaele Cuffa, Calogero Usura, suo cugino, Peppino Geraci, il giardiniere di villa Ucrìa, il vecchio Ciccio Calò, Totò Milza suo nipote e Saro che da quando il signor marito zio è morto lasciandogli in eredità cento scudi più tutti i suoi vestiti ha preso un'aria di studiata lentezza che lo rende un poco ridicolo ma gli dà anche un nuovo splendore.

Gli sono scomparsi i quarti di luna dal petto. Il ciuffo nero non scivola più impertinente sulla fronte ma viene cacciato a forza dentro un parrucchino dai riccioli bianchi di quando il duca Pietro era un giovanotto che gli sta un po' largo e tende a scivolargli sulle orecchie.

È sempre molto bello anche se di una bellezza diversa, meno infantile, più consapevole e compunta. Ma soprattutto è cambiato nei modi che ora sono quasi quelli di un signore nato fra i lini di un grande palazzo di Palermo. Ha imparato a muoversi con garbo ma senza affettazione. Monta a cavallo come un principe mettendo la punta dello stivale nella staffa e tirandosi su con un balzo leggero e composto. Ha imparato a inchinarsi davanti alle signore tendendo la gamba in avanti e compiendo col braccio un'ampia curva, non senza rovesciare all'ultimo momento il polso che scuote le piume del tricorno.

Ha salito a uno a uno gli scalini della gloria, il risoluto orfano scoperto una notte seminudo nella camera di Fila col codino da topo e il sorriso contrito. Ma non si accontenta, ora vuole imparare a scrivere e a fare di conto. Tanta è la diligenza che ci mette, tanta la pazienza che anche il signor marito zio l'aveva preso a stimare e lo aveva aiutato dandogli lui stesso lezioni di araldica, di buone maniere e di cavalleria.

Ora rimangono da salire gli ultimi gradini e fra questi c'è la conquista della sua stessa signora, la bella mutola che con tanta arroganza si rifiuta al suo amore. È questo che lo rende così ardito? o c'è dell'altro? difficile dirlo. Il ragazzo ha anche imparato a dissimulare.

Al funerale del signor marito zio era il più afflitto, come gli fosse morto un padre. E quando gli hanno detto che il duca gli aveva lasciato una piccola eredità in monete d'oro, vestiti, scarpe e parrucche è diventato pallido per la sorpresa e ha continuato a ripetere che "non ne era degno".

Quel funerale aveva stancato Marianna fino a farle perdere il fiato: nove giorni di cerimonie, di messe, di cene fra parenti, la preparazione dei vestiti di lutto per l'intera famiglia, gli addobbi dei fiori, le centinaia di ceri per la chiesa, le reputatrici che hanno pianto per due notti e due giorni accanto al cadavere.

Infine il corpo era stato portato alle catacombe dei Cappuccini per l'imbalsamazione. Lei avrebbe preferito che riposasse sotto terra ma Mariano e il signor fratello Signoretto erano stati irremovibili: il duca Pietro Ucrìa di Campo Spagnolo, barone di Scannatura, conte della Sala di Paruta, marchese di Sollazzi, doveva essere imbalsamato e conservato nelle cripte dei Cappuccini come i suoi avi.

Erano discesi nelle catacombe in molti, inciampando negli strascichi, rischiando di mandare a fuoco con le torce il catafalco, in un traffico di mani, scarpe, cuscini, fiori, spade, livree, candelabri.

Poi erano spariti tutti e lei si era trovata sola col corpo nudo del marito morto mentre i frati preparavano il colatoio e la cella nel salnitro.

Da principio si era rifiutata di guardarlo: le sembrava indiscreto. I suoi occhi si erano posati più in là sopra tre vecchi dalla pelle incatramata incollata alle ossa che la fissavano dalle pareti a cui erano agganciati per il collo, le mani scheletriche legate sul petto con un laccio.

Sopra gli scaffali di legno laccato giacevano altri morti: donne eleganti nei loro vestiti di festa, le braccia incrociate sul petto, le cuffie dagli orli ingialliti, le labbra stirate sui denti. Alcune stavano lì allungate da qualche settimana e mandavano un odore acuto di acidi. Altre erano lì da cinquant'anni, un secolo e avevano perso ogni odore.

Una usanza barbara, si diceva Marianna cercando di ricordare le parole del signor Hume sulla morte; ma la sua testa era vuota. Meglio essere bruciati e gettati nel Gange come fanno gli indiani, piuttosto che starsene in questi sotterranei, ancora una volta tutti insieme fra parenti e amici dai grandi nomi, la pelle che si sbriciola come carta.

Il suo sguardo si era posato su un corpo sotto vetro, questo sì perfettamente conservato: una bambina dalle ciglia lunghe, bionde, le orecchie come due minuscole conchiglie appoggiate su un cuscino ricamato, la fronte alta, scoperta su cui brillavano due gocciole di sudore. E di colpo l'aveva riconosciuta: era la sorella di sua nonna Giuseppa, morta a sei anni di peste. Una prozia mai cresciuta che sembrava volere annunciare il miracolo della eternità della carne.

Di tutti i corpi ammucchiati lì dentro solo quello della bambina si era mantenuto come tutti sperano di mantenersi dopo morti: integri, morbidi, assorti in una tranquilla noia. E invece l'imbalsamazione dei frati, tanto famosa per l'uso del salnitro naturale, dopo qualche tempo si sfalda, si indurisce, tira fuori gli scheletri che rimangono appena velati da una pellicola di carne scura e secca.

Marianna aveva riportato gli occhi sul corpo nudo del marito disteso di fronte a lei. Ma perché l'avevano voluta lasciare lì sola? forse perché gli desse l'ultimo saluto o perché riflettesse sulla fragilità del corpo umano? Stranamente la vista di quelle membra abbandonate la rassicurava: era così diverso dagli altri corpi che la circondavano, così fresco e quieto, tutto segnato da vene, ciglia, capelli, labbra in rilievo che sono proprie dei vivi. Quell'onda di capelli grigi conservava intatto il ricordo delle campagne assolate, le guance trattenevano ancora qualche brandello della luce rosata delle candele.

Appena sopra di lui una piccola targa incisa nel rame diceva «memento mori»; ma il cadavere del signor marito zio sembrava invece dire «memento vivere»! tanta era la forza di quelle carni indolenzite in confronto alla sfarzosa cartapesta del popolo degli imbalsamati. Così nudo non l'aveva mai visto; così nudo e arreso eppure composto e dignitoso nei suoi muscoli assopiti, nelle pieghe severe del volto impietrito.

Un corpo che non le ha mai ispirato amore per quei modi austeri, violenti e freddi a cui si accompagnava. Da ultimo aveva cambiato qualcosa nella maniera di avvicinarsi a lei: furtivo sempre come se dovesse rubarle qualcosa, ma preso da una incertezza nuova, un dubbio che veniva dall'inspiegabile rifiuto subìto tanti anni prima.

Quella dolcezza ruvida, un poco recitata che nasceva da un perplesso e silenzioso rispetto glielo aveva reso meno estraneo. Anzi, a volte si era scoperta a desiderare di stringergli una mano ma sapeva che anche l'idea di una carezza era per lui inammissibile. Aveva ereditato dai padri un'idea dell'amore da rapace: si punta, si assale, si lacera, e si divora. Dopo di che si va via sazi lasciandosi dietro una carogna, una pelle svuotata di vita.

Quel corpo nudo abbandonato sulle lastre di pietra, pronto a essere tagliato, svuotato, riempito di salnitro, le ispirava adesso una improvvisa simpatia. O forse qualcosa di più, della pietà. Aveva allungato una mano e gli aveva carezzato una tempia con due dita leggere mentre delle lagrime non previste e non volute prendevano a scenderle giù per le gote.

Scrutando quel viso affilato e livido, seguendo la curva sfuggente delle labbra, le sporgenze degli zigomi, le minuscole pinne scure del naso, cercava di capire il segreto di quel corpo.

Non l'aveva mai immaginato bambino il signor marito zio. Era impossibile. Da quando lo conosceva era sempre stato vecchio, chiuso dentro quei vestiti rossi che ricordavano gli addobbi secenteschi più che le eleganze del nuovo secolo, la testa eternamente coperta da parrucche arzigogolate, i gesti misurati, rigidi.

Eppure una volta aveva visto un ritratto di lui bambino che poi si era perso. Davanti a un festone di fiori e frutta spiccavano le teste dei due fratelli Ucrìa di Campo Spagnolo: Maria bionda, sognante e già un poco pingue; Pietro dai capelli più chiari, stopposi, alto e legnoso, con uno sguardo di tristezza orgogliosa negli occhi. Dietro, come in una bacheca, apparivano le teste dei genitori: Carlo Ucrìa di Campo Spagnolo, e Giulia Scebarràs di Avila. Lei robusta e nera di capelli, un'aria zelante e autoritaria; lui delicato e sfuggente chiuso dentro una giubba dai colori smorti. Era dalla parte degli Ucrìa che veniva quella morbidezza dei tratti di Maria, mentre Pietro aveva preso dai vecchi Scebarràs, razza di invasori e despoti rapaci.

Nonna Giulia raccontava che Pietro da piccolo era pignolo e suscettibile: attaccava brighe per un nonnulla e si divertiva a fare a pugni con chiunque. Vinceva sempre, pare, perché nonostante l'aria sofferente aveva muscoli guizzanti, di ferro. In famiglia era tenuto per uno stravagante. Parlava poco, era attaccato morbosamente ai suoi vestiti che pretendeva di seta e di damasco, bordati d'oro.

Eppure aveva anche degli slanci di generosità che lasciavano sbalorditi i familiari. Un giorno aveva radunato i figli dei vaccari di Bagheria e aveva regalato loro tutti i suoi giocattoli. Un altro giorno aveva preso alcuni gioielli di sua madre e li aveva consegnati a una poveretta che chiedeva l'elemosina.

Amava il gioco ma sapeva moderarsi. Non passava le notti al tavolino fra le carte, come molti dei suoi amici; non manteneva camiciaie o stiratrici, non beveva che un poco di vino delle vigne del padre. Solo la lotta lo attirava, anche con gente al di sotto del suo rango e per questo era stato punito dalla signora nonna Giulia con la frusta.

Contro i genitori però non si era mai rivoltato: anzi li venerava e ogni volta aveva accettato le punizioni con fredda compunzione. Per tutta l'adolescenza e la giovinezza non aveva avuto amori che non fossero la sorella Maria. Con lei faceva delle interminabili partite a faraone.

Quando la piccola Maria si era sposata lui si era chiuso in casa e non era più voluto uscire per quasi un anno. Come tutta compagnia teneva una capretta che faceva coricare sul suo letto e mentre mangiava la lasciava sotto la tavola assieme ai cani.

In famiglia era stata tollerata finché era rimasta una bestiola dalla testa morbida e le zampettine leggere. Ma quando crescendo aveva messo corna ritorte e si era trasformata in un grosso animale che prendeva a testate i mobili, la signora nonna Giulia aveva ordinato di portarla in campagna e lasciarla lì.

Pietro aveva ubbidito ma poi di notte usciva di nascosto per andare a dormire nella stalla con la capra. Nonna Giulia l'aveva saputo e aveva fatto uccidere la bestia. E poi, davanti a tutta la famiglia, aveva frustato il figlio sulle natiche nude. Proprio come faceva con lei e i suoi fratelli il vecchio bisnonno Scebarràs quando erano ragazzini.

Da quel giorno il paziente Pietro era diventato "reticu e strammu". Spariva per settimane e nessuno sapeva dove andasse. Oppure si chiudeva nella sua stanza e non lasciava entrare neanche la cameriera che andava a portargli il cibo. Con la madre non parlava anche se nel vederla si inchinava come era suo dovere.

A quarant'anni non si era ancora sposato e, salvo per il bordello dove andava qualche volta, non sembrava conoscere l'amore. Solo con la sorella Maria aveva qualche confidenza. Andava spesso a trovarla nella casa del marito e con lei qualche parola la diceva. Il padre era morto poco dopo la morte della capra ma nessuno lo aveva rimpianto perché era un uomo talmente spento da parere defunto anche mentre era vivo.

Quando era nata la nipote Marianna era diventato ancora più assiduo a via Alloro pur non avendo una grande simpatia per il cugino cognato Signoretto. Si era affezionato alla bambina che prendeva in braccio e coccolava come aveva fatto con la capretta anni prima.

Nessuno pensava di dargli moglie, finché non era morto uno zio scapolo del ramo Scebarràs che aveva accumulato terre e soldi lasciando poi ogni cosa all'unico nipote. Allora la signora nonna Giulia aveva deciso di dargli in sposa una grande dama palermitana da poco rimasta vedova: la marchesa Milo delle Saline di Trapani, una donna di polso che avrebbe potuto temperare le stranezze del figlio. Ma Pietro si era opposto e aveva dichiarato che lui non avrebbe mai dormito nello stesso letto con una donna salvo che non fosse una delle figlie di sua sorella Maria. E poiché di figlie ce n'erano tre e una era promessa monaca, ne restavano due: Agata e Marianna. Agata era troppo piccola, Marianna era sordomuta, ma aveva appena compiuto tredici anni, l'età in cui le ragazze vanno spose.

Fra l'altro, si erano detti la signora madre Maria e il signor padre, Agata era sprecata darla allo zio, con la sua bellezza si poteva contrattare un magnifico matrimonio. Perciò era giusto che fosse Marianna a sposare l'eccentrico Pietro. D'altronde lui mostrava di esserle molto affezionato. Inoltre c'era un bisogno urgente di soldi freschi per pagare debiti antichi e nuovi, c'era da rimettere a posto il palazzo di via Alloro che cadeva a pezzi, da ricomprare carrozze e cavalli e rifare tutte le livree di casa. Marianna non avrebbe perduto niente: se non si fosse sposata sarebbe stata chiusa in un monastero. Così, invece, avrebbe aperto una nuova dinastia: gli Ucrìa di Campo Spagnolo, baroni di Scannatura, conti della Sala di Paruta, marchesi di Sollazzi e di Taya, nonché baroni di Scebarràs di Avila.

Prima di morire la nonna Giulia aveva chiamato il figlio e gli aveva chiesto di perdonarla per averlo frustato davanti alla servitù per quella storia della capra. Il figlio Pietro l'aveva guardata senza dire una parola e poi, solo un momento prima che lei spirasse aveva detto con voce forte: «Spero che abbiate la fortuna di incontrare i vostri parenti Scebarràs all'inferno». E questo mentre il prete snocciolava il gloria patri e le prefiche si preparavano a piangere a pagamento per tre notti e tre giorni.

Così Pietro aveva avuto la nipote. Ma da quando si era sposato era stato incapace di ripetere quei gesti che aveva avuto quando lei era bambina. Come se il matrimonio, consacrandola, avesse raggelato la sua tenerezza paterna.

XXVI

«E don Mariano?» «Vostru figghiu non vinni cu voscienza?» «Che fa, si scantò?» «Lo aspettassimo u novu signuri.»
«Con la morte di don Pietro ci toccava... » Marianna cinci-
schia con le dita inquiete i biglietti che tiene in grembo. Come giustificare l'assenza di Mariano diventato improvvisamente capofamiglia, erede e proprietario dei feudi di Campo
Spagnolo, di Scannatura, di Taya, della Sala di Paruta, di
Sollazzi e Fiumefreddo? come dire a questi campieri e gabelloti venuti a riverirli che il giovane Ucrìa è rimasto a Palermo
con la moglie perché, semplicemente, non aveva voglia di
muoversi?

«Andateci voi mamà, io ho da fare» le aveva scritto com-
parendole improvvisamente davanti nella nuova giamberga
di broccatello inglese tempestato di incrostazioni d'oro.

È vero che dodici ore di lettiga su per quei sentieri di montagna sono una punizione e davvero pochi dei baroni palermitani si assoggettano a simili fatiche per visitare i loro feudi
dell'interno. Ma questa di oggi è una delle rare occasioni ri-
tenute essenziali sia dai parenti e dagli amici che dai dipendenti. Il nuovo padrone deve andare a fare un giro delle sue
proprietà, deve farsi conoscere, parlare, sistemare le vecchie
case padronali, informarsi sugli avvenimenti accaduti durante le lunghe assenze cittadine, cercare di suscitare un poco di
ammirazione, di simpatia, o per lo meno di curiosità.

Forse ha fatto male a non insistere, si dice Marianna, ma
lui non gliene aveva lasciato il tempo. Le aveva baciato la
mano e se n'era andato veloce come era venuto smuovendo
l'aria col suo acuto profumo alle rose. Lo stesso che usava il
signor padre, solo che lui si inumidiva appena le "dentelles"

della camicia, mentre il figlio se ne serve senza discrezione versandosene addosso delle bottigliate intere.

Di lei, mutola, i campieri e i gabelloti hanno una soggezione che rasenta la paura. La considerano una specie di santa, una che non appartiene alla razza grandiosa dei signori ma a quella miserabile e in qualche modo sacra degli storpi, dei malati, dei mutilati. Ne hanno pietà ma sono anche irritati dai suoi occhi curiosi e penetranti. E poi non sanno scrivere e lei con i suoi biglietti, le sue penne, le mani macchiate d'inchiostro li mette in uno stato di agitazione insopportabile.

Di solito incaricano il prete don Pericle di scrivere per loro, ma nemmeno questa intercessione li soddisfa. E poi è una donna e per quanto padrona, che può capire una "fimmina" di proprietà, di grani, di campi di semina, di debiti, di gabelle, eccetera?

Per questo ora la guardano delusi, ripetendo quel ritornello su don Mariano, anche se non l'hanno mai visto. Il duca Pietro è stato da loro un anno prima di morire. Era arrivato a cavallo come sempre, rifiutando il sedile foderato di raso della lettiga, col suo fucile, i suoi guardiani, i suoi rotoli di carta, le sue bisacce.

Ora si trovano davanti la signora duchessa Marianna e non sanno da dove cominciare. Don Pericle se ne sta seduto mezzo disteso sulla seggiolona di pelle unta e sgrana un rosario fra le dita paffute. Aspetta che comincino a parlare. Da come gli uomini allungano il collo verso la veranda, Marianna capisce che le figlie stanno passeggiando e ridendo sotto i portici, forse spazzolandosi i capelli all'ombra degli archi di pietra.

Avrebbe voglia di chiudersi in camera a dormire. Ha la schiena indolenzita, gli occhi brucianti, le gambe irrigidite dalla fatica di stare ferme e piegate per ore. Ma sa che in qualche modo deve affrontarla quella gente, deve farsi perdonare l'assenza del figlio e cercare di convincerli che davvero non poteva venire. Perciò si fa forza e con un gesto li invita a parlare. Don Pericle trascrive nel suo linguaggio lapidario.

«Tredici onze per rifare pozzo. Ma risulta asciutto. Occorrono altre dieci onze.»

«A Sollazzi manca manovalanza. Vaiolo si portò dieci uomini.»

«Un prigioniero per insolvenza. Contadino feudo Campo Spagnolo. In catene da venti dì.»

«Grano venduto: 120 salme. Aumentate tratte di vendita. Manca liquido. Soldi in cassa: 0,27 onze, tarì 110.»

«Cacio delle vostre pecore che sono 900 uguale 30 rotoli e 10 di ricotta.»

«Lana: quattro rotoli.»

Marianna legge con pignoleria tutti i foglietti che don Pericle le passa mano mano che gli uomini parlano. Annuisce col capo; osserva le facce dei suoi gabelloti e dei suoi campieri: Carlo Santangelo detto "u zoppu" sebbene non zoppichi affatto; l'ha conosciuto quando è venuta col signor marito zio subito dopo essersi sposata. Una testa dai tratti forti, i capelli radi sul cranio abbronzato, la bocca dalle labbra aride, spaccate dal sole. Tiene in mano un cappello grigio dalle falde molli e larghe che sbatte contro una coscia con impazienza.

C'è Ciccio Panella il quale ha preteso che don Pericle scrivesse per la "duchissa" il suo nome in grande su un foglio pulito. È un nuovo campiere: avrà sì e no ventidue anni. Magro scannato, gli occhi vivi, una grande bocca a cui mancano due denti sul lato destro. Sembra il più incuriosito da lei, il meno infastidito dall'idea di avere a che fare con una padrona anziché con un padrone. Le osserva la scollatura dell'abito con gli occhi accesi, chiaramente affascinato dal biancore della pelle di lei.

C'è Nino Settanni, veterano del feudo: anziano, ben piantato, con gli occhi che sembrano dipinti tanto sono neri, orlati di nero e chiusi dall'arco di due sopracciglia folte e scure. I capelli invece sono bianchi e gli cadono a ciocche disordinate sulle spalle.

Don Pericle continua a porgerle foglietti riempiti dalla sua lunga e larga scrittura a pioggia. Lei adesso li accumula sul palmo rovesciato e si propone di leggerli più tardi con calma. In realtà non sa bene cosa farne di quei foglietti né cosa rispondere a questi uomini venuti a "darci cuntu" delle entrate e delle uscite, nonché delle tante questioni che accompagnano la vita dei campi.

Ma sarà vero del prigioniero tenuto in casa? avrà capito bene? e dove lo avranno messo?

«Unni sta u priggiunieri?»

«Proprio sotto a nuautri, nelle cantine, voscienza.»

«Dite ai gabelloti e ai campieri di tornare domani.»

Don Pericle non si scompone per nessuna ragione, fa un gesto col capo e i gabelloti e i campieri si avviano verso l'uscita dopo essersi inchinati a baciare la mano alla duchessa mutola.

Sulla porta incontrano Fila che entra reggendo un vassoio carico di bicchieri dal gambo lungo e sottile. Marianna fa per mandarla indietro ma è troppo tardi. Con dei gesti di cortesia invita gli uomini a tornare sui loro passi per accettare il rinfresco apparso al momento sbagliato.

Le mani si allungano incerte, preoccupate, sul vassoio d'argento, si chiudono delicatamente attorno agli steli come se dovessero col solo tocco delle dita ruvide fare esplodere il cristallo, si portano cautamente il calice alla bocca.

Poi eccoli rimettersi in fila per il baciamano ma la padrona li congeda risparmiando loro questo obbligo seccante. Ed essi le sfilano davanti inchinandosi rispettosi, compunti, coi cappelli in mano.

«Accompagnatemi sotto al dammuso don Pericle» scrive Marianna con mano spazientita. E don Pericle, imperturbabile, le porge un braccio ricoperto di profumato panno nero.

Un lungo corridoio, un ripostiglio buio, la sala delle conserve, la cucina, l'essiccatoio, un altro corridoio, il salone della caccia coi fucili appesi alla rastrelliera, dei panieri sparsi sul pavimento, due anatre di legno appoggiate su una sedia. Un odore acuto di pelle mal conciata, di polvere da sparo e di grasso di montone. Poi ecco, la saletta delle bandiere: lo stendardo sabaudo arrotolato goffamente in un angolo, la bandiera bianca dell'Inquisizione, quella celestina di Filippo V, quella bianca, rossa e argento di Elisabetta Farnese, quella con l'aquila degli Asburgo e quella azzurra coi gigli d'oro dei Borboni.

Marianna si ferma un momento in mezzo alla sala indicando a don Pericle le bandiere arrotolate. Vorrebbe dirgli che tutti quei cenci messi insieme sono inutili, andrebbero buttati via; che rivelano solo l'indifferenza politica del signor marito zio il quale dubitando della stabilità delle Case regnanti se le teneva tutte lì pronte. E se nel 1713 ha issato, come tutti, la bandiera sabauda sulla torre di Scannatura e nel 1720 ha fatto sventolare quella austriaca di Carlo VII d'Asburgo, con altrettanta tranquillità nel '35 ha issato quella di Carlo III re delle Due Sicilie, senza mai mettere via quelle precedenti. Pronto a tirarle fuori come nuove nel caso di un ritorno, come d'altronde è successo con gli spagnoli che cacciati dall'isola ci sono tornati trentacinque anni dopo una guerra terribile che ha fatto più morti di una epidemia di vaiolo nero.

Più che opportunismo quello del duca Pietro era disprezzo per «quei vastasi che vengono a mangiarci sulla testa». Di accordarsi con altri scontenti, di porre delle condizioni, di resistere alle prepotenze straniere non gli sarebbe mai passato per la mente. I sùoi passi di lupo lo portavano lì dove c'era qualche pecora solitaria da assalire. La politica gli era incomprensibile; i guai si dovevano risolvere da soli in un tu per tu col proprio Dio, in quel luogo desolato ed eroico che era per lui la coscienza di un nobile siciliano.

Don Pericle, dopo essere rimasto un po' ad aspettare che lei si decidesse a riprendere il cammino, le dà una tirata alla manica, ma appena percettibile, con un fare restio da topo. E lei si muove rendendosi conto solo ora della sotterranea fretta di lui. È probabile che abbia fame, lo capisce dalla pressione appena un poco troppo marcata della mano che la guida.

XXVII

Gli scalini sprofondano nel buio, l'umido le incolla addosso la camicia, da dove viene questo calore che puzza di topi e di paglia? e dove portano questi gradini sdrucciolevoli di pietra macchiata?

I piedi di Marianna si impuntano, la sua faccia si volta contratta verso don Pericle che la guarda stupito senza capire. Un ricordo improvviso le ha annebbiato gli occhi: il signor padre chiuso nel saio col cappuccio calato, il ragazzo dagli occhi che spurgano, il boia che sputa semi di zucca: è tutto lì corposo e compatto, basta allungare un dito per mettere in movimento la ruota che tira su l'acqua sporca del passato.

Don Pericle si agita cercando un appiglio a cui tenersi nel caso che la duchessa gli svenga fra le braccia: la soppesa con gli occhi e già butta le mani in avanti piantandosi solidamente sulle gambe.

La faccia spaventata del prete fa sorridere Marianna ed ecco che le visioni sono già sparite; è di nuovo salda sulle ginocchia. Ringrazia col capo don Pericle e riprende a scendere le scale. Qualcuno intanto è sopraggiunto reggendo una torcia. La tiene alta col braccio per fare luce sui gradini.

Dall'ombra che si disegna contro la parete Marianna indovina che si tratta di Saro. Il respiro le si fa più affrettato. Ora davanti a loro si para una grossa porta di quercia chiara tutta martoriata da chiodi e bulloni. Saro infila la torcia in un anello di ferro che sporge dalla parete, allunga una mano per farsi dare la chiave e si dirige con grazia disinvolta verso il pesante catenaccio. Con poche mosse rapide apre la porta, riprende in mano la torcia e fa strada alla duchessa e al prete dentro la cella.

Seduto su un mucchietto di paglia c'è un uomo dai capelli bianchi, tanto sporchi che sembrano gialli; un farsetto di lana sdrucita sopra il petto nudo, un paio di brache rattoppate, i piedi scalzi, gonfi e feriti.

Saro solleva la torcia sul prigioniero che li guarda stupito stropicciandosi gli occhi. Sorride e accenna una piccola riverenza alla vista degli abiti suntuosi della duchessa.

«Chiedetegli perché sta rinchiuso qua dentro» scrive Marianna appoggiando il foglio su un ginocchio. Nella fretta ha dimenticato la tavoletta.

«Ve l'ha già detto il campiere, per insolvenza.»

«Voglio saperlo da lui.»

Don Pericle, paziente, si avvicina all'uomo, gli parla. L'altro ci pensa su un pezzo, poi risponde. Don Pericle trascrive le parole dell'uomo appoggiando il foglio contro la parete, tenendosi a distanza col corpo per non schizzarsi con l'inchiostro e chinandosi ogni momento per immergere la penna nella boccetta posata sul pavimento.

«Debiti col gabelloto non pagati da un anno. Ci portarono via le tre mule che aveva. Aspettarono un altro anno al 25 per cento. L'anno dopo il debito era avanzato di 30 onze e lui mancandoli lo incarcerarono.»

«E perché fece debiti col gabelloto?»

«Il raccolto non gli bastò.»

«Se sapeva di non potere pagare perché chiese ancora?»

«Non c'era di che manciari.»

«Testa d'asino, il gabelloto come mai mangia e lui no?»

La risposta non arriva. L'uomo alza gli occhi pensosi sulla grande signora che traccia con mano rapida dei misteriosi segni neri su piccoli fogli di carta bianca, impugnando una piuma che ha tutta l'aria di essere stata strappata dal culo di una gallina.

Marianna insiste, batte le dita sul foglio e lo caccia sotto il naso del prete. Il quale riprende a interrogare il contadino. Finalmente quello risponde e don Pericle scrive, questa volta appoggiando il foglio sulla schiena di Saro che compiacente si inchina in avanti facendo da scrittoio.

«Il gabelloto prende in affitto la terra da voscienza, duchissa, e la dà in colonìa al qui presente viddanu che la coltiva e si prende il quarto del raccolto, su questo quarto iddu deve dare al gabelloto una quantità di sementi superiore a quella anticipata dal gabelloto, deve pagare i diritti di protezione e se il raccolto non è buono e se c'è da riparare un attrezzo deve tornare a chiedere al gabelloto. A questo punto arriva il campiere a cavallo col fucile e lo porta in prigione per insolvenza... capìo voscienza?»

«E quanto deve stare qui dentro?»

«Ancora un anno.»

«Fatelo uscire» scrive Marianna e sotto ci mette la firma quasi fosse un giudizio di Stato. E in effetti, in quella casa, in quel feudo, il padrone ha i poteri di un re. Quest'uomo, come Fila a suo tempo, è stato "regalato" a Mariano dal signor marito zio che a sua volta l'ha avuto in regalo dallo zio Antonio Scebarràs che a sua volta...

Non è scritto da nessuna parte che questo vecchio dai capelli gialli appartenga agli Ucrìa, ma di fatto possono farne quello che vogliono, tenerlo nei sotterranei finché marcisce o mandarlo a casa e persino farlo frustare, nessuno ci troverebbe niente da ridire. È un debitore che non può pagare e quindi virtualmente deve rispondere col suo corpo del suo debito.

«Dal tempo di Filippo II i baroni siciliani, in cambio della loro acquiescenza e dell'inazione del Senato, hanno ottenuto i diritti di un monarca nelle loro terre, possono farsi giustizia da soli.» Dove l'ha letto? il signor padre la chiamava "l'ingiustizia giustificata" e la sua magnanimità gli aveva sempre impedito di approfittarne.

I campieri fanno semplicemente quello che gli Ucrìa con le loro mani bianche non oserebbero mai fare, ma di cui hanno bisogno: mettere in riga quelle teste di corno dei "viddani", menando botte, minacciando tratti di corda, imprigionando nei "dammusi" della torre i debitori.

Non è difficile da capire: sta scritto su quei foglietti invasi dalla grafia sgangherata di don Pericle che, nella sua onestà o nella sua pigrizia, ha riferito le parole del vecchio come avrebbe riferito quelle di un monsignore o di un padre del Sant'Uffizio.

Adesso se ne sta con le mani in mano a guardare, appoggiandosi sulla grossa pancia che gli tende la tonaca, cercando di capire dove voglia arrivare quella "stramma" della duchessa che arriva improvvisamente e vuole sapere quello che in genere i signori fingono di ignorare e che certamente non è opportuno sia conosciuto da una signora di buon gusto.

«Capricci, ubbie, ciondolamenti dello spirito»... Marianna sente il pensiero del prete che rimugina accanto a sé. «Ghiribizzi di una gran dama ché oggi va di moda l'intelligenza misericordiosa, ma domani con la stessa intelligenza teorizzerebbe l'uso della frusta o dello spillone...»

Marianna si gira verso don Pericle con gli occhi accesi; ma lui è lì mogio e discreto in atteggiamento rispettoso e di che può rimproverarlo?

«Questa povera mutola a quarant'anni, con quelle carni bianche e lisce... chissà che confusione tiene in testa... sempre a leggere libri... sempre dietro alle parole scritte... c'è qualcosa di ridicolo in questa smania di capire... sempre in punta di forchetta, in punta di naso, in punta di sedia... non sanno godersi la vita queste aristocratiche di oggi, si impicciano di tutto, non conoscono l'umiltà, preferiscono la lettura alla preghiera... una duchessa mutola, figuriamoci!... eppure qualcosa che riluce nel suo viso c'è... povera anima... bisogna compatirla, è stata disgraziata, tutta testa e niente corpo, se almeno leggesse libri edificanti, ma ho visto quello che si è portata dietro: libri in inglese, in francese, tutte porcherie, fumisterie moderne... se per lo meno si decidesse a tornare su, lì dentro c'è un caldo che si soffoca e poi la fame comincia a fare sentire i suoi morsi... oggi, almeno, si mangerà qualcosa di buono... quando arrivano i signori arrivano le leccornie... in quanto al vecchio, tutti questi sentimentalismi sono fuori luogo... la legge è legge e a ognuno ci tocca il suo...»

«Moderate i vostri pensieri!» scrive Marianna a don Pericle che legge stupito non sapendo come interpretare il rimprovero. Alza gli occhi pacifici sulla duchessa che gli accenna un piccolo sorriso malizioso e lo precede su per le scale. Saro si precipita a farle luce. E lei si mette a correre sui tappeti polverosi, raggiunge la sala da pranzo ridendo del prete e di sé. Le figlie sono già sedute a tavola: Felice nella sua elegante tonachella su cui brilla la croce di zaffiri, Manina in nero e giallo, Giuseppa in bianco, il fisciù di seta azzurra buttato su una spalla. Stanno aspettando lei e don Pericle per comincia-re a mangiare.

Marianna dà un bacio alle figlie ma non si siede alla tavo-la. L'idea di sentirsi raggiungere dai pensieri di don Pericle la annoia. Meglio mangiare da sola in camera. Per lo meno, può leggere in pace. Intanto scrive un biglietto per assicurar-si che il vecchio prigioniero sia liberato subito, che il suo de-bito sia pagato dalla sua cassa personale.

Per le scale è raggiunta da Saro che le porge cavalleresca-mente il braccio. Ma lei lo rifiuta e corre avanti saltando a due a due gli scalini. Quando arriva in camera gli chiude la porta in faccia. Ha appena girato la chiave nella toppa che si pente di non essersi appoggiata a quel braccio, di non avere nemmeno accennato un ringraziamento. Si avvicina alla fi-nestra per vederlo attraversare il cortile col suo passo legge-ro. Infatti eccolo lì che esce dalla porta delle scale. All'altezza delle stalle lo vede fermarsi, levare la testa e cercare con gli occhi la sua finestra.

Marianna fa per ripararsi dietro la tenda ma, rendendosi conto che così facendo mostrerebbe di stare al gioco, rimane ritta dietro i vetri, gli occhi fissi su di lui, severa e pensosa. La faccia di Saro si apre in un sorriso di tale seduzione e dolcez-za che per un momento ne è contagiata e si trova a sorridere anche lei senza volerlo.

XXVIII

La spazzola inumidita con un poco di acqua di nanfa affonda nei capelli sciolti liberandoli dalla polvere, profuman-
doli leggermente di scorza d'arancia. Marianna piega indietro il collo indolenzito. L'acqua di nanfa è finita, dovrà farsene preparare un'altra brocca. Anche il barattolo della cipria
di riso è quasi vuoto, dovrà ordinarla al solito profumiere ve-
neziano. Solo a Venezia preparano delle ciprie impalpabili,
chiare e odorose come fiori. L'essenza di bergamotto invece
viene da Mazara e gliela manda il profumiere Mastro Turrisi
dentro una scatola dai motivi cinesi che lei adopera poi per
tenerci i biglietti che riceve dai familiari.

Nello specchio succede qualcosa di strambo: un'ombra
invade l'angolo destro in alto e poi si dilegua. Un baluginio
di occhi, una mano aperta contro il vetro chiuso. Marianna si
ferma con le braccia in alto, la spazzola fra le dita, le sopracciglia corrugate.

Quella mano preme contro la finestra come se potesse spa-
lancarsi per un miracolo del desiderio. Marianna fa per alzarsi: il suo corpo è già lì alla finestra, le sue mani corrono alla maniglia delle imposte. Ma una volontà inerte la tiene in-
chiodata alla sedia. Ora ti alzerai, dice la voce silenziosa, an-
drai alla finestra e tirerai le tende. Dopo di che spegnerai le
candele e ti metterai a dormire.

Le gambe ubbidiscono a quella voce savia e tirannica; i
piedi si muovono pesanti trascinando le pantofole sul pavimento. Una volta raggiunta la tenda, il suo braccio si alza
meccanico e con un brusco movimento del polso tira la tenda
fino a oscurare completamente la finestra che dà sul terrazzi-
no della torre. Non ha osato alzare gli occhi ma ha sentito

con la pelle, con le unghie, con i capelli, la rabbia del ragazzo respinto.

Ora come una sonnambula si avvia verso il letto; spegne a una a una le candele con un soffio debole che la lascia svuotata e si infila sotto le lenzuola facendosi il segno della croce con le dita diacce.

«Che Cristo mi aiuti.» Ma anziché il volto rigato di sangue del Signore in croce, le balza davanti agli occhi quella compassata e ironica del signor David Hume col suo turbante di velluto chiaro e gli occhi sereni, le labbra dischiuse e irridenti.

«La ragione non può mai da sola essere motivo di una qualsiasi azione della volontà» si ripete pensosa e un sorriso dolente le stira le labbra. Il signor David Hume è un bello spirito, ma che ne sa della Sicilia? «La ragione è e deve essere solo schiava delle passioni e non può rivendicare in nessun caso una funzione diversa da quella di servire e obbedire a esse.» Punto e basta. Che burlone quel signor Hume dentro il suo turbante asiatico, con quel doppiomento di chi sa mangiare e dormire bene, quegli occhi insolenti, lontani. Che ne sa lui di una donna mutilata torturata dall'orgoglio e dal dubbio?

> Si sulu l'armuzza mia ti rimirassi
> quant'è un parpitu d'occhi e poi murissi...

Le parole del poeta catanese Paolo Maura copiate nel suo libriccino damascato le si affacciano dolci alla memoria e la distraggono per un momento dal dolore che con le sue stesse mani si sta procurando.

La testa non riesce a posare sul cuscino sapendo che lui è ancora lì dietro il vetro e aspetta che lei si ricreda. Anche se non lo vede sa bene che è lì: basterebbe un niente per averlo accanto a sé. Talmente un niente che si chiede quanto potrà durare questo crudele proposito.

Per prevenire ogni tentazione decide di alzarsi e di accendere una candela, di infilarsi le pantofole e uscire dalla porta. Il corridoio è buio, c'è odore di tappeti vecchi e mobili tarlati. Marianna si appoggia contro la parete sentendosi piegare le gambe. Quell'odore le ricorda un'altra remota visita a Torre Scannatura. Doveva avere forse otto anni e il corridoio era coperto dallo stesso logoro tappeto. Con lei c'era solo la signora madre. Doveva essere agosto anche allora. Nella torre faceva caldo e dalle rupi intorno salivano odori di carogne abbandonate al sole.

Non era contenta la signora madre: il marito era sparito per giorni e giorni con una delle sue innamorate e lei, dopo averlo aspettato bevendo laudano e tirando tabacco, aveva deciso improvvisamente di partire con la figlia sordomuta per la campagna degli zii Scebarràs. Avevano passato dei giorni malinconici, lei a giocare da sola sotto i portici, e la signora madre a dormire, drogata, nella piccola camera da letto della torre che ora è la sua.

Uniche consolazioni erano l'odore eccitante del vino nuovo dentro i tini di legno e quello dei pomodori appena colti che brucia le narici tanto è forte.

Marianna si porta una mano al petto per calmare quella trottola del cuore che continua a girare a vuoto. Proprio in quel momento vede venirle incontro Fila, chiusa dentro una mantellina marrone che le copre la lunga camicia da notte bianca.

È lì che la guarda come se volesse dirle qualcosa di importante. Gli occhi grigi morbidi sono induriti dall'astio. Marianna alza un braccio e la mano parte da sola a colpire quella faccia sconvolta. Non sa perché lo faccia ma sa che la ragazza se lo aspetta e che è suo dovere in quel momento secondare la fatalità di uno stupido rapporto serva padrona.

Fila non reagisce: lentamente si lascia scivolare per terra. Marianna la aiuta ad alzarsi, le asciuga con tenerezza le lagrime dalle guance, la stringe a sé con tale impeto che Fila ne è spaventata. Ora è chiaro perché sia salita e perché quello schiaffo abbia già cancellato il crimine di una sorella che di soppiatto spia gli spostamenti del fratello. Ora Fila può tornare a letto.

Marianna scende una rampa di scale, si ferma davanti alla porta della camera di Giuseppa da cui trapela una lama di luce. Bussa. Entra. Giuseppa, ancora vestita, è seduta allo scrittoio con la penna in mano, la boccetta dell'inchiostro scoperchiata. Appena vede la madre fa per nascondere il foglio ma poi ci ripensa, la guarda con aria di sfida, afferra un altro foglio e scrive:

«Non lo voglio più per marito, me lo toglierò di dosso, dovessi creparci.»

La madre riconosce negli occhi della figlia i suoi stessi impeti di orgoglio spericolato.

«Papà è morto, il Seicento è finito da un pezzo, mamà, oggi si usa diversamente, a Parigi chi lo bada più il matrimonio? sposati sì ma senza doveri, ogniuno per sé. E invece lui pretende che faccio come vuole lui.»

Marianna si siede accanto alla figlia. Le toglie la penna dalle mani.

«E la "cuffiara" come finì?»

«Finì che se n'andò per conto suo. Più savia di Giulio di certo io la compatisco, a furia di dormire insieme ci nacque una amicizia, la compatisco mamà.»

«Allora non lo vuoi più bastonare?» scrive Marianna e si accorge che le sue dita stringono spasmodicamente la penna come se volesse scrivere altre cose completamente diverse. La punta di osso scricchiola pesantemente sulla carta.

«Straniero lo considero. Mortu.»

«E ora a chi scrivi allora?»

«Un amico mamà, il cugino Olivo che mi capì e mi parlò affettuosamente quando Giulio mi scansava.»

«Devi troncare Giuseppa, il cugino Olivo è sposato e non puoi scrivergli.»

Marianna intravvede la sua testa riflessa nello specchio dietro la scrivania, accanto a quella della figlia e si trova così somigliante a lei, quasi fossero sorelle.

«Ma io gli voglio bene.»

Marianna fa per scrivere un altro divieto ma si trattiene. Come suona arrogante la sua interdizione: stroncare, recidere, tagliare... con un brivido ripensa alle mani del cappuccino che penetrano nelle carri del signor marito zio per strappare via le viscere, pulire, scarnificare, raschiare, conservare. Chi vuole conservare usa sempre coltelli finissimi. Anche lei, da madre apprensiva, ora è lì pronta ad amputare i sentimenti di sua figlia.

Giuseppa non ha neanche ventisette anni. Dal suo giovane corpo salgono odori teneri di capelli inumiditi dal sudore, di pelle arrossata dal sole. Perché non indulgere ai suoi desideri anche se sono proibiti?

«Scrivi pure la tua lettera, non ti guarderò...» sono le sue mani da sole che vergano il foglio e vede la figlia sorridere contenta.

Marianna attira la testa della giovane donna sul petto, la stringe a sé ancora una volta troppo precipitosamente, ancora una volta preda di un impeto eccessivo che la sbilancia, la svuota e la lascia stremata.

XXIX

Una mattina di agosto. Sotto le ombre del portico quattro donne se ne stanno sedute attorno a un tavolo di canne intrecciate. Delle mani si spostano leggere dalla zuccheriera di cristallo alle tazze di terracotta colme di latte, dalla confettura di pesche al panetto di burro, dal caffè schiumante ai "moffoli" ripieni di ricotta e zucca candita.

Marianna scaccia una vespa dall'orlo della sua tazza e la vede posarsi un attimo dopo, insistente, sulla fetta di pane che Manina si sta portando alla bocca. Fa per scacciarla anche da lì ma la figlia le ferma la mano, la fissa con un sorriso mansueto e continua a mangiare il suo pane con la vespa posata sopra.

È Giuseppa a questo punto che, con la bocca piena di moffoli alza un dito per scacciare la vespa inopportuna e viene fermata a mezz'aria dalla sorella che di punto in bianco si mette a fare il verso dell'insetto suscitando l'ilarità delle sorelle.

Felice, chiusa nella sua tonaca candida, il crocefisso di zaffiri che le pende sul petto, ride, manda giù il suo latte seguendo il volo di un'altra vespa intraprendente che sembra indecisa se posarsi sui capelli di Manina o sulla zuccheriera aperta. Altre ne stanno arrivando attirate da quella abbondanza inconsueta di squisitezze.

Ormai sono a Torre Scannatura da venti giorni. Marianna ha imparato a distinguere i campi di grano da quelli di avena, i campi di sulla da quelli lasciati a pascolo. Conosce il costo di una forma di cacio sul mercato e quanto va al pastore e quanto agli Ucrìa. Le si sono chiariti i meccanismi degli affitti e delle mezzadrie. Ha compreso chi sono i campieri e a co-

sa servono: a fare da tramite fra proprietari distratti e contadini riottosi, rubando a man bassa agli uni e agli altri: guardiani armati di una pace miracolosamente mantenuta. I gabelloti a loro volta sono affittuari che prendono in prestito la
terra, torcono il collo a chi la lavora e in due generazioni, se
sono abili, mettono a parte di che comprarla.

Ha passato lunghe ore col contabile don Nunzio che pa-
zientemente le spiega cosa deve fare. Sui quaderni dei conti
la mano di don Nunzio traccia dei segni spigolosi e difficili da
decifrare ma pieni di attenzione meticolosa per la mente, che
lui giudica puerile, della signora duchessa mutola.

Don Pericle che ha da fare con la parrocchia, viene solo la
sera per la cena e dopo si ferma a giocare a picchetto o a faraone con le ragazze. Marianna non ha simpatia per lui e appena può, lo lascia con le figlie. Don Nunzio invece le piace: i
suoi pensieri sono ben legati, non c'è pericolo che sgorghino
da quella testa quieta, chiusa a doppia mandata. Le mani di
don Nunzio corrono sui foglietti della duchessa, oltre che per
spiegare con pignoleria il funzionamento dei prezzi e delle
imposte, anche per citare Dante, Ariosto.

Anche se fatica a leggere la scrittura del vecchio, Marianna la preferisce a quella inanellata e piegata all'indietro di
don Pericle che sembra tessere le parole con la saliva, come
un ragno goloso.

Le figlie sono tornate bambine. Quando le guarda passeggiare per il giardino con i loro ombrelli bianchi merlettati,
quando le osserva, come adesso, sedute sui seggioloni di vimini riempirsi la bocca di pane e burro, le sembra di tornare
indietro di vent'anni quando a villa Ucrìa, dalla finestra della sua camera da letto, le guardava sfrenarsi e quasi le pareva di udire le loro risate e i loro richiami prima che andasse-
ro spose.

Lontane dai mariti e dai figli passano le giornate a dormire, a passeggiare, a giocare. Si ingozzano di maccaroni pa-
sticciati, di tortini di melanzane, golosissime di quel dolce
fatto di cedro tritato cotto col miele che si chiama "petrafen-
nula" e che Innocenza prepara meravigliosamente.

Non sembra, a guardarla ora, che Manina pochi mesi fa
stesse per morire di febbri puerperali. E che Giuseppa pian-

geva disperata per i tradimenti del marito e che Felice si attaccava al cadavere del padre come se volesse essere chiusa
con lui nella grotta del salnitro.

Ieri sera hanno ballato. Felice suonava la spinetta, don Pericle le girava i fogli sul leggio e aveva un'aria beata. Sono
stati invitati il cugino Olivo, figlio di Signoretto e il suo amico Sebastiano che abiteranno per qualche settimana nella
villa di Dogana vecchia, a poche miglia di distanza. E hanno
ballato fino a notte fonda.

A un certo momento hanno invitato pure Saro che se ne
stava su una gamba sola come una gru. Fila, anche lei invita-
ta, non ha voluto partecipare alla danza. Forse perché non
ha mai imparato "u minuettu" e i piedi nelle scarpe le si
muovono con impaccio. Per convincerla hanno improvvisato
il tarascone ma lei non si è lasciata tentare.

Saro invece, che ha preso lezioni di ballo dal maestro di
Manina, ora si muove come un esperto ballerino. Ogni giorno di più si lascia indietro il suo dialetto, i suoi calli, i suoi
ricci scomposti, la sua voce acuta, il suo camminare goffo e
cauto. E con loro si lascia indietro anche la sua Fila che non
ha voglia di imparare come lui, sia per disdegno, sia per un
più profondo sentimento della propria integrità.

Una mattina che Marianna è montata sulla mula per andare a vedere la pigiatura dell'uva nel feudo di Fiume Mendola, se l'è trovato davanti con un foglio in mano, il bel Saro.
Porgendole furtivamente il biglietto ha avuto un moto di orgoglio che gli ha fatto lampeggiare gli occhi.

«VI AMO» aveva scritto con caratteri pomposi e stentati
ma decisi. E lei aveva cacciato di furia il foglietto nella scollatura. Quel biglietto non era riuscita a gettarlo, come si era ri-
promessa mentre andava sulla mula verso il palmento e l'a-
veva nascosto in fondo alla scatola di latta dai disegni cinesi,
sotto un mucchio di biglietti del signor padre.

Mentre don Nunzio le mostrava i tini pieni di mosto dal
colore sanguigno, le era sembrato di sentire sotto i piedi le vibrazioni degli zoccoli di un cavallo e aveva sperato che fosse
lui sebbene si dicesse che non doveva aspettarlo.

Don Nunzio la tirava per una manica, timidamente. Un
momento dopo erano avvolti da una nube di vapori acidi e

ubriacanti, davanti a un palco alto da terra quasi cinque spanne. Sul palco, degli uomini vestiti solo di un paio di braghe corte, i piedi nudi che affondavano nel mosto, pestavano e ripestavano l'uva schizzando il liquido rossiccio attorno a sé.

Da un buco nel pavimento inclinato il vino ancora non fermentato colava dentro delle tinozze larghe spumeggiando, gorgogliando, trascinandosi dietro pezzi di raspo e fili d'erba. Marianna si affacciava su quel liquido ribollente e provava voglia di buttarsi dentro e farsi inghiottire da quella melma. Interrogava continuamente la sua volontà, la trovava robusta, chiusa in se stessa come un soldato nella sua armatura.

Per compensare la severità verso i propri desiderii Marianna ha preso a essere indulgente con le figlie. Giuseppa amoreggia con Olivo che ha lasciato a Palermo la giovane moglie per inseguire la cugina in campagna. Manina viene corteggiata apertamente da Sebastiano, l'elegantissimo timido napoletano.

Felice che per la sua condizione di monaca non può né ballare né amoreggiare, si è data alla cucina. Sparisce per ore fra i fornelli e torna con dei timballi di riso e fegatini di pollo che vengono divorati dalle sorelle e dagli amici. La notte ha preso l'abitudine di dormire con Fila. Ha fatto sistemare un letto di legno all'altro capo della stanza; dice che nella torre ci sono i fantasmi e non riesce a dormire da sola. Ma dai suoi occhi ridenti si capisce che è una scusa per chiacchierare fino a tardi con Fila.

La mattina qualche volta Marianna le trova abbracciate nello stesso letto, la testa dell'una sulla spalla dell'altra, i capelli biondi di Felice intrecciati a quelli neri di Fila, le larghe camicie da notte dai laccetti chiusi sul collo sudato. Un abbraccio così casto e infantile che non ha mai osato rimproverarle.

XXX

Quando scende nel salone delle armi, Marianna trova le tre figlie già pronte: vestiti leggeri e lunghi grembiuli, scarpette chiuse alle caviglie contro le spine, ombrelli e fagotti, ceste e tovaglie. Oggi è giornata di vendemmia al feudo di Bosco Grande e le ragazze hanno deciso di andare alle vigne portandosi dietro la colazione.

Le solite lettighe le condurranno al di là delle colline di Scannatura, ai piedi di Rocca Cavaléri. Ciascuna col suo ombrelletto di seta, i suoi fazzoletti di batista: è tutta la mattina che si preparano correndo dalla cucina alla camera da letto. Hanno voluto portarsi il "gattò" di melanzane, le uova mandorlate e una farcita di noci.

Marianna andrà avanti, "vis à vis" con Felice sulla prima lettiga, dietro verranno Manina e Giuseppa e dietro ancora Fila e Saro con le vettovaglie.

Alle vigne saranno raggiunte anche dal cugino Olivo e dall'amico Sebastiano. L'aria è ancora fresca, l'erba non ha fatto in tempo ad asciugarsi, gli uccelli volano bassi.

Il silenzio attorno al suo corpo è spesso e vetroso, si dice Marianna, eppure i suoi occhi vedono le gazze che si posano sui fichi d'India, vedono i corvi che saltellano sulla terra spoglia e secca, vedono la pelle delle mule scossa da un tremito e le grosse code che spazzano i mulinelli di tafani.

Il silenzio le è madre e sorella: «Madre santa di tutti i silenzi, abbi pietà di me»... le parole le salgono alla gola senza suono, vorrebbero prendere corpo, farsi udire, ma la bocca rimane muta, e la lingua è un piccolo cadavere chiuso nella cassa dei denti.

Il viaggio questa volta dura poco; in capo a un'ora sono

già arrivate. Le mule si fermano in mezzo alla radura assolata. "U zoppu" e don Ciccio che le hanno accompagnate con gli schioppi in spalla, saltano giù dal cavallo e si accostano alle lettighe per aiutare le dame a scendere.

Ciccio Panella ha uno strano modo di guardare, si dice Marianna, a testa bassa come se si preparasse a darle una cornata. E Saro si è messo all'erta, già odiandolo e disprezzandolo dall'alto della sua nuovissima cultura.

Ma l'altro non lo guarda nemmeno; non lo considera un uomo ma un servo e i servi, si sa, non contano nulla. Lui è un gabelloto, ben altra cosa. Non porta "ruoggi" d'oro attaccati alla vita, non si adorna di riccioli incipriati, non inalbera tricorni in testa, la sua giubba di panno marrone è stata comprata da un venditore ambulante ed è pure guarnita di due visibili toppe sulle maniche. Ma il suo prestigio presso i contadini è pari a quello dei padroni; sta accumulando denaro, tanto che se non lui, certamente i suoi figli o i suoi nipoti arriveranno a comprarsi parte dei terreni che ora ha solo in affitto. Già sta costruendosi una casa che assomiglia più alla torre degli Ucrìa, con i suoi corpi annessi, che alle casucce dei suoi compaesani.

«Le donne se le acchiappa quando vuole iddu» le aveva scritto don Nunzio un giorno sul quaderno dei conti, «l'anno scorso inguaiò una ragazza di tridici anni. Il fratello di lei ci voleva tagghiari la gola ma ebbe paura perché Panella lo fece minacciari da due campieri armati.» Eccolo là il bel Ciccio dal sorriso smagliante, gli occhi neri profondi, pronto a fare bottino dell'universo intero.

Saro non lo sopporta per quella sfacciataggine di "malafruscula" che trova insopportabile. Ma nello stesso tempo ne ha paura. Si direbbe che non sa se affrontarlo o blandirlo. Nell'incertezza si limita a proteggere la sua amata con gesti da gran signore.

Intanto sono arrivati alle vigne dette della "niura". Gli uomini che erano curvi a spiccare i grappoli si rizzano sulle gambe guardando a bocca aperta quel gruppetto di signori dai vestiti leggeri e colorati. Mai in vita loro hanno visto un insieme così gaio di mussole, cappelli, ombrelli, cuffie, scarpini, fazzoletti, nastri e fisciù.

Anche i signori, anzi le signorine guardano allibite quegli esseri che sembrano usciti dal fondo della montagna come tanti Vulcani anneriti dal fumo, curvati dalla fatica, accecati dal buio, pronti a gettarsi su quelle figlie di Demetra per portarsele nel ventre della terra.

I braccianti sanno ogni cosa sulla famiglia Ucrìa Scebarràs, padroni di quelle terre, di quelle vigne, di quegli ulivi, dei boschi e di tutta la selvaggina, nonché delle pecore, dei buoi e dei muli da chissà quante generazioni. Sanno che la duchessa è sordomuta e hanno pregato per lei con don Pericle in chiesa la domenica. Sanno che Pietro Ucrìa è morto da poco, che è stato aperto e svuotato delle viscere per essere riempito di sali e di acidi che lo conserveranno intatto e profumato per secoli e secoli come un santo. Sanno pure chi sono le tre belle ragazze che si pettinano ridendo sulla veranda: una monaca e due maritate con figli e si mormora che ai mariti ci mettono le corna perché così si usa tra i gran signori e Dio chiude un occhio.

Ma non li hanno mai visti così da vicino. Sì, tutti raggruppati, quando erano bambini, nella cappella della Chiesa Madre, li hanno sbirciati anni fa, contando gli anelli sulle loro dita, commentando i vestiti di gran lusso. Ma mai si sarebbero aspettati di vederseli arrivare sul posto di lavoro, dove non ci sono balaustre né cappelle appartate o sedili speciali per loro ma solo aria e sole e nugoli di mosche che si posano indifferenti sia sulle mani nere e colaticce dei contadini che su quelle tanto bianche e trasparenti che sembrano polli spennati, delle signorine.

E poi in chiesa in qualche modo erano protetti dai vestiti festivi: le camicie rattoppate ma pulite, ricevute in eredità dai padri, le fasce di cotone che coprono le gambe pelose e i piedi coperti di calli. Qui invece sono esposti, quasi nudi, agli sguardi impietosi delle signorine. A torso nudo, con le cicatrici, i gozzi, i denti che mancano, le gambe sporche, i cenci bisunti che cascano sulle anche, le teste coperte da cappellacci induriti dall'acqua e dal sole.

Marianna si volta turbata e affonda gli occhi nella valle di un giallo irreale quasi bianco. Il sole sta salendo e con lui gli odori forti di mentuccia, di finocchio selvatico e di uva schiacciata.

Manina e Giuseppa sono lì come due "babbe" a fissare quei corpi seminudi e non sanno che fare. Da quelle parti non si usa che le donne lavorino nei campi lontane da casa e quelle signorine piovute dal cielo hanno l'aria di trasgredire a una consuetudine millenaria con una incoscienza da balordi. Come se fossero entrate in un convento di frati e si mettessero a curiosare nelle celle fra i monaci in preghiera. Non è cosa che si possa accettare.

È Manina che interrompe lo stato di disagio reciproco con una battuta di spirito che fa scoppiare a ridere gli uomini. Poi afferra un fiasco e prende a versare il vino nei bicchieri che distribuisce fra i lavoratori e loro allungano le mani esitanti, volgendo uno sguardo al gabelloto, uno al campiere, uno alla duchessa e uno al cielo.

Ma è bastata la risata provocata da Manina per rompere il silenzio irrigidito che si era creato fra i due gruppi. I "viddani" decidono di accettare le signore come una novità stravagante e piacevole che viene a rompere la fatica di una giornata dura e calda. Decidono di approvare il capriccio della duchessa come una cosa tipica dei signori che non capiscono un accidente ma per lo meno rallegrano la vista con le loro movenze delicate, le loro vesti svolazzanti, le loro mani inanellate.

Ciccio Panella ora li sprona al lavoro, brusco ma condiscendente, quasi fosse un padre burbero che si preoccupa della salute dei figli. Recita con cinismo ed esagerazione la propria parte, si accosta alla principessa Manina e la incita a gettare con le sue mani un grappolo di uva nel paniere come farebbe con una bambina un poco scema, ridendo del gesto di lei come di un prodigio inaudito.

Fra quegli uomini curvi corrono decine di ragazzi scalzi che caricano i cesti, li trasportano all'ombra dell'olmo, tagliando con un tronchetto le lunghe ramificazioni dei rovi che intralciano il lavoro degli adulti, portando l'acqua fresca della "quartaredda" a chi la chiede, cacciando le mosche dagli occhi dei loro padri, zii, fratelli con mosse rapide e distratte.

Il cugino Olivo si è seduto con Giuseppa sotto l'olmo e le sta parlando nell'orecchio. Marianna li guarda e trasale:

quei due hanno l'aria di conoscersi intimamente. Ma lo sguardo allarmato si trasforma presto in ammirazione osservando quanto si assomiglino i due ragazzi e come sono belli: lui biondo come tutti gli Ucrìa, alto e magro, la fronte stempiata, gli occhi tondi e azzurri; non ha le forme perfette del padre ma ha qualcosa della grazia del nonno. Si può capire perché Giuseppa ne sia incantata.

Lei, dopo l'ultimo figlio è ingrassata, le braccia, il petto premono sotto la stoffa leggera dell'abito. La bocca dalle labbra ben disegnate, ha preso una piega dura che non le aveva mai visto. Ma gli occhi sono in festa: alzano bandiere. I capelli le scendono sulle spalle come un'onda di miele.

Dovrò dividerli, si dice, ma i piedi non le ubbidiscono. Perché turbare quella contentezza, perché interferire in quel chiacchiericcio amoroso?

Manina intanto si è inoltrata fra i bassi tronchi delle vigne seguita da Sebastiano. È curioso quel ragazzo: gentile, timido, ma privo di discrezione. Manina non ha molta simpatia per lui: lo trova inopportuno, di una premurosità eccessiva e artefatta. Ma lui insiste a corteggiarla offrendole con spavalderia la propria timidezza.

Manina scrive tutti i giorni delle lunghe lettere al marito. La sua vocazione al sacrificio materno è stata sospesa per un periodo che lei fa coincidere con la convalescenza. Ma niente di più. Appena si sentirà più forte tornerà alla buia casa di via Toledo, tappezzata di tende viola e ricomincerà ad accudire ai bambini con la dedizione ossessiva di sempre, magari facendo anche subito un altro figlio.

Eppure qualcosa in questa villeggiatura, che poi non è una villeggiatura ma una presa di possesso dei feudi paterni per conto di Mariano, qualcosa l'ha scossa. Il ritorno alle abitudini dell'adolescenza, i giochi con le sorelle che a Palermo non vede mai, la vicinanza di Marianna da cui si è separata a dodici anni, le hanno ricordato che oltre a essere una madre è anche una figlia, la più bistrattata figlia di se stessa.

A vederla sembra che stia ficcando i denti nella polpa di una pesca matura. Invece è solo presa dall'allegria dei giochi. Non c'è sensualità in lei come invece c'è in Giuseppa che la pesca l'ha già divorata e si prepara ad addentarne un'altra e un'altra ancora.

C'è perfino più sensualità in Felice chiusa dentro le sue tonachelle candide che in Manina che pure porta le braccia nude e i vestiti scollati fino al seno. La sua bellezza assoluta, risorta dopo la malattia con la forza dei suoi venticinque anni, è in contraddizione con la profonda naturale castità che la possiede.

Felice scodella in tavola complicate pietanze farcite di spezie. Passa ore ai fornelli a preparare schiume di latte dolce, "ravazzate di ricotta", "nucatelli", "muscardini", cassatine, amarene e limonate al dragoncello.

Un pensiero sacrilego attraversa rapido la mente di Marianna: perché non indirizzare l'amore di Saro verso la bella Manina? in fondo hanno quasi la stessa età e starebbero così bene appaiati.

Lo cerca con lo sguardo, lo scopre addormentato con la testa appoggiata sul gomito, le gambe distese sugli sterpi, che si gode l'ombra dell'olmo accanto ai cesti pieni di uva.

Ma lo vorrebbe davvero? una fitta alla radice degli occhi le dice che no, non lo vorrebbe. Per quanto si rifiuti a quell'amore che considera impraticabile sa di covarlo con una dolcissima determinazione. Da dove le viene poi questa sollecitudine ruffianesca nei riguardi della figlia minore? che cosa le dà la certezza che un amore con Saro la renderebbe felice? non sarebbe un principio di incesto il loro, con quel corpo maschile a fare da laccio fra un cuore di madre e uno di figlia?

A mezzogiorno il soprastante dà l'ordine di interrompere il lavoro. È dall'alba che chini sulle basse viti, gli uomini strappano grappoli carichi di acini e di vespe e li gettano nelle ceste in mezzo a grovigli di viticci arricciolati. Ora avranno un'ora per mangiare una fetta di pane e qualche oliva, una cipolla e un bicchiere di vino.

Saro e Fila sono indaffarati a stendere la tovaglia sotto i rami fronzuti dell'olmo. Gli occhi dei "viddani" sono fissi sulle sporte di vimini chiuse dalle cerniere di ottone, da cui vengono fuori come per un miracolo di Santa Ninfa, delle meraviglie mai viste: piatti di porcellana delicati come piume, bicchieri di cristallo dai riflessi argentini, posatine da nani che scintillano al sole.

Le dame si seggono su dei grossi sassi che Ciccio Panella ha sistemato in forma di sedile, per loro, sotto l'olmo. Ma le belle gonne di batista e di mussola sono già inzaccherate di polvere e irte di raspi d'uva e forasacchi incollati alle balze.

Gli uomini, seduti da una parte, al riparo di due ulivi che fanno ben poca ombra, bevono, mangiano, ma in silenzio, non osando sbracarsi come fanno di solito. Le mosche passeggiano sulle loro facce come sui musi delle mule e il fatto che nessuno si preoccupi di cacciarle come invece fanno le bestie, ferma il boccone in gola a Marianna. Mangiare quelle prelibatezze davanti ai loro sguardi vogliosi e discretamente abbassati le pare improvvisamente una arroganza intollerabile.

Perciò si alza seguita dallo sguardo preoccupato di Saro e si dirige verso "u zoppu" il più anziano dei suoi campieri, per chiedergli notizie dell'uva raccolta. La sua porzione di "gattò" la lascia sul piatto, intatta.

"U zoppu" manda giù in fretta l'enorme boccone di pane e frittata che si era cacciato in bocca, si pulisce le labbra col dorso della mano striata di nero e si inchina pudicamente davanti al foglietto che gli porge la duchessa. Ma non sapendo leggere, il suo sguardo si fa assente; poi fingendo di avere capito, prende a parlarle fitto come se lei potesse sentire le sue parole. Nell'imbarazzo ciascuno ha dimenticato il difetto dell'altro.

Saro, che ha seguito i loro gesti, arriva in aiuto al campiere, gli strappa dalle mani il foglio, lo legge a voce alta e poi si accinge a trascrivere le parole di "u zoppu" sul complicato aggeggio che la padrona si porta dietro: tavoletta pieghevole, calamaio col tappo avvitabile appeso a una catenella d'argento, penna d'oca e cenere.

Ma Ciccio Panella non approva quella presunzione: come si permette un servo di mettersi a tu per tu con la sua padrona? come si permette di mostrare il suo sapere di fronte a lui che di sapienza ne ha molta di più ma non si rivela certo attraverso quella cosa ridicola e fumosa che è la scrittura?

Marianna d'improvviso vede Saro che cambia posa; i muscoli delle gambe gli si irrigidiscono, le braccia si slanciano in avanti coi pugni chiusi, gli occhi si stringono fino a diventare due fessure. Panella deve avergli detto qualcosa di offensivo. E lui ha subito messo da parte le pretese aristocratiche per prepararsi allo scontro.

Marianna dirige lo sguardo verso Ciccio Panella giusto in tempo per vederlo tirare fuori un coltello corto e appuntito. Saro è sbiancato ma non si tira indietro e, afferrato un legno per terra, si accinge ad affrontare il nemico.

Marianna fa per accorrere ma i due sono già l'uno addosso all'altro. Un colpo di bastone ha fatto volare il coltello e ora i due si picchiano a pugni, a calci, a morsi. "U zoppu" dà un ordine: in cinque si precipitano a dividerli e ci riescono dopo qualche fatica. Saro ha una mano ferita che butta sangue e Ciccio Panella ha un occhio pesto.

Marianna fa cenno alle figlie di rimontare sulle lettighe. Poi versa del vino sulla mano sanguinante di Saro mentre "u zoppu" improvvisa una fasciatura con foglie di vite e fili d'erba. Intanto Ciccio Panella, su ordine dei più anziani, si è inginocchiato a chiedere scusa alla duchessa e le ha baciato la mano.

In lettiga Marianna si trova seduta davanti a Saro: il ragazzo ha approfittato della confusione per infilarsi nel sedile di fronte al suo e ora è lì con gli occhi chiusi, la testa sporca di terra, la camicia strappata a farsi ammirare da lei.

Sembra un "anciulu", si dice sorridendo Marianna, che per mostrare la sua grazia, ha perso l'equilibrio ed è caduto dal cielo e ora giace trafelato e contuso aspettando di essere curato. È tutto un po' troppo teatrale... eppure poco fa "l'anciulu" si è battuto contro un uomo armato di coltello con un coraggio e una generosità che non gli conosceva.

Marianna distoglie gli occhi da quella faccia angiolesca che le si offre con tanta mansueta improntitudine. Osserva il paesaggio assolato: la terra dalle zolle rivoltate, un groviglio di ginestre di un giallo insolente, una polla d'acqua livida che riflette il violetto del cielo, ma qualcosa la riporta all'interno della lettiga. Saro la sta osservando con occhi penetranti e dolcissimi. Quegli occhi dicono di una volontà sfacciata, estenuante, di farsi figlio, pur senza perdere l'orgoglio e l'indipendenza, con tutto l'amore di un ragazzo ambizioso e intelligente.

E la sua cos'è? si chiede Marianna, se non una voglia altrettanto impaziente di farsi madre e stringere quel figlio per custodirlo in grembo?

Lo sguardo alle volte può farsi carne, unire due persone più di un abbraccio. Così Marianna e Saro, all'interno di quella vetturetta strettissima sospesa fra due muli e ciondolante sul vuoto, si lasciano cúllare dal movimento, fermi incollati ai loro sedili, mentre gli sguardi corrono dall'uno all'altra commossi e inteneriti. Né le mosche né il caldo né le scosse riescono a distrarli da quel fitto scambio di aspre delizie.

XXXI

Entrando nella casa sconosciuta un buio appiccicoso e pesante di odori la inchioda alla soglia. L'aria molle le sbatte contro la faccia come un panno bagnato: non si vedono che ombre nere immerse nell'oscurità della stanza.

Poi piano piano, abituando gli occhi a quel nero, ecco sorgere dal fondo un letto alto da terra e circondato da una fitta zanzariera, un catino di ferro ammaccato, una madia dalle zampe rabberciate, un fornello in cui brucia della legna che sprigiona un fumo acre.

I tacchetti della duchessa affondano nella terra battuta del pavimento rigato dalle scope di saggina. Vicino alla porta un asino mangia un poco di fieno ammucchiato, delle galline accoccolate dormono con la testa nascosta sotto l'ala.

Una minuscola donna vestita di bianco e di rosso sbuca dal nulla con un bambino in braccio e rivolge alla visitatrice un sorriso circospetto che le increspa la faccia butterata. Marianna non riesce a non storcere la bocca all'assalto di quegli odori sfacciati: di sterco, di orina secca, di latte cagliato, di carbonella, di fichi secchi, di minestra di ceci. Il fumo le penetra negli occhi, nella bocca facendola tossire.

La donna col bambino la guarda e il sorriso si fa più aperto, dileggiante. È la prima volta che Marianna entra nella casa di una "viddana" delle sue terre, la moglie di uno dei suoi coloni. Per quanto abbia letto di loro nei libri non aveva mai immaginato una simile povertà.

Don Pericle che l'accompagna si fa vento con un calendario regalatogli dalle suore. Marianna lo guarda per capire se lui conosce queste case, se le frequenta. Ma don Pericle per fortuna oggi è impenetrabile: tiene gli occhi fissi nel vuoto appoggiandosi alla grossa pancia protesa come fanno le donne gravide che non si sa se sono loro a reggere la pancia o la pancia a reggere loro.

Marianna fa segno a Fila che è rimasta fuori in strada con un grosso paniere pieno di provviste. La ragazza entra, si fa il segno della croce, arriccia il naso disgustata. Probabilmente anche lei è nata in una casa come questa ma ha fatto di tutto per dimenticarlo. Ora è lì che si agita impaziente come una che sia abituata all'aria odorosa di lavanda di grandi stanze luminose.

La donna col bambino in braccio scaccia con un calcio le galline che prendono a svolazzare per la camera starnazzando; sposta con una mano le poche povere stoviglie che si trovano sulla tavola e aspetta la sua parte di doni.

Marianna estrae dal cesto dei salumi, dei sacchetti di riso, dello zucchero e appoggia ogni cosa sulla mensa con gesti bruschi. A ogni regalo che offre si sente più ridicola, più oscena. L'oscenità del beneficare che pretende dall'altro l'immediata gratitudine. L'oscenità di una coscienza che si appaga della sua prodigalità e chiede al Signore un posto in paradiso.

Intanto il bambino ha preso a singhiozzare. Marianna ne vede la bocca che si allarga sempre di più, gli occhi che si stringono, le mani che si levano coi pugni chiusi. E quel singulto pare comunicarsi a poco a poco alle cose intorno facendole singhiozzare anch'esse; dalle galline all'asino, dai letti alla madia, dalle gonne sbrindellate della donna alle pentole irrimediabilmente ammaccate e bruciate.

Uscendo, Marianna si porta le mani al collo sudato, respira a bocca aperta tirando su l'aria pulita a larghe sorsate. Ma gli odori che stagnano nel vicolo non sono molto migliori di quelli all'interno della casa: escrementi, verdure marce, olio fritto, polvere.

Ora molte donne si affacciano dalle porte aspettando il loro turno di elemosina. Alcune se ne stanno sedute davanti alla soglia di casa spidocchiando i figli e chiacchierando allegramente fra di loro.

Il principio della corruzione non sta proprio in questo dare che seduce chi riceve? il signore coltiva l'avidità del suo dipendente, adulandola e saziandola, non solo per farsi bello coi guardiani del cielo ma anche perché sa benissimo che l'altro si abbasserà ai suoi stessi occhi accettando quel regalo che pretende gratitudine e fedeltà.

«Qui soffoco, torno alla torre» scrive Marianna sulla tavoletta e consegna il foglio a don Pericle; «continuate voi.»

Fila dà un'occhiata di sbieco, di malumore, al cesto premuto contro un fianco ancora zeppo di cibi. Ora dovrà continuare il lavoro da sola, perché su Felice che si è fermata dalla parte del selciato per non sporcarsi le scarpe non c'è da contare. Le altre due poi chissà quando arriveranno. Hanno giocato a carte fino a notte alta e stamattina non si sono viste alla colazione sotto il portico.

Intanto Marianna si avvia a grandi passi verso Torre Scannatura che le pare di scorgere al di sopra di quel rovinio di tetti su cui cresce di tutto, dall'erba cipollina alla finocchiella, dai capperi alle ortiche.

Svoltando per un vicolo incespica in un vaso da notte che una donna sta rovesciando in mezzo alla strada. Anche a Bagheria succede lo stesso e anche a Palermo nei quartieri popolari: le massaie la mattina svuotano i bisogni della notte in mezzo alla via, poi escono con un secchio d'acqua e spingono ogni cosa un poco più avanti, dopodiché si disinteressano di quello che succede. Ma siccome c'è sempre qualcuno a monte che fa la stessa operazione, la viuzza è percorsa eternamente da uno scolo maleodorante e coperto di mosche.

Quelle stesse mosche che vanno a posarsi a nugoli sulle facce dei "picciriddi" seduti a giocare sui bordi del vicolo e si aggrappano alle loro palpebre come fossero squisitezze da succhiare. I bambini, con quei grappoli di insetti attaccati agli occhi, finiscono per assomigliare a delle maschere strampalate e mostruose.

Marianna cammina svelta cercando di schivare le immondizie, seguita da una frotta di creature saltellanti di cui indovina il numero dal frullio di ali che le si leva intorno. Il suo passo si fa più rapido, inghiotte bocconi d'aria puzzolente e procede a testa bassa verso l'uscita del paese. Ma ogni volta, quando crede di avere raggiunto la strada per la torre si trova davanti un muretto coperto di cocci, una svolta, un recinto per galline. La torre sembra lì a portata di mano ma il paese nella sua piccolezza ha una struttura labirintica difficile da dipanare.

Camminando e tornando indietro, girando e rigirando, di improvviso Marianna si trova in mezzo a una piazzetta quadrata dominata da una alta statua della Madonna. Lì, sotto la stele, si ferma un momento a riprendere fiato appoggiandosi alla base di pietra grigia.

Ovunque giri lo sguardo è la stessa cosa: case basse addossate le une alle altre, spesso munite della sola entrata che fa da finestra e da porta. Dentro si intravvedono stanze scure abitate da persone e animali in tranquilla promiscuità. E fuori, rivoli di acqua sudicia, qualche bottega di granaglie esposte in grandi cesti, un fabbro ferraio che lavora sulla soglia sprizzando scintille, un sarto che alla luce della porta taglia, cuce e stira; un fruttivendolo che espone le merci in cassette di legno, su ogni mercanzia un cartello col prezzo: FICHI: 2 GRANI AL ROTOLO; CIPOLLA: 4 GRANI AL ROTOLO; OLIO PER LUME: 5 GRANI AL ROTOLO; UOVA: MEZZO GRANO L'UNO. Gli occhi si aggrappano ai cartelli coi prezzi come a delle boe in alto mare: i numeri sono rassicuranti, danno un senso ai misteri geometrici di quel paesaggio ostico e polveroso.

Ma ecco che sotto i piedi avverte uno zoccolio familiare, un battito ritmato che le fa sollevare gli occhi. Infatti, sbucato non si sa da dove, vede venirle incontro Saro in groppa al cavallino arabo che il signor marito zio gli ha regalato prima di morire e che lui ha chiamato pomposamente Malagigi.

Finalmente potrà uscire dal dedalo, si dice Marianna e fa per andargli incontro ma cavaliere e cavallo sono già spariti, ingoiati da un muretto tappezzato di capperi. Marianna si avvia verso quel muretto, ma aggiratolo, si trova davanti una folla di bambini e di donne che la sbirciano sorpresi come se fosse un essere soprannaturale. Due storpi che si trascinano sul selciato appoggiandosi a delle stampelle, si mettono ad arrancare dietro di lei con l'idea di cavarle del denaro: una dama così elegante non può non portarsi appresso sacchetti pieni di oro sonante. Perciò le si avvicinano, le toccano i capelli, la tirano per la manica, le strappano i fiocchi che tengono annodate alla vita la tavoletta per scrivere e la sacchetta con l'inchiostro e le penne.

Di nuovo a Marianna sembra di scorgere Malagigi che caracolla in fondo a un vicolo e Sarino che la saluta da lontano levando in alto il cappello. Marianna si sbraccia per farsi vedere, per chiedergli che venga a prenderla. Nel frattempo qualcuno ha messo le mani sulla sacchetta delle penne credendo che proprio lì stiano le monete e tira da ogni parte senza riuscire a staccarla dalla cintura.

Per liberarsi, Marianna strappa con uno strattone la fibbia e lascia ogni cosa ai bambini e agli storpi riprendendo a correre.

I piedi si sono fatti arditi, scavalcano gli scoli, si precipitano giù per le scalette scoscese, attraversano correndo buche piene di fango, affondano nei mucchi di immondizia e di sterco di cui è foderata la strada.

Improvvisamente, quando meno se l'aspetta, si trova finalmente fuori, sola, in mezzo a una stradina dalle erbacce alte. Davanti a sé, contro un cielo di coccio smaltato, la sagoma di Saro che sta giocando a fare il cavallerizzo da circo: Malagigi si alza in bilico sulle zampe posteriori, rompe l'aria con quelle anteriori, le appoggia infine per terra per sollevarsi di nuovo scalciando e sgroppando come se fosse un tarantolato.

Marianna lo osserva divertita e allarmata: quel ragazzo cadrà e si romperà l'osso del collo. Gli fa dei cenni da lontano ma lui non si avvicina, non le va incontro, anzi l'attira come un incantatore di serpenti verso le colline.

E lei lo segue tenendo sollevate le gonne fradicie di fango e i capelli sudati che scappano dai lacci, il fiato corto, allegra come non si ricorda di essere mai stata. Quel ragazzo perderà l'equilibrio, si farà male, deve trovare il modo di fermarlo, si dice. Ma il pensiero è in festa, perché sa che quello è un gioco e nei giochi il rischio fa parte del piacere.

Cavallo e cavaliere ora hanno raggiunto, sempre caracollando, un bosco di noccioli ma non accennano a fermarsi. Balzano e corrono in avanti tenendosi sempre a una certa distanza da lei. Sembra che in tutta la sua vita non abbia fatto altro che praticare cavalli, come uno zingaro, il bel Saro.

Ormai il noccioleto è rimasto alle spalle e davanti ci sono solo campi di sulla, alte siepi di ricino e distese di pietraie. Di colpo Marianna vede il ragazzo volare in alto come un fantoccio e subito dopo precipitare a testa in giù sull'erba alta. Riprende a correre, saltando, inciampando negli intrecci dei rovi, la gonna tirata su con le due mani. Da quando non correva così? il cuore le è salito in gola e sembra voglia saltarle fuori assieme alla lingua.

Ed ecco, finalmente l'ha raggiunto. Lo trova riverso a braccia aperte, mezzo sepolto dall'erba, gli occhi chiusi, la faccia svuotata di sangue. Si china su di lui con delicatezza e prova a spostargli il collo, a muovergli un braccio, poi una gamba. Ma il corpo non reagisce: è lì abbandonato, privo di sensi.

Con le mani che le tremano Marianna gli slaccia la camicia sul collo. È solo svenuto, si dice, si riprenderà. Intanto non può fare a meno di guardarlo: sembra nato in quel momento per lei in tutta la bellezza del suo giovane corpo. Se gli desse un bacio lui non lo saprebbe mai. Perché non lasciare per una volta, una volta sola, libero il desiderio imbracato nei lacci di una volontà nemica?

Con un movimento morbido si china sul ragazzo riverso e gli sfiora con la bocca la guancia. Per un attimo le sembra di vedere vibrare le lunghe ciglia di lui. Si tira su, lo guarda ancora. È proprio un corpo abbandonato e perso nell'incoscienza. Si china di nuovo attenta, con movimenti di farfalla e gli appoggia le labbra sulle labbra. Le sembra di sentirlo tremare. E se fosse un delirio mortale? Si rizza sulle ginocchia, e prende a battergli le dita sulle guance finché lo vede aprire gli occhi grigi, bellissimi. Quegli occhi ridono di lei e dicono che è stata tutta una recita, una trappola per rubarle un bacio. Che ha funzionato perfettamente. Solo il battito delle dita sulle guance non era previsto e forse gli ha fatto scoprire il gioco prima del previsto.

«Che babba sono, che babba!» si dice Marianna mentre cerca di rimettersi a posto i capelli. Sa che lui non muoverà un dito senza il suo consenso; sa che sta aspettando e per un momento pensa di rendere esplicito quello che prima era un pensiero clandestino: premerlo contro di sé in un abbraccio che colmi anni di attesa e di rinuncia.

«Che babba, che babba»... la trappola sarà la gioia delle sue gioie. Perché non lasciarsi chiudere da quel laccio? Ma c'è un leggero odore di confettura che non le piace in quel gioco, un minuscolo segno di compiacenza e di prevedibilità. Le sue ginocchia si impuntano sull'erba, il suo busto si rizza, i suoi piedi sono già in moto. Prima che Saro abbia capito le sue intenzioni, lei è già via, che corre verso la torre.

XXXII

I due candelabri accesi mandano fiammelle verdi. Marianna osserva quelle linguette smeraldine con apprensione: da quando in qua un moccolo di cera vergine di api fa una luce verde che si alza in colonnine sottili verso il soffitto e ricade in forma di liquido schiumoso? Anche i corpi accanto a lei sono diversi dal solito e si dilatano minacciosamente: la pancia di don Pericle per esempio si scuote e tira fuori degli improvvisi bitorzoli come se dentro vi abitasse un bambino che scalcia e sgomita. Sulla tavola le dita di Manina paffute e coperte di fossette si aprono e si chiudono rapide, manovrando le carte: sembra che vadano per conto loro, staccate dalle braccia; afferrano e rigirano le figure mentre i polsi rimangono sepolti dentro le maniche.

I capelli di don Nunzio cadono a ciocche sulla tavola. La neve in pieno agosto? subito dopo lo vede cavare dalla tasca della giubba un fazzoletto enorme, appallottolato e cacciarvi il naso dentro. È evidente che assieme all'aria sta espellendo i suoi malumori. Marianna gli prende il polso e glielo stringe; continuando così don Nunzio soffierà nel fazzoletto la sua stessa vita e cadrà morto sul tavolo da gioco.

Al gesto spaventato della madre le figlie scoppiano a ridere. Ride anche don Pericle, ride Felice con la croce di zaffiri che le balla sul petto, ride Sarino mettendosi una mano davanti alla bocca, ride persino Fila che se ne sta in piedi accanto a Giuseppa reggendo una teglia piena di maccheroni al sugo.

La mano di Felice si allunga a toccare la fronte della madre. Le facce si fanno serie. Marianna legge sulle labbra della figlia la parola "febbre". E vede altre mani allungarsi verso la sua fronte.

Non sa come sia salita su per le scale, forse l'hanno portata; non sa come si sia spogliata, come si sia cacciata sotto le lenzuola. Il dolore della testa febbricitante la tiene sveglia; ma finalmente è sola e ripensa con disgusto alla sua dabbenaggine di quella mattina: prima la recita alla "buona samaritana" e poi quella corsa da collegiale per pietraie e noccioleti: l'arrendevolezza di un corpo abitato da fantasmi, l'ingenuità di un bacio che credeva di rubare ed era rubato. E ora questa febbre maligna che porta gli echi di un brusio interno che non può intendere.

Può una donna di quarant'anni, madre e nonna, svegliarsi come una rosa ritardataria da un letargo durato decenni per pretendere la sua parte di miele? che cosa glielo proibisce? niente altro che la sua volontà? o forse anche l'esperienza di una violazione ripetuta tante volte da rendere sordo e muto tutto intero il suo corpo?

In qualche momento della notte deve esserci stato qualcuno vicino a lei: Felice? Fila? qualcuno che le ha sollevato la testa e l'ha costretta a mandare giù una bevanda zuccherata. Lasciatemi in pace, aveva pensato di gridare ma la sua bocca era rimasta chiusa in una smorfia stupìta e amara.

Mi ha portata nella cella del vino...
il suo frutto è dolce al mio palato
sostenetemi coi pomi perché io sono malata d'amore...

Che bestemmia: mescolare nel disordine della memoria le parole sgargianti del Cantico dei Cantici con i brandelli di un ricordo di allegrezza; come ha fatto a dimenticare la sua amputazione?

Somiglia il mio diletto a un capriolo...

Sono parole che non dovrebbe pronunciare, che suonano ridicole sulle sue labbra tirate, non le possono appartenere. Eppure sono lì quelle parole d'amore e si amalgamano alle angustie della febbre.

Prendete le volpi
le volpi piccoline
che guastano le vigne...

La stanza ora è allagata dalla luce del giorno. Qualcuno deve avere aperto le imposte mentre lei dormiva. Gli occhi le bruciano come se avesse dei grani di sale sotto le palpebre. Si porta una mano alla fronte. E vede un gufo sul pomello della sedia. Le sembra che la guardi con tenerezza. Fa per muovere una mano sul lenzuolo ma scopre che sul risvolto ricamato c'è una grossa serpe arrotolata che dorme tranquilla. Forse il gufo si mangerà la serpe. Forse no. Se per lo meno arrivasse Fila con l'acqua... Da come tiene le mani incrociate sul petto Marianna capisce di essere già morta. Ma i suoi occhi sono aperti e vedono la porta che si apre da sola, lentamente, proprio come nella vita. Chi sarà?

Il signor marito zio, tutto nudo, con una grande cicatrice che gli attraversa per lungo il petto e la pancia. I capelli sono radi come quelli dei tignosi e manda uno strano odore di cannella e burro rancido. Lo vede chinarsi su di lei armato, come per crocifiggerla. Una sorta di melanzana morta eppure pulsante gli esce dal ventre, oscenamente rigida e vogliosa. Farò l'amore per pietà, si dice, perché l'amore è prima di tutto misericordia.

«Sono in agonia» gli dice a labbra chiuse. E lui sorride misteriosamente complice. «Sto per morire» insiste lei. Lui annuisce. Sbadiglia e annuisce. Strano, perché i morti non possono avere sonno.

Un senso di gelo le fa alzare gli occhi sulla finestra aperta. Un quarto di luna pende in cima alla cornice del vetro. Ogni soffio di vento lo fa dondolare dolcemente; sembra uno spicchio di zucca candita dai grani di zucchero cristallino incollato alla polpa.

«Farò l'amore per pietà» ripete la sua bocca muta, ma il signor marito zio non vuole il suo consenso, la pietà non gli aggrada. Il corpo bianco di lui ora le sta sopra e preme su di lei ghiacciandole il ventre. La carne morta manda odore di fiori secchi e di salnitro. La melanzana di carne chiede, esige di entrare nel suo grembo.

All'alba la casa viene svegliata da un grido atroce e pro-
lungato. Felice balza a sedere sul letto. Non è possibile che
sia stata la signora madre mutola, eppure il grido proveniva
dalla sua stanza. Si precipita a svegliare la sorella Giuseppa
che a sua volta tira giù dal letto Manina. Le tre giovani donne in camicia accorrono al letto della madre che sembra stia
ingoiando gli ultimi disperati sorsi d'aria.

Viene chiamato in fretta il "varveri" perché a Torre
Scannatura non ci sono medici. Il "varveri" che si chiama
Mino Pappalardo e arriva tutto vestito di giallo uovo, tasta il
polso all'ammalata, le esamina la lingua, le rovescia le palpebre, caccia il naso nel vaso da notte.

«Congestione da febbri pleuritiche» è il suo verdetto. Bisogna cavare subito del sangue dalle vene infiammate. Per
questo gli servono uno sgabello alto, una bacinella d'acqua
tiepida, una tazza capiente, un lino pulito e un aiutante.

Felice si presta a fargli da assistente mentre Giuseppa e
Manina si rannicchiano in un angolo della stanza. Il "varveri" estrae da una valigetta di legno chiaro un astuccio in forma di rotolo di tela. Dentro il rotolo appaiono, legati da laccetti, dei coltellini appuntiti, delle seghette, delle pinze, delle
cesoie minuscole.

Con gesti sicuri Pappalardo denuda il braccio della malata, ne tasta il cavo del gomito per trovare la vena, stringe con
un laccio la parte superiore, e poi con un colpo preciso incide
la carne, raggiunge la vena con la lama e la fa sanguinare.
Felice, inginocchiata accanto al letto, raccoglie in una tazza
il sangue che gocciola, storcendo appena la bocca.

Marianna apre gli occhi. Vede una faccia di uomo dalla
barba malrasata, due solchi scuri sopra le guance. L'uomo le
rivolge un sorriso pesto e svogliato. Ma il serpente, che stava
arrotolato sul lenzuolo, deve essersi svegliato perché le sta
cacciando i dentini aguzzi nel braccio. Vorrebbe avvertire
Felice ma non riesce a muovere neanche gli occhi.

Ma chi è quest'uomo che le sta addosso e ha un odore
sgradevole, estraneo? qualcuno che si è travestito da qualcun
altro. Il signor marito? il signor padre? lui sì sarebbe capace
di trasformarsi per gioco.

In quel momento una idea la attraversa da capo a piedi

come una saetta: per la prima volta nella sua vita capisce con limpidezza adamantina che è lui, suo padre, il responsabile della sua mutilazione. Per amore o per distrazione non lo saprebbe dire; ma è lui che le ha tagliato la lingua ed è lui che le ha riempito le orecchie di piombo fuso perché non sentisse nessun suono e girasse perpetuamente su se stessa nei regni del silenzio e dell'apprensione.

XXXIII

Un calèche col mantice tirato, il cavallo coperto da finimenti dorati. Deve essere quello stravagante di Agonia, il principe di Palagonia. E invece no: a smontare è una signora coperta da un velo buttato alla maniera spagnola sull'alta torre di capelli. Certamente la principessa di Santa Riverdita: ha avuto due mariti e tutti e due sono morti di veleno. Dietro di lei un calessino elegantissimo tirato da un cavallo giovane e spipirinzito. Questo deve essere il barone Pallavicino; da poco ha vinto contro il fratello una causa che durava da quindici anni per una eredità poco chiara. Il fratello è rimasto in brache di tela e non gli resta che farsi frate o sposare una donna ricca. Ma le donne ricche a Palermo non sposano uno spiantato anche se ha un bel nome, a meno che non debbano comprarselo il nome e in questo caso la spesa è molto salata. In più la "zita" deve essere molto bella e come minimo deve sapere suonare con grazia la spinetta.

Una sfilata di carrozze così non si vedeva da anni. Il cortile di villa Ucrìa è tutto ingombro: calèches, portantine, fiacres, lettighe, berline passano sotto le luci del grande arco di fiori che congiunge la strada d'accesso al cortile.

Da quando è morto il signor marito zio è la prima volta che si dà una grande festa alla villa. E l'ha voluta lei, Marianna, per festeggiare la guarigione dalla pleurite. I capelli hanno ricominciato a crescere e il colorito sta riacquistando i rosa naturali.

Ora se ne sta in piedi dietro la tenda scostata nel salone azzurro del primo piano e osserva il via vai dei valletti, degli staffieri, dei lacchè, dei facchini, dei camerieri in polpe.

Durante la serata si inaugurerà anche il teatro, fatto costruire da lei per il piacere di una musica che non potrà ascoltare, per la gioia di spettacoli di cui non potrà godere. Proprio in onore della sua sordità ha voluto che il palco fosse largo, alto e splendidamente decorato dall'Intermassimi.

Ha ordinato che i palchetti fossero foderati di damasco giallo con i bordi di velluto azzurro, ha voluto il soffitto ampio, a volta, dipinto con motivi di chimere dalla faccia enigmatica, uccelli del paradiso e liocorni.

L'Intermassimi è arrivato da Napoli tutto azzimato, accompagnato da una giovane moglie, una certa Elena dalle orecchie minuscole e le dita cariche di anelli. Sono rimasti in casa tre mesi, mangiando manicaretti e amoreggiando dappertutto: in giardino, nei corridoi, sulle impalcature, fra le ciotole di colore. Lui ha quarantacinque anni, lei quindici.

Quando Marianna per caso si imbatteva nei due che con le vesti slacciate e il fiato corto si abbracciavano da qualche parte della villa, lui le sorrideva malizioso come a dire «vedete cosa vi siete persa!».

Marianna gli voltava le spalle infastidita. Da ultimo evitava del tutto di girare per la villa quando sapeva che poteva incontrarli. Ma nonostante le sue precauzioni finiva spesso per trovarli sulla sua strada, quasi lo facessero apposta.

Così se n'era andata a Palermo nel suo palazzo di via Alloro, girando di malumore fra le stanze buie e sovraccariche di quadri, arazzi e tappeti. Si era portata dietro Fila lasciando Innocenza a Bagheria. Anche Saro l'aveva lasciato alla villa. Da qualche tempo è diventato capocantiniere e bisogna vedere come assaggia il vino, sballottolandolo da una guancia all'altra, a occhi chiusi e come poi lo sputa lontano facendo schioccare la lingua. Ormai indovina anche le annate.

Era tornata a lavoro finito, in maggio e aveva trovato gli affreschi così belli che aveva perdonato al pittore le sue esibizioni e le sue vanterie. Erano partiti lui e la moglie ragazzina proprio il giorno della morte di Cicciuzzo Calò che da ultimo era diventato pazzo e girava per il cortile cercando le figlie, mezzo nudo, con gli occhi fuori della testa.

Oggi è festa. Nel salone illuminato da grappoli di vetri di Murano in cui bruciano le candele, si aggirano tutte le grandi dame di Palermo. I vestiti enormi, a pallone, tenuti su da "tonti" e "cianchetti" in legno e ossi di balena, i corpetti attillati e scollati, di sete dai colori delicati. Accanto a loro i signori cavalieri indossano per l'occasione lunghe giamberghe rosse, viola, verdi ricamate in oro e argento, camicie sbuffanti di merletti e di trine, parrucche incipriate e profumate.

Marianna si guarda intorno soddisfatta: sono giorni e giorni che prepara questa festa e sa di avere predisposto ogni cosa in modo che la serata ruoti come un congegno ben oleato: gli antipasti sul terrazzo del primo piano fra i geranei e le piante grasse africane; una parte dei bicchieri se li è dovuti fare prestare da casa Torre Mosca perché dopo la morte del marito zio non aveva più rimpiazzato quelli che mano mano si rompevano. In questi bicchieri, prestati da Agata, vengono versati rosolii leggeri e speziati, limonate e vini frizzanti.

La cena invece sarà servita in giardino, fra le palme nane e i gelsomini, su tavoli coperti di lino, nei servizi cosiddetti "della regina" in bianco e azzurro con l'aquila nera. Il pasto si comporrà di maccheroni "di zitu", triglie rosate, lepri all'agro, cinghiali al cioccolato, tacchini ripieni di ricotta, saraghi affogati, porcelli alla fiamma, riso dolce, conserva di scorzanera, cassate, trionfi di gola, teste di turco, gremolate e vini di casa Ucrìa dai sapori aspri e forti delle vigne di Torre Scannatura.

Dopo cena ci sarà la rappresentazione teatrale: Olivo, Sebastiano, Manina, Mariano canteranno l'*Artaserse* del Metastasio con la musica di Vincenzo Ciampi suonata da una orchestra di signori: il duca di Carrera Lo Bianco, il principe Crescimanno signore delle Gabelle del Biscotto, la baronessa Spitaleri, il conte della Cattolica, il principe Des Puches di Caccamo e la principessa Mirabella.

Il cielo per fortuna è pulito, cosparso di piccoli bottoni lucenti. La luna non si vede ancora. In compenso la fontana del tritone illuminata dall'interno delle nicchie scavate nella roccia, riempite di candele, fa un effetto sorprendente.

Seguendo una coreografia preparata in anticipo, ogni cosa si muove secondo un ritmo conosciuto solo da chi l'ha predisposto, anche gli ospiti con i loro vestiti preziosi, i loro scarpini tempestati di pietre, partecipano inconsapevoli a un gioco di innesti.

Marianna non ha voluto indossare il vestito da cerimonia per potersi muovere più agevolmente fra gli ospiti, fare delle puntate rapide in cucina, correre al teatro, tornare verso l'orchestra che sta provando gli strumenti nella casa gialla, controllare le torce a vento, tenere d'occhio le figlie, le nipoti, dare segnali con il capo al cuoco e a Saro perché porti su altri vini dalla cantina.

Alcune dame non possono neanche sedersi tanto sono elaborate e gonfie le loro gonne rette da strutture rigide che le fanno assomigliare a delle cupole con la torretta dell'orologio in cima. Quest'anno va di moda "la volante", un vestito che viene dalla corte di Parigi: un cerchio tanto ampio che potrebbe dare asilo a due clandestini accovacciati, fatto di un intreccio di vimini ricoperto da una ampia gonna lunga sormontata da una tunichetta scivolosa tutta pieghe, fiocchi e fronzoli, munito di due cannelli sul dorso che dal collo scendono fino alla vita.

Alle undici ci sarà il ballo e a mezzanotte i fuochi di artificio. Una macchina è stata costruita apposta e sistemata nel limoneto di fianco al teatro in modo che le esplosioni avvengano proprio sulle teste degli ospiti e le gocce di fuoco vadano a morire dentro la vasca delle carpe o fra le aiole di rose e di violacciocche.

Una notte benigna, tiepida, allagata di profumi. Una leggera brezza salina che arriva a tratti dal mare, rinfresca l'aria. Marianna, nel trambusto non è riuscita a mandare giù neanche un "vol-au-vent". I cuochi sono stati affittati per la serata: il primo è francese o per lo meno si dice tale e si fa chiamare monsieur Trebbianó, ma lei sospetta che abbia solo soggiornato per qualche tempo in Francia. Cucina bene, "à la française", ma i suoi piatti più riusciti sono quelli isolani. Sotto i nomi più astrusi si possono riconoscere i soliti sapori che piacciono a tutti.

Le grandi famiglie di Palermo se lo contendono da anni per cene e pranzi affollati. E a monsù Trebbianó piace trasmigrare da una casa all'altra a pagamento, portandosi dietro uno stuolo di aiutanti, di assistenti, di "petites-maines" di fiducia, nonché una valanga di pentole, coltelli e forme di sua proprietà.

Marianna si siede un momento sfilandosi, sotto le lunghe gonne, le scarpette a punta. Sono anni che non vede tutta la famiglia insieme alla villa: Signoretto i cui affari non vanno bene, ha dovuto ipotecare il feudo di Fontanasalsa per pagare i debiti. Però non ha l'aria di preoccuparsene. Il lento precipitare della famiglia verso la rovina lui lo considera parte del destino comune, un destino a cui è inutile opporsi, tanto avrà ragione di loro comunque.

Carlo è diventato famoso per la sua dottrina e ora lo chiamano da tutte le parti d'Europa per decifrare antichi manoscritti. È appena tornato da Salamanca dove è stato invitato dall'Universidad Real che alla fine del soggiorno gli ha offerto un posto di insegnante, ma lui ha preferito rientrare ai suoi giardini di San Martino delle Scale, fra i suoi libri, i suoi allievi, i suoi boschi, i suoi cibi. «Sogni e favole io fingo» le ha scritto su un foglietto che le ha cacciato quasi di nascosto nella tasca, «Tutto è menzogna, delirando io vivo», alla maniera di Metastasio.

Marianna rilegge il foglietto spiegazzato che è rimasto in fondo alla tasca. Cerca con gli occhi il fratello affondato in una dormeuse, i capelli radi sulla testa, gli occhi porcini. Bisogna osservarlo bene per scoprire un briciolo di spiritualità in quel corpo sfuggito ormai a ogni controllo, che straripa da ogni parte.

Dovrei vederlo più spesso, si dice Marianna notando il pallore malsano della faccia del fratello che sembra volere fare il verso a quella materna. Le pare di sentirne l'odore anche a distanza: di laudano e di tabacco.

Anche Agata si è molto trasformata. Testimoni della sua bellezza sono rimasti i grandi occhi bovini, in cui il bianco e l'azzurro si dividono con limpidezza. Tutto il resto è come se fosse stato immerso nell'acqua del bucato per troppe ore e poi strapazzato con la cenere e sbattuto sulla pietra come si fa con i panni al fiume.

Accanto a lei, la figlia Maria che sembra il suo ritratto da ragazza: le spalle ancora aspre di sedicenne che sguisciano come mandorle fresche dal vestito di trine coperto di fiocchi lilla. Per fortuna Agata è riuscita a impedire che venisse sposata a dodici anni come avrebbe voluto il marito. Se la tiene vicina e la veste da bambina perché sembri più piccola, indispettendo la figlia che invece vorrebbe apparire più grande. Giuseppa e Giulio seggono vicini, si guardano in continuazione, ridono per ogni nonnulla. Il cugino Olivo li osserva da un altro tavolo, immusonito. La moglie accanto a lui è meno sgradevole di come l'avevano dipinta a Marianna: piccolina, irrigidita ma capace di sciogliersi in risate liquide e sensuali. Non sembra faccia caso ai musi del giovane marito; forse non sospetta neanche questo amore fra cugini. O forse sì ed è per questo che quando è seria sembra che abbia mangiato una scopa. Le sue risate sono certo un modo per farsi coraggio.

Mariano invece si fa sempre più bello e maestoso. In certi momenti rammenta il padre nelle espressioni aggrondate e superbe, ma i colori sono del nonno Signoretto: colori del pane appena uscito dal forno e gli occhi sono profondi e turchini.

La moglie, Caterina Molè di Flores, ha avuto diversi aborti e nessun figlio: questo ha finito per creare una acrimonia fra i due che si vede a occhio nudo. Lui le si rivolge sempre in un tono un po' stizzito e rimproverante; lei gli risponde per le rime ma senza spontaneità, come se pensasse di dovere comunque espiare le colpe della sua sterilità.

Lei gli parla di libertà nuove, incantata dalle parole della zia Domitilla, ma con sempre meno convinzione. Lui non finge neppure più di ascoltarla. I suoi occhi vigilano costantemente che nessuno invada il cerchio incantato in cui si chiude a sognare. Da appassionato che era per i divertimenti, sempre in giro per balli e giochi da una villa all'altra, è diventato negli ultimi anni pigro e contemplativo. La moglie lo trascina per i salotti e lui si lascia condurre ma non partecipa alle conversazioni, si rifiuta di giocare a carte, mangia poco, beve appena. Gli piace guardare gli altri senza essere guardato, sprofondando nei suoi vapori.

Che cosa sogna Mariano? è difficile dirlo. Qualche volta Marianna l'ha indovinato standogli vicina e sono sogni di grandi avventure militari fra genti straniere, di spade levate, cavalli sudati, odori di battaglie e di polvere da sparo.

Possiede una collezione di armi come il padre e ogni volta che la ospita per un pranzo di famiglia gliele illustra meticolosamente: la spada di Filippo II, un archibugio del duca di Angiò, un moschetto delle guardie di Luigi XIV, la scatola intarsiata che l'Infante di Spagna usava per la polvere nera e altre meraviglie del genere. Alcune le ha ereditate dal signor marito zio, altre le ha comprate da solo.

Eppure non si muoverebbe dal suo palazzo di via Alloro neanche se avesse la sicurezza di una vittoria strepitosa sul campo. I sogni sono in qualche modo più corposi della realtà quando diventano una seconda vita a cui ci si abbandona con strategica intelligenza.

Marianna osserva il figlio che si alza dalla tavola dove ha cenato con Francesco Gravina, figlio di quell'altro Gravina di Palagonia detto Agonia. Il giovanotto sta riammodernando la villa costruita dal nonno, riempiendola di statue stravaganti: uomini con la testa di capra, donne a metà scimmia, elefanti che suonano il violino, serpenti che impugnano il flauto, draghi vestiti da gnomi e gnomi dalle code di drago, nonché una collezione di gobbi, pulcinella, mori, mendicanti, soldati spagnoli e musici vaganti.

La gente di Bagheria lo considera tocco. I familiari hanno tentato di farlo interdire. Gli amici invece lo amano per un certo modo candido e pudico di ridere di sé. Anche all'interno pare che stia trasformando villa Palagonia in un luogo di incantesimi: sale foderate di specchi che rompono e moltiplicano l'immagine riflessa fino a renderla irriconoscibile; mezzi busti di marmo che si sporgono dalle pareti con le braccia tese verso i ballerini, gli occhi di vetro che girano nelle orbite. Le camere da letto poi, sono popolate di bestie imbalsamate: asinelli, sparvieri, volpi ma anche serpenti, scorpioni, lucertole, lombrichi, animali che nessuno ha mai pensato di impagliare.

I maligni dicono che il nonno Ignazio Sebastiano riscuotesse fino alla sua morte, cioè fino all'anno scorso, una gabella "sul coito" in cambio della rinuncia allo jus primae noctis feudale. Il giovane Palagonia è brutto come la fame: mento affilato, occhi troppo vicini, naso a becco; ma chi lo conosce dice che è gentile e allegro, incapace di fare male a una mosca, cortese con i sottoposti, tollerante, pensoso e dedito alle letture di romanzi di avventure e di viaggi.

Strano che siano amici lui e Mariano, sono così diversi, ma forse è proprio questo che li avvicina. Mariano non leggerebbe un libro neanche costretto. Le sue fantasie si nutrono di racconti fatti a voce e certamente preferisce un qualsiasi cantastorie anche della strada a un libro della biblioteca materna. Ora le sembra di averlo perso nella folla, dove sarà andato il bel Mariano sognatore? e lo scopre poco più in là che cammina solitario dirigendosi verso la "coffee house" imperlata di luci.

Lo vede sorbire un caffè, scottarsi la lingua e fare un gesto di stizza, saltellare su un piede solo, esattamente come faceva da piccolo. Con la tazzina in mano lo vede prendere posto su una sedia rigida mentre il suo sguardo si posa ingordo sui corpi scoperti delle invitate. Le pupille fosche, le labbra serrate: uno sguardo insistito e penetrante. Quel luccichio le ricorda il signor marito zio. Riconosce in esso l'occulto improvviso desiderio di stupro.

Marianna chiude le palpebre. Le riapre. Mariano non è più nella "coffee house" e Caterina lo sta cercando. Adesso il gazebo si è riempito di dame e signori, ciascuno con la sua tazzina di caffè in mano. Li conosce tutti da quando è nata, sebbene li frequenti poco. Più che altro li vede ai matrimoni, alle cerimonie di monacazione, alle visite che si fanno per un puerperio, per una cresima.

Sono sempre le stesse donne dall'intelligenza lasciata a impigrire nei cortili delle delicate teste acconciate con arte parigina. Di madre in figlia, di figlia in nipote, sempre intente a girare intorno ai guai che portano i figli, i mariti, gli amanti, i servi, gli amici, e a inventare nuove astuzie per non farsene schiacciare. I loro uomini sono occupati da altri guai, altre gioie, diverse e parallele: l'amministrazione delle proprietà lontane, sconosciute, il futuro delle casate, la caccia, il gioco, le carrozze, il corteggiamento, le questioni di prestigio e di precedenza.

Pochissimi sono quelli che qualche volta salgono sul tetto più alto e danno uno sguardo intorno per vedere dove sta bruciando la città, dove invece le acque stanno allagando i campi, dove ancora la terra sta facendo maturare il grano e le vigne, e come la loro isola stia rovinando nell'incuria e nella rapina.

Le debolezze di quelle famiglie sono anche le sue, conosce le infamie segrete di cui discorrono le donne dietro i ventagli, le iniziazioni dei giovani maschi fatte sulle serve ragazzine, le quali poi quando rimangono incinte vengono "cedute" ad amici disinvolti o spedite nelle case religiose per "pericolanti" o in ospizi per "fanciulle cadute"; i debiti astronomici, gli strozzinaggi, le malattie nascoste, le nascite sospette, le serate passate al circolo giocandosi castelli e terreni, le intemperanze al bordello, le cantanti contese a suon di scudi, le liti furibonde tra fratelli, gli amori segreti, le terribili vendette.

Ma ne conosce anche i sogni; il ritmo incantato delle battaglie fra Orlando, Artù, Ricciardetto, Malagigi, Ruggero, Angelica, Gano di Maganza e Rodomonte che scandisce le loro "rêveries". La capacità di nutrirsi di pane e rape pur di mantenere una carrozza dai riccioli di legno dorato. Ne conosce il mostruoso orgoglio, l'intelligenza capricciosa che si picca di rimanere oziosa per dovere di nobiltà. L'umorismo segreto, amaro, che si congiunge spesso con una sensuale volontà di corruzione e di annullamento.

Non è così anche lei? carne di quella carne, oziosa, vigile, segreta e soffocata da sogni di grandezza insensata? Di diverso c'è forse solo la menomazione che l'ha resa più attenta a sé e agli altri, tanto da riuscire talvolta a carpire i pensieri di chi le sta accanto.

Ma non ha saputo trasformare questo talento in una arte, come avrebbe suggerito il signor David Hume; l'ha lasciato fiorire a casaccio subendolo più che guidandolo, senza trarne partito.

Nel suo silenzio abitato da parole scritte, ha elaborato delle teorie lasciate a metà, ha rincorso brandelli di pensieri ma senza coltivarli con metodo, lasciandosi andare alla pigrizia tipica della sua gente, sicura dell'immunità, pure davanti a Dio, poiché «tutto sarà dato a chi ha e niente a chi non ha».

E per "avere" non si intende proprietà, ville, giardini, ma delicatezze, riflessione, complicazioni intellettuali, tutto ciò che il tempo di cui dispongono in abbondanza favorisce a loro signori che poi si divertono a buttarne via le briciole ai poveri di spirito e di moneta.

Le gremolata ha finito di sciogliersi nella coppa di cristallo dal gambo alto. Il cucchiaio è scivolato per terra. Un soffio d'aria tiepida, un alito di fichi secchi le solletica l'orecchio. Saro è chino su di lei e le sfiora con le labbra la nuca. Marianna ha un soprassalto, si alza, traffica comicamente con le scarpe sotto la gonna, pianta gli occhi rabbiosi sul ragazzo. Perché venirla a tentare di soppiatto mentre è persa nei suoi pensieri?

Afferra con mano decisa il taccuino e la penna e scrive senza guardare: «Ho deciso, ti sposi». Quindi tende il foglio al ragazzo che se lo porta sotto la torcia a vento per leggere meglio.

Marianna lo osserva un momento incantata: nessuno dei giovani signori invitati ha la grazia di quel corpo su cui corrono le ombre saltellanti della festa. Ci sono in lui delle trepidazioni, delle incertezze che ne alleggeriscono i movimenti, rendendolo fragile e come sospeso per aria; si ha voglia di prenderlo per la vita e tirarlo giù verso il pavimento.

Ma appena vede lo sguardo smarrito di lui su di sé, Marianna si alza e va a mescolarsi frettolosa fra la massa degli ospiti. Ormai è l'ora della rappresentazione e dovrà condurre gli invitati lungo i sentieri del giardino, fra le siepi di sambuco e di gelsomini, fino alle porte appena verniciate del teatro.

XXXIV

Il signor fratello abate le ha messo in mano una tazza di cioccolata e ora le sorride con aria interrogativa. Marianna è intenta a guardare, al di là degli alti gigli e dei tronchi dei melograni, la città di Palermo che si stende come un tappeto cinese dai colori rosa e verde, in uno spolverio di case grigio piccione.

La cioccolata sulla lingua ha un sapore amarognolo e profumato. Ora il fratello batte un piede sul pavimento di legno della veranda. Che sia impaziente di mandarla via? eppure è appena arrivata, dopo due ore di lettiga su per i viottoli rocciosi che portano verso San Martino delle Scale.

«Voglio dare sposa a un famiglio. Chiedo il vostro consiglio per una brava ragazza» scrive Marianna usando i suoi complicati strumenti letterari: la tavoletta pieghevole appesa a una cinghia, la penna d'oca dalla punta smontabile appena arrivata da Londra, il calamaio attaccato ad una catenella, un quadernetto dai fogli estraibili.

La sorella spia la faccia larga del fratello mentre legge le sue parole. Non è fretta quella che gli corruga la fronte, ora se ne rende conto, ma imbarazzo. Questa sorella, chiusa com'è nei suoi silenzi forzati, gli è sempre apparsa lontana, straniera. Salvo forse per quel periodo quando era ancora viva la nonna Giuseppa, in cui tutti e due si infilavano nel letto di lei. Allora lui aveva l'abitudine di stringerla e baciarla così forte che la lasciava senza fiato. Poi, non si sa come, non si sono più frequentati. Ora lui sembra chiedersi cosa ci sia dietro a quella richiesta di consiglio della sorella sordomuta: una pretesa di alleanza contro il fratello maggiore che sta precipitando nei debiti? o un curiosare nella sua vita di abate solitario? o una richiesta di soldi?

Grappoli di pensieri disordinati gli sgusciano fuori dagli occhi, dalle narici, senza armonia, senza intenzioni. Marianna lo vede tormentare con le dita grassocce una foglia appuntita di giglio e sa che non potrà sfuggire all'onda delle riflessioni di lui che la stanno raggiungendo dal fondo di un cervello svogliato e mordace.

«La signora sorella è inquieta... che abbia paura di invecchiare? strano come regga bene l'età... neanche un filo di grasso, nessuna deformazione, snella come quando aveva vent'anni, la carnagione chiara, fresca, i capelli ancora ricci e biondi, solo una ciocca bianca sulla tempia sinistra... che se li tinga con l'essenza di camomilla? eppure anche il signor padre, se ricorda bene, ha conservato i capelli biondi serafici fino a tarda età. Solo a lui sono toccati questi quattro fili spaiati... inutile guardarsi allo specchio, la lanuggine cresce per via di quella erba grassa mista all'ortica che gli ha consigliato la nipote Felice, ma rimane lanuggine, come di bebè, non riesce a farsi capelli... Conserva la faccia da ragazzina questa sorella mutola... mentre la sua si è gonfiata e fa bozzi da tutte le parti... che sia la mutezza ad averla preservata dalla rovina degli anni?... c'è un che di verginale in quegli occhi da stralunata... quando lo guarda così gli mette paura... il marito zio chissà che baccalà... il signor Pietro lo si vedeva da come camminava che era inetto, tutto scatti, torsioni, legnosità... e lei ha conservato un candore da giovane sposa... dietro quei pizzi, quelle mantelle, quei fiocchi color notte c'è un corpo che non conosce il piacere... deve essere così, il piacere consuma, dilata, sgretola... piacere sì, di cui lui si è imbrattato mani e piedi prima con le donne dai dorsi esili e senza seni con cui si impegnava in corpo a corpo da lasciare spossati... sfociato poi con gli anni, in un gusto paterno e sensuale per i corpicini deformi e macilenti di ragazzini scontrosi che ama ormai solo con lo sguardo e il pensiero... Mai rinuncerebbe alla gioia di avere intorno a sé quei piccoli esseri dalle gambe storpiate dalla denutrizione, quegli occhiuzzi neri sfavillanti, quelle dita che non sanno prendere eppure pretendono di afferrare il mondo,... non rinuncerebbe a uno solo di quei protetti neanche per recuperare immediatamente il suo stesso corpo di giovanotto dai capelli folti e il collo sottile... È lei che ha perso tutto perdendo la voce... Ha paura, le si legge negli occhi che se la fa sotto... È per paura che si impedisce di vivere e si butta nella tomba ancora intera e vergine ma già soffocata, già fatta a pezzi, già morta, come un ciocco male abbozzato... chissà chi le ha dato quella tigna! non certo il signor padre che è sempre stato gentile e distratto. Ancora meno la signora madre che si era mimetizzata con le coperte del letto a tal punto da non riconoscere le proprie gambe... il tabacco e il laudano la tenevano in quel limbo da cui diventava sempre più nauseante allontanarsi.»

Marianna non riesce a staccargli gli occhi di dosso. I pensieri del fratello scivolano con facilità dalla testa di lui a quella di lei, come se la mano esperta di un giardiniere stesse sperimentando un innesto spericolato.

Vorrebbe fermarlo, strappare quel rametto estraneo da cui cola una linfa ghiacciata e amara, ma come avviene quando si fa recipiente di pensieri altrui, non riesce poi a rifiutarli. È presa da un bisogno acre di toccare il fondo dell'orrore dando corpo alle parole più segrete e volanti, più abiette e inutili.

Il fratello sembra intuire il disagio di lei ma lo vince con un brillìo degli occhi e un sorriso gentile. Poi si impossessa della penna e scrive riempiendo un foglio di lettere minute, slanciate, bellissime a guardarsi.

«Quanti anni ha lo sposo?»

«Ventiquattro.»

«E cosa fa?»

«Cantiniere.»

«Di quanto dispone?»

«Di suo niente. Gli darò io un migliaio di scudi. Mi ha servita lealmente. La sorella è pur essa serva in casa mia. Me l'ha regalata il signor padre anni fa.»

«E quanto gli date al mese?»

«Venticinque tarì.»

L'abate Carlo Ucrìa fa una smorfia come a dire che non c'è male, si tratta di un buono stipendio, qualsiasi ragazza del popolo potrebbe desiderarlo come marito.

«Potrei sistemare la sorella di Totuccio lo spaccapietre... sono talmente poveri in quella famiglia che se potessero venderla al mercato se ne libererebbero subito di quella figlia e anche delle altre... Cinque sorelle e un fratello, una vera disgrazia per un pescatore senza barca né reti che pesca nelle "varcazze" altrui e si nutre dei resti che i padroni gli lasciano in cambio del suo lavoro, va a piedi scalzi pure la domenica e per casa ha una spelonca tutta nera di fumo... la prima volta che ci è stato per fare piacere a Totuccio, quel "babbaluceddu", la madre schiacciava pidocchi alla minore delle figlie mentre le altre le facevano corona e ridevano "le vastase" con quelle bocche affamate, quegli occhi di fuori, quei colli di gallina... piccole, storte, nessuno se le vorrà mai come "mugghieri", non sono buone neanche a lavorare, hanno patito troppo la fame, chi vuoi che se le pigli? la più grande ha la gobba, la seconda il gozzo, la terza è un sorcio, la quarta un ragnetto, la quinta uno scorfano...

«Eppure il padre stravede per quegli sgorbi, "lu citrulune", bisogna vedere come se le coccola. E la madre con le mani tutte tagli e lerciume le solletica, le pulisce, gli fa le treccine unte con l'olio di pesce, che risate si facevano tutte insieme!... Totuccio si era messo a fare il "mezzobraccio" a nove anni per portare soldi a casa... ma che poteva portare? un tarì ogni quindici giorni? roba che non ci compri neanche un rotolo di pane...

«Bisognava vederlo quel giorno che è arrivato al convento mezzo nudo, reggendo un paniere di pietre sulla testa, sporco di calcina e di fango. E con che serietà si era messo ad allincare quelle pietre tanto pesanti che a stento riusciva a staccarle da terra, vicino all'aiola dei gigli... dovrebbe ringraziare padre Domenico che ha la mania dei muretti... senza di lui il ragazzo non sarebbe mai capitato da quelle parti... ora ci vivono in otto con i suoi soldi, mica tanto, bastano pochi carlini, ci fanno la minestra di lisca di pesce, il pane con la crusca... ma sono allegri e si sono ingrassati e ripuliti, sembra un'altra famiglia... non è che lui l'abbia fatto per il loro bene, non ha l'anima del samaritano, ma insomma il bene ne è venuto fuori lo stesso... è questo il vizio? fanno ridere quei padri con la puzza sotto il naso, quell'eterno borbottio di moralisti... pure lei questa sorella dal cipiglio doloroso... chi si crede di essere, santa Genoveffa? perché non allarga le braccia, non mette un piede in fallo, non si leva quelle bende dagli occhi... tanto tutto quello che si fa lo si fa per il nostro piacere, che sia un piacere raffinato come quello di servire i poveri o un piacere grossolano come quello di godersi la vista di un "piccioteddu" dalla vita stretta e il culo a pagnottella fa lo stesso... non si diventa santi per volontà ma per piacere... c'è chi fa l'amore col diavolo, chi lo fa col corpo piagato di Gesù nostro signore, chi lo fa con se stesso, chi lo fa con i ragazzini come lui, ma senza abusare della loro volontà, senza carpire o strappare o violare niente... il piacere è un'arte che conosce le sue misure, i suoi limiti e il più grande piacere sta nel rispettarli questi limiti e farsene una cornice per la propria armonia... Gli eccessi non gli assomigliano... gli eccessi lo getterebbero dritto e fresco dentro il calderone degli intrallazzi, delle finzioni, delle forzature, degli scandali e lui ama troppo i libri per credere nei bollori della carne... L'occhio sa carezzare più della mano e i suoi occhi si saziano, ma con quanta dolcezza, di sguardi e di tenerezze non dette...»

Ora basta, si dice Marianna, ora gli scrivo che la smetta di sciorinarmi i suoi pensieri. Ma la sua mano rimane posata quieta sul grembo, gli occhi socchiusi nella penombra di quelle foglie di melograno che mandano un profumo sottile e agro.

«Ho una ragazza per voi, si chiama Peppinedda. È brava. Ha sedici anni, è povera in canna ma se voi la favorite...»

Marianna annuisce. Le sembra inutile riempire un altro foglio. La sua mente è spossata dalle orde di pensieri che hanno percorso su e giù la testa come una banda di topi in festa. Ora ha solo voglia di riposare. Di Peppina sa già tutto. E non le dispiace che sia stato il fratello a sceglierla per delle ragioni bislacche, tanto una ragione vale l'altra. Se l'avesse chiesto alle sue figlie si sarebbero agitate e non avrebbero cavato un ragno dal buco. Carlo, con la sua filosofia del piacere, quegli occhi di maiale intelligente, è uno capace di risolvere le difficoltà degli altri combinando delicatamente i suoi interessi con quelli di chi gli sta a cuore. Non si propone di fare il bene e perciò può anche farlo. Il suo naso da tartufo sa trovare il tesoro e lo stana per lei come sta facendo adesso, con generosità. Non le rimane che ringraziarlo e andarsene. Eppure qualcosa la trattiene, una domanda che le stuzzica la mano. Prende la penna, ne mordicchia la punta, poi scrive rapida al suo solito.

«Carlo, ditemi, voi ricordate che io abbia mai parlato?»

«No, Marianna.»

Nessuna esitazione. Un no che chiude il discorso. Un punto esclamativo, uno svolazzo.

«Eppure io ricordo di avere udito con queste orecchie dei suoni che poi ho perduto.»

«Non ne so niente sorella.»

E con questo il colloquio è concluso. Lui fa per alzarsi e congedarla ma lei non accenna a muoversi. Le dita tormentano ancora la penna, si macchiano di inchiostro.

«C'è altro?» scrive lui chinandosi sul taccuino della sorella.

«La signora madre una volta mi disse che non sempre sono stata mutola e priva di udito.»

«Adesso che le prende? non le è bastato venire a disturbarlo per un famiglio, di cui magari è innamorata... già, come non pensarci prima?... non sono fatti della stessa carne? lubrichi e indulgenti verso le proprie voglie, pronti a carpire, trattenere, pagare, perché tutto è loro permesso per diritto di nascita?... santo Signore perdono!... forse è solo un pensiero cattivo... gli Ucrìa sono stati dei buoni cacciatori, degli insaziabili accaparratori... anche se poi si fermavano sempre a mezzo, perché non avevano il coraggio degli eccessi come i Scebarràs... guardate la signora sorella Marianna con quel pallore da lattante, quella bocca morbida... qualcosa gli dice che è tutto da inventare in lei... un bel gioco sorella alla vostra età... una "locura"... e nessuno che le insegni i rudimenti dell'amore... ci lascerà le penne come è facile prevedere... lui potrebbe insegnarle qualcosa ma non sono esperienze che si possono scambiare fra fratelli... che leprotta era da piccola, tutta paura e allegria... ma è vero, parlava quando aveva quattro, forse cinque anni... lo ricorda benissimo e ricorda quel sussurrare in famiglia, quel serrarsi di bocche atterrite... ma perché? cosa cavolo stava succedendo in quei labirinti di via Alloro? una sera si erano sentiti dei gridi da accapponare la pelle e Marianna con le gambe sporche di sangue era stata portata via, sì trascinata dal padre e da Raffaele Cuffa, strana l'assenza delle donne... il fatto è che sì, ora lo ricorda, lo zio Pietro, quel capraro maledetto, l'aveva assalita e lasciata mezza morta... sì lo zio Pietro, ora è chiarissimo, come aveva potuto dimenticarlo? per amore diceva lui, per amore sacrosanto che lui l'adorava quella bambina e se n'era "nisciutu pazzu"... com'è che aveva perduto la memoria della tragedia?

«E dopo, sì dopo, quando Marianna era guarita, si era visto che non parlava più, come se, zac, le avessero tagliato la lingua... il signor padre con le sue ubbie, il suo amore esasperato per quella figlia... cercando di fare meglio ha fatto peggio... una bambina al patibolo, come poteva venirgli in mente una simile baggianata!... per regalarla poi a tredici anni a quello stesso zio che l'aveva violata quando ne aveva cinque... uno "scimunitazzu" il signor padre Signoretto... pensando che il mal fatto era pur suo, tanto valeva che gliela dava in sposa... La piccola testa ha cancellato ogni cosa... non sa... e forse è meglio così, lasciamola nell'ignoranza, povera mutola... farebbe meglio a prendere un bicchiere di laudano e mettersi a dormire... non ha pazienza lui con le persone sorde, né con quelle che si legano con le proprie mani, né con quelle che si regalano a Dio con tanta dabbenaggine... e non sarà lui a rinverdirle la memoria mutilata... dopo tutto si tratta di un segreto di famiglia, un segreto che neanche la signora madre conosceva... un affare fra uomini, un delitto forse, ma ormai espiato, sepolto... a che serve infierire?»

L'abate Carlo, inseguendo i pensieri più reconditi si è dimenticato della sorella che ormai si è allontanata, è quasi arrivata al cancello del giardino e da dietro sembra che pianga, ma perché dovrebbe piangere? le ha forse scritto qualcosa? come se avesse sentito i suoi pensieri, la babbasuna, chissà che dietro quella sordità non ci sia un udito più fino, un orecchio diabolico capace di svelare i segreti della mente... "Ora la raggiungerò", si dice, "la prenderò per le spalle e la stringerò al petto, le darò un bacio sulla guancia, lo farò, cadesse il cielo..."

«Marianna!» grida avviandosi dietro alla sorella.

Ma lei non può sentirlo. E mentre lui si tira su dalla poltroncina in cui era sprofondato lei ha già varcato il cancello, è salita sulla lettiga d'affitto e sta discendendo lungo la scarpata che porta a Palermo.

XXXV

«Vorrei voler signor, quel ch'io non voglio»... I libri mandano un buon odore di pelle conciata, di carta pressata, di inchiostro secco. Questo libretto di poesie pesa nelle sue mani come un blocchetto di cristallo. Le parole di Buonarroti si compongono nel pensiero con la precisione, la purezza di un disegno a inchiostro di China. Una piccola perfetta geometria linguistica.

> Caro m'è il sonno e più l'esser di sasso
> mentre che 'l danno e la vergogna dura
> non veder, non sentir m'è gran ventura
> però non mi destar, deh parla basso!

Marianna alza gli occhi sulla finestra. È venuto giù il buio e sono appena le quattro e mezzo. Fa freddo nella biblioteca nonostante la brace che arde nello scaldino.

Solleva una mano per tirare il cordone del campanello ma proprio in quel momento vede la porta che scivola su se stessa precedendo un alone di luce. Sulla soglia appare un candelabro e dietro il candelabro tenuto a braccio teso, Fila. La sua faccia è quasi del tutto coperta da una cuffia di tela grezza che le scende stranamente sulle guance, le copre le orecchie, le si chiude sotto la gola con un cordoncino che le taglia il respiro. È bianca come uno straccio e gli occhi sono rossi come se avesse pianto.

Marianna le fa cenno di avvicinarsi ma Fila finge di non averla capita, accenna rapida una riverenza e si avvia verso la porta dopo avere posato il candeliere sul tavolo.

Marianna si alza dalla poltrona in cui è sprofondata, la

raggiunge, l'afferra per un braccio che sente tremare. La pelle è diaccia, coperta da un velo di sudore. «Che hai?» le chiede con gli occhi. Le tasta la fronte, l'annusa. Da quella cuffia sale un odore acido e grasso, nauseabondo. Poi si accorge di un liquido nero che le sta colando lungo le orecchie, sul collo. Cos'è? Marianna la scuote, la interroga a gesti, ma la ragazza china la testa cocciuta e non reagisce.

Marianna tira il cordone per chiamare Innocenza e intanto continua ad annusare la ragazza. Innocenza non sa scrivere ma quando vuole sa farsi capire meglio di Fila.

Appena la cuoca entra nella biblioteca, Marianna le mostra la testa di Fila, la cuffia di tela macchiata di scuro, quel nero che le cola lucido e puzzolente sul collo. Innocenza scoppia in una risata. Scandisce lentamente la parola "tigna" in modo che la duchessa possa leggergliela sulle labbra.

Marianna ricorda di avere letto in un opuscolo sui cosmetici della scuola di Salerno che la tigna a volte viene curata dai popolani con la pece bollente. Ma è un sistema drastico e pericoloso: si tratta di bruciare il cuoio capelluto, di mettere a nudo il cranio. Se il malcapitato resiste, guarisce, se no muore lacerato dalle bruciature.

Con uno strattone Marianna tira via la cuffia dalla testa di Fila ma vede che il danno è già fatto. Il povero capo, privo completamente di capelli, è squarciato da larghe chiazze di pelle bruciata e sanguinolenta.

Ecco che cosa si era portata appresso dalla sua ultima visita a certi parenti di Ficarazzi. Dieci giorni in una di quelle grotte buie, fra asini, galline, scarafaggi e ora, senza dirle niente, sta cercando di liberarsi dei parassiti bruciandosi la testa a morte.

Le stranezze di Fila sono cominciate dopo il matrimonio di Saro con Peppinedda. Ha preso a vagare di notte in camicia, addormentata. Una mattina l'hanno trovata svenuta e mezza affogata dentro la vasca delle ninfee. Ora questa faccenda della tigna.

Un mese addietro le aveva chiesto il permesso di andare a visitare dei lontani cugini di Ficarazzi. Era venuto un uomo enorme dai gambali di pelle di capra a prenderla con un carretto dipinto di fresco: bellissimo a vedersi con i suoi paladini, i suoi boschi, i suoi cavalli.

Fila è montata fra un cane e un sacco di grano. È partita facendo ciondolare le gambe e sembrava contenta. Ricorda di averla salutata dalla finestra e di avere seguito con lo sguardo la figurina minuta sul carro dai colori sgargianti che si allontanava verso Bagheria.

Saro si era sposato da una settimana. Marianna gli aveva regalato una grande festa col vino delle sue cantine e tante qualità di pesci: dagli sgombri e dalle ariccíole arrostite sulla brace ai polpi bolliti, dalle sarde a beccafico alla linguata al forno.

Peppina aveva mangiato tanto che poi si era sentita male. Sarino sembrava soddisfatto: la moglie sceltagli dalla signora duchessa era di suo gusto: piccola come una bambina, scura di pelle, le braccia coperte di peli, la bocca fresca dai denti robusti e bianchi, gli occhi grandi e liquidi come due gremolate di caffè.

Si è subito rivelata una ragazza intelligente e volitiva anche se selvatica come una capra. Abituata a patire la fame e a sfacchinare in casa, a rammendare le reti d'altri sotto il sole saziandosi di un pezzo di pane strusciato con l'aglio, mostra la sua felicità mangiando di tutto, correndo di qua e di là e cantando a squarciagola.

Ride spesso, è testarda come una mula, ma ubbidisce al marito perché sa che questo le tocca. Ha un modo di ubbidire però che non ha niente di servile, come se ogni volta fosse lei a decidere proprio ciò che le viene ordinato, per suo capriccio, come una gran regina.

Saro la tratta come un animale di sua proprietà. A volte giocando con lei sul tappeto della sala gialla, buttandosi per terra, facendole il solletico, ridendo fino alle lagrime. A volte dimenticandosi di lei per giorni interi.

Se fosse vivo il signor marito zio li caccerebbe tutti e due, si dice Marianna; e invece lei li tollera, anzi prova piacere a guardarli quando giocano a quel modo. Da che Saro si è sposato si sente molto più quieta. Non cammina più in punta di piedi per schivare le trappole disseminate lungo la sua giornata, non sta più nel terrore di restare sola con lui, non aspetta di vederlo passare la mattina sotto la finestra, la camicia di bucato aperta sul collo tenero, quell'ala di capelli che gli scivola sorniona sulla tempia.

A Peppinedda ha dato l'incarico di aiutare Innocenza in cucina e lei si è dimostrata bravissima nello sbudellare i pesci, nel grattare via le scaglie senza schizzarle intorno, nel preparare gli intingoli di aglio e olio origano e rosmarino per le grigliate.

Anche Peppinedda, come Fila, i primi tempi non riusciva a portare le scarpe. Per quanto gliene avesse regalate due paia, uno di pelle e uno di seta ricamata, andava sempre in giro scalza lasciando delle piccole impronte umide sul pavimento lucido dei saloni.

Da cinque mesi è incinta. Ha smesso di giocare con Sarino, porta in giro la pancia come un trofeo. I capelli nerissimi li tiene stretti dietro alla nuca con un nastrino rosso brillante.

Cammina a gambe larghe come se dovesse scodellare il figlio lì in mezzo alla cucina o nella sala gialla, ma non ha perso nessuna delle sue abilità. Manovra il coltello come un soldataccio, parla poco o niente e dopo le prime abbuffate ora mangia come un passerotto.

In compenso ruba. Non soldi né oggetti preziosi ma zucchero o biscotti o caffè e strutto. Nasconde i cibi nella sua stanza sotto i tetti e poi, appena può, si fa portare a Palermo e regala ogni cosa alle sorelle.

Un'altra sua smania sono i bottoni. Da principio rubava solo quelli caduti. Poi ha cominciato a staccarli girandoli fra le dita con l'aria sognante. Da ultimo ha preso l'abitudine di spiccarli dalle camicie con un colpo di denti e se qualcuno la sorprende li tiene in bocca finché non li mette al sicuro in camera sua dove li ammucchia in una vecchia scatola di biscotti.

Saro che ha imparato a scrivere abbastanza bene racconta a Marianna ogni cosa della giovane moglie. Sembra che provi un gusto particolare a riferirle dei piccoli imbrogli della sua "mugghieri" Peppinedda; come a dirle che se succedono queste cose la colpa è tutta sua che ha voluto dargliela per forza.

Ma Marianna si diverte alle stravaganze di Peppinedda.

Le mette allegria quella ragazzina un po' gobba, forte come un torello, selvatica come un bufalo, silenziosa come un pesce.

Saro si vergogna un poco di lei, ma ha imparato a non dirlo. La lezione dei signori l'ha mandata bene a memoria: mai mostrare i propri sentimenti, giocare su tutto, usare bene gli occhi e la lingua ma senza farsi notare.

«Peppinedda rubbò un'altra volta. Che ci devo fare?»

«Frustatela!» scrive Marianna e gli porge il foglio con un gesto divertito.

«Aspetta un picciriddu. E poi mi morde.»

«E lasciatela stare allora.»

«E se rubba ancora?»

«Frustatela due volte.»

«Perché non la frustate voi?»

«È vostra moglie, tocca a voi.»

Tanto sa che Saro non la picchierà. Perché in fondo ne ha paura, la teme come si può temere un cane randagio male addomesticato che può, se molestato, addentare una gamba senza pensarci tanto su.

Ma adesso Fila è svenuta in mezzo alla biblioteca. Innocenza, anziché occuparsi di lei, sta pulendo col grembiule la pece che è colata sul tappeto.

Marianna si china sulla ragazza. Le appoggia una mano aperta sul petto, sente il cuore che batte lento, sfiatato. Preme un dito sulla vena che le attraversa per lungo il collo: pulsa regolarmente. Eppure è gelata, come fosse morta. Bisognerà tirarla su. Fa un cenno a Innocenza che la prenda per i piedi. Lei la solleva per le spalle e insieme la distendono sul divano.

Innocenza si slaccia il grembiule e lo spiega sopra i cuscini perché non si sporchino. Dalla faccia che fa si capisce che non approva per niente che la piccola serva Fila si sdrai, sia pure svenuta, sia pure col permesso della duchessa, sul divano foderato di bianco e oro di casa Ucrìa.

«Troppo stravagante questa duchessa, non ha il senso delle proporzioni... ciascuno al suo posto e se no il mondo diventa un caravanserraglio... oggi Fila, domani Saro, e perfino quella piccola delinquente di Peppinedda che fra lei e un cane c'è solo la differenza di due zampe... come fa a sopportarla non si sa. Ma già, l'ha trovata quel ciccione dell'abate Carlo e lei se l'è presa... non si fa in tempo a voltarsi che già ha fatto sparire l'olio. Una volta alla settimana si aggrappa dietro il carrozzino della duchessa o il canestro tirato dal morello della figlia monaca Felice, col corsetto gonfio di roba sgraffignata... Quel broccolo di suo marito lo sa ma che ci fa? niente... quello sta con la testa chissà dove... sembra innamorato... e la duchessa lo protegge... ha perso ogni severità, ogni ritegno... se ci fosse il duca Pietro ci farebbe una strigliata coi fiocchi a tutti quanti... quel povero duca che se ne sta appeso al chiodo nelle grotte dei Cappuccini e la pelle gli è diventata come quella delle poltrone, si è attaccata alle ossa come un guanto usato tirandosi sui denti, sembra che ride ma non è una risata, è un ghigno... lui lo doveva sapere della sua passione per l'oro perché le lasciò, morendo, quattrocento grani romani con l'aquila del pontefice e sul retro inciso "ut commonius", più tre monete d'oro con la faccia di Carlo II re di Spagna.

Marianna si china su Fila, affonda la faccia negli sbuffi della manica di cotone odorosa di basilico cercando di dimenticare Innocenza, ma lei è lì e continua a inondarla di parole. Ci sono delle persone che le regalano i propri pensieri con malignità acre e spavalda, anche se sono assolutamente inconsapevoli di farlo. Una di queste è Innocenza che assieme con il suo affetto le scarica addosso un fiume di riflessioni spudorate.

Bisognerà che trovi un marito per Fila, si dice. E che le dia una bella dote. Ancora non l'ha vista innamorarsi, né di uno staffiere, né di un oste, né di un calzolaio, né di un vaccaro come succede continuamente con le altre serve che vengono a giornata. Sta sempre dietro a suo fratello e quando non può accompagnarsi a lui se ne sta sola con la testa un poco piegata su una spalla, gli occhi persi nel vuoto, la bocca serrata in una smorfia dolorosa.

Sarà bene che si sposi in fretta e faccia subito un figlio, si ripete Marianna e sorride nel sentirsi fare dei propositi che avrebbero fatto sua madre o sua nonna o perfino la sua bisnonna che aveva vissuto la peste di Palermo nel 1624. «Non ci poté Santa Ninfa, non ci poté Santa Agata che proteggeva la città, ma un'altra santa, bellissima, di nascita nobile, della antica casa dei Sinibaldi della Quisquina, santuzza Rosalia, solo idda ci seppe dire alla peste: basta accussì» ha scritto su uno dei suoi quaderni nonna Giuseppa e quel foglio è ancora lì fra i biglietti del signor padre.

Sposare, figliare, fare sposare le figlie, farle figliare e fare in modo che le figlie sposate facciano figliare le loro figlie che a loro volta si sposino e figlino... voci dell'assennatezza familiare, voci zuccherine e suadenti che sono rotolate lungo i secoli conservando in un nido di piume quell'uovo prezioso che è la discendenza Ucrìa, imparentandosi, per via femminile, con le più grandi famiglie palermitane.

Sono le baldanzose voci che sostengono con le loro linfe sanguigne l'albero genealogico carico di rami e di foglie. Ogni foglia un nome e una data: Signoretto, principe di Fontanasalsa 1179 e accanto delle minuscole foglie morte: Agata, Marianna, Giuseppa, Maria, Teresa.

Carlo Ucrìa, altra foglia 1315 e accanto: Fiammetta, Manina, Marianna. Alcune monache, altre sposate, tutte si sono sacrificate negli averi, assieme ai fratelli minori, per mantenere l'unità della Casa.

Il nome di famiglia è un orco, un germano marino, un Ercole geloso che mangia con la voracità di un maiale: campi di grano, vigneti, galline, pecore, forme di cacio, case, mobili, anelli, quadri, statue, carrozze, candelabri d'argento, tutto manda giù questo nome che si ripete come un incanto sulla lingua.

La foglia di Marianna non è morta solo perché lo zio Pietro ha ereditato dei terreni imprevisti e qualcuno doveva pure sposare quello stravagante. «Marianna» è scritto a letterine d'oro nel centro di un piccolo innesto vegetale e fa da tramite fra i due rami della famiglia Ucrìa, quello che è stato per estinguersi per le stranezze del figlio unico Pietro e l'altro più prolifico ma anche più pericolosamente in bilico, sul precipizio della bancarotta.

Marianna si ritrova complice di una antica strategia familiare, dentro fino al collo nel progetto di unificazione. Ma anche estranea per via di quella menomazione che l'ha resa una osservatrice disincantata della sua gente. «Corrotta dai libri» come diceva la zia Teresa professa, si sa che i libri guastano e il Signore vuole un cuore vergine che perpetui nel tempo le abitudini dei morti con cieca passione d'amore, senza sospetti, senza curiosità, senza dubbi.

Per questo se ne sta istupidita su questo tappeto accanto alla serva dalla testa ferita e si torce come un bruco, frastornata dalle voci degli avi che le chiedono ossequio e fedeltà. Mentre altre voci petulanti come quella del signor Hume col suo turbante verde le chiedono di osare, mandando al diavolo quella montagna di superstizioni ereditarie.

XXXVI

Il respiro affrettato, l'odore di canfora e di impiastri di cavolo, ogni volta che entra nella stanza le sembra di tornare al tempo della malattia di suo figlio Signoretto: una miseria di fiati stracciati, un tanfo di sudori incollati alla pelle, di sonni inquieti, sapori amari e bocche asciugate dalla febbre.

I fatti sono accaduti così in fretta che non ha avuto il tempo di pensarci. Peppinedda ha sgravato un maschietto tondo e ricoperto di peli neri. Fila ha aiutato la levatrice a tagliare il cordone, a pulire il neonato nell'acqua saponata, ad asciugarlo nei panni tiepidi. Sembrava contenta di quel nipote che le regalava la sorte.

Poi una notte, mentre il bambino e la madre dormivano abbracciati, Fila si è vestita come per andare alla messa, è scesa in cucina, si è armata di un coltello per sventrare i pesci e nella penombra che avvolgeva il letto ha preso a colpire i due corpi stesi, quello della madre e quello del bambino.

Non si era accorta che con loro c'era anche Saro accucciato alle spalle di Peppinedda. I colpi più feroci se li è presi lui: uno alla coscia, uno al petto e uno sull'orecchio.

Il bambino è morto non si sa se schiacciato dal corpo del padre o della madre, fatto sta che è morto senza tracce di coltello, soffocato. Peppinedda invece ne è uscita con una sola coltellata al braccio e qualche taglio superficiale sul collo.

Quando Marianna è scesa al piano di sotto tirata per un braccio da Innocenza era già mattina e quattro uomini della Vicaria si stavano portando via Fila legata come una "sasizza".

In tre giorni di giudizio avevano deciso di impiccarla. E Marianna, non sapendo a chi rivolgersi, era andata da Giacomo Camalèo, il Pretore della città, primo tra i senatori, cercando di intercedere per lei. Il bambino era morto ma non per le coltellate della zia. E Saro sarebbe guarito come pure Peppinedda.

«La pena non punita porta altri misfatti» le aveva scritto lui sul foglietto che lei gli tendeva.

«Sarà punita comunque anche se la mandate in prigione» aveva risposto lei cercando di trattenere il tremito delle dita. Voleva correre a casa da Saro che aveva lasciato nelle mani del "varveri" Pozzolungo di cui si fidava poco. Nello stesso tempo voleva salvare Fila dalla forca. Ma don Camalèo non aveva fretta: la guardava con occhi limacciosi in cui a momenti scintillava una punta di curiosità.

E lei aveva scritto ancora, irrigidendo il polso, ricordando Ippocrate, citando sant'Agostino.

In capo a mezz'ora lui si era addolcito, le aveva offerto un bicchiere di vino di Cipro che teneva sul comò. E lei, nascondendo l'ansia, si era adattata a bere sorridendo graziosamente, umilmente.

A sua volta Camalèo si era dilungato in citazioni da Saint-Simon, da Pascal, riempiendo i fogli con una grafia bislacca piena di punte e di svolazzi fermandosi ogni tre parole a soffiare sul pennino d'oca grondante inchiostro.

«Ogni vita è un microcosmo, mia cara duchessa, un pensiero vivente che aspira a emergere dalla sua zona d'ombra...»

Lei gli aveva risposto compunta, perfettamente controllata, stando al gioco. Il Pretore aveva preso un'aria pomposa, distratta e ora palesemente si divertiva a questo scambio di erudizioni. Una donna che conosce sant'Agostino e Socrate, Saint-Simon e Pascal non è di tutti i giorni, dicevano i suoi occhi e bisogna approfittarne. Con lei poteva unire la galanteria alla dottrina, poteva mostrare tutta la sua erudizione senza suscitare noia e soggezione come di solito succedeva con le donne che corteggiava.

Marianna aveva dovuto inghiottire la fretta, dimenticarla. Era rimasta lì a discutere di filosofia bevendo vino di Cipro con la speranza che alla fine gli avrebbe strappato la promessa.

La menomazione della interlocutrice non sembrava preoccupare affatto il signor Pretore. Anzi era quasi contento che lei non potesse parlare perché questo gli permetteva di sciorinare le sue conoscenze per iscritto, tralasciando gli intermezzi di chiacchiere di cui evidentemente era stufo.

Alla fine le aveva promesso di intercedere presso la Corte di Giustizia per sottrarre Fila alla forca, suggerendo di chiuderla come pazza al San Giovanni de' Leprosi.

«Da quanto mi dite la ragazza agì per amore e la pazzia d'amore è pane di tanta letteratura. Non era pazzo Orlando? e Don Chisciotte non si inchinava davanti a una lavandaia chiamandola principessa? la pazzia poi cos'è se non un eccesso di saviezza? una saviezza priva di quelle contraddizioni che la rendono imperfetta e quindi umana. Il senno preso nella sua integrità cristallina, nel suo dogma di prudenza, si avvicina di molto alla perdizione... basta applicare alla lettera le regole dell'avvedutezza senza giocare né dubitare mai ed ecco che caliamo negli inferni della follia...»

La mattina dopo era arrivato in via Alloro un carrozzino carico di fiori: due mazzi giganteschi di rose spadacciole e uno di gigli gialli; inoltre una scatola piena di dolci. Un ragazzino moro aveva consegnato ogni cosa in cucina e se n'era andato senza aspettare neanche un grazie.

Quando Marianna era tornata da lui per sentire cosa era stato deciso dalla Corte di Giustizia, Camalèo era sembrato così contento di vederla che lei se ne era spaventata. E se pretendesse qualcosa in cambio? l'entusiasmo che dimostrava era eccessivo e vagamente minaccioso.

L'aveva fatta accomodare sulla migliore poltrona della sala, le aveva offerto il solito vino di Cipro, le aveva quasi strappato di mano la carta che lei gli offriva per trascrivervi due righe del Boiardo:

> Chiunque la saluta o li favella
> E chi la tocca e chi li sede a lato
> Al tutto scorda del tempo passato...

Infine dopo due ore di sfoggio letterario, le aveva scritto che Fila era già ai Leprosi per il suo interessamento e che poteva stare in pace, non l'avrebbero impiccata.

Marianna aveva alzato gli occhi azzurri, perplessi, sul Pretore, ma si era presto rassicurata. La faccia di lui esprimeva un piacere che andava al di là di un normale scambio di favori. Con i suoi studi all'università di Salerno, il suo apprendistato al Foro di Reggio Calabria, il suo lungo soggiorno di studi a Tubinga, il senatore considerava il ricatto una arma troppo grossolana per un vero uomo di potere.

Le aveva dato il permesso di mandare ogni giorno ai Leprosi un valletto con del pane fresco, del cacio e della frutta, senza però avvertirla che quei cibi sarebbero difficilmente arrivati nelle mani della sua protetta.

Di tanto in tanto, la mattina, Marianna lo vedeva arrivare il signor Pretore, sopra un carrozzino tirato da un cavallo pomellato. E lei si precipitava a farsi acconciare i capelli che stavano sciolti sulle spalle e lo riceveva vestita severamente, con tutto il suo armamentario per scrivere.

Lui aspettava nel salone giallo, in piedi davanti a una delle chimere dell'Intermassimi che sembra stiano sempre lì a languire d'amore per chi le guarda; ma basta che l'osservatore volti la schiena perché lo stesso sguardo si trasformi in smorfia di dileggio.

Quando lei entrava il Pretore si inchinava fino a terra smuovendo un sottile profumo di gardenie. Le puntava addosso gli occhi metallici addolciti da un miele il cui sapore piaceva prima di tutto a lui. Veniva a parlarle della "povera demente" come la chiamava lui, chiusa ai Leprosi, sotto la sua "graziosa" protezione.

Sempre compìto e gentile, preceduto da bracciate di fiori e di dolci, veniva volentieri fino a Bagheria per vederla, si sedeva in punta di sedia e scriveva impugnando con eleganza la penna.

Marianna gli serviva della cioccolata profumata alla cannella o del passito di Malaga dall'odore dolce di fichi secchi. I primi biglietti erano di cortesia. «Come sta la signora duchessa questa mattina?» «Il sonno le è stato propizio?»

Dopo avere mandato giù due tazze di cioccolata calda e ben zuccherata, dopo essersi riempito la bocca di cassatine alla ricotta fresca, la penna di Camalèo prendeva a guizzare come una lucertola incanaglita sul foglio di carta candida.

Gli occhi gli si accendevano, la bocca prendeva una piega dura di soddisfazione e poteva andare avanti per ore a parlare, anzi a scrivere di Tucidide, di Seneca, ma anche di Voltaire, di Machiavelli, di Locke e di Boileau. Marianna cominciava a pensare che in fondo lei era un innocente pretesto per uno sfoggio di erudizione pirotecnica. E lo assecondava, porgendogli penne sempre nuove, boccette di inchiostro di China appena arrivate da Venezia, fogli bordati di azzurro, cenere per asciugare le parole appena tracciate.

Ormai non provava più timore ma solo curiosità per quell'intelligenza caleidoscopica e anche, perché no, una certa simpatia; specialmente quando scriveva a testa bassa, tenendo il foglio con la mano aperta. Le mani sono la cosa più bella di quel corpo disarmonico che a un busto molto lungo e delicato contrappone due gambe corte e tozze.

Curioso che il corpo goffo del Pretore si insinui fra le sue preoccupazioni per le ferite di Saro. Ora sono qui accanto a lui, si dice Marianna e non voglio, non debbo pensare a niente altro che alla sua salute in pericolo.

Sembra che dorma Saro, ma è qualcosa di più profondo e di più pericoloso del sonno che lo acquieta e lo tiene prigioniero. Le ferite non riescono a chiudersi. Fila l'ha colpito con una tale veemenza che per quanto il cerusico Ciullo venuto apposta da Palermo, l'abbia ricucito con arte, il sangue stenta a tornare in circolo con l'allegria di un tempo e le cicatrici tendono a suppurare.

Peppinedda, dopo le coltellate, se n'è tornata da suo padre. Tocca perciò a Marianna curare il ferito, alternandosi con Innocenza che però non lo fa volentieri, soprattutto di notte.

Durante i primi giorni si agitava il povero ferito come se si battesse contro dei nemici che volevano legarlo, imbavagliarlo, chiuderlo dentro un sacco. Ora, estenuato, sembra avere rinunciato a uscire da quel sacco e passa il tempo a dormire anche se ogni tanto è agitato da dei singhiozzi senza lagrime che lo scuotono penosamente. Marianna gli tiene compagnia seduta su una poltrona accanto al letto. Gli pulisce le ferite, gli rinnova le fasciature, gli porta alle labbra un poco di acqua e limone.

Erano venuti diversi medici a visitarlo. Non Cannamela che ormai è vecchio e cieco di un occhio, ma altri, più giovani. Fra questi uno di nome Pace che ha la fama di essere bravissimo. È arrivato una mattina a cavallo, avvolto in uno di quei mantelli larghi e muniti di cappuccio che a Palermo si chiamano "giucche". Ha tastato il polso all'infermo, ha annusato le orine; ha fatto delle smorfie che non si capiva se fossero di sconforto o semplicemente volessero mostrare la pensosità indagativa di uno scienziato di fronte ai mali di un corpo destinato a guastarsi.

Alla fine ha decretato che bisognava mettergli le sanguisughe.

«Ha già perso tanto sangue, dottor Pace» aveva scritto Marianna in fretta appoggiando il foglio sulla "rinalera". Ma il dottore Pace non aveva voluto discutere, aveva preso quel biglietto come un ordine fuori posto e se n'era offeso. Aveva tirato su il bavero della "giucca" e se n'era andato, non prima di avere chiesto il suo onorario, più le spese di viaggio: avena per il cavallo e una ferratura nuova.

Marianna aveva chiesto aiuto alla figlia Felice che era arrivata con le sue erbe, i suoi decotti, i suoi impiastri di ortica e di malva. Gli aveva curato le ferite con foglie di cavolo e aceto dei sette ladri.

In capo a una settimana Saro era migliorato, ma non di molto. Avvolto nell'odore dolciastro dei decotti se ne sta ancora immobile fra le lenzuola, bianco su bianco, il torace bendato, l'orecchio imbottito di cotone, le gambe fasciate: quasi una mummia che ogni tanto apre gli occhi grigi e non ha ancora deciso se ritirarsi fra le ombre riposanti dell'al di là o tornare in questa vita fatta di coltelli e di minestre da mandare giù.

Marianna gli stringe una mano. Come ha fatto anni fa con Manina quando stava morendo di una infezione al sangue dopo un parto. Come ha fatto col signor padre. Solo che lui era già morto quando gli ha preso la mano e mandava un odore gelido di carne abbandonata.

Una litania di malattie e di morti che hanno tolto splendore alle impalcature dei suoi pensieri. Ogni morto una strusciata di grani di sale: una testa segnata da ammaccature e crepe irrimediabili.

Ora è qui a covare l'uovo come una colomba paziente. Aspetta di vederne uscire un colombello nuovo e voglioso di vivere. Potrebbe mandare a prendere Peppinedda. Anzi, sarebbe suo dovere farlo, ma non ne ha voglia. Rimanda di giorno in giorno. Verrà quando le tornerà l'uzzolo di mangiare a sazietà, di rubare i bottoni e di rotolarsi sui tappeti, si dice.

XXXVII

Sarà compromettente andare a San Giovanni de' Leprosi con il senatore Giacomo Camalèo, Pretore di Palermo? non sarà una azione sventata che le metterà contro i fratelli e i figli?

Questi interrogativi attraversano la testa di Marianna proprio mentre appoggia il piede sul predellino della carrozza a due cavalli che l'aspetta nel cortile di villa Ucrìa. Una mano guantata l'aiuta a tirarsi su.

Entrando viene investita da un forte odore di gardenia. Don Camalèo è vestito di scuro, con brache e giamberga di velluto color castagna filettato d'oro, un tricorno nero e castagna scivolato sui riccioli incipriati, le scarpe a punta sono illuminate da una rosetta d'argento tempestata di diamanti.

Marianna si siede di fronte a lui e subito estrae dal suo nécessaire di maglia d'argento l'astuccio di legno con la penna e l'inchiostro, nonché la carta e la tavoletta, molto simile a quella regalatale dal signor padre e poi rubatale a Torre Scannatura.

Il senatore sorride compiaciuto dell'ingenuità della duchessa: l'intimità sarà evitata da un profluvio di lettere che lui le scriverà strada facendo, farcite di citazioni da Hobbes e da Platone. Una di queste lettere sarà conservata nella scatola dai motivi cinesi. La lettera in cui don Camalèo si rivela di più raccontandole dei suoi studi a Tubinga quando aveva trent'anni di meno.

«Abitavo in una torre a tre piani che dava proprio sul Neckar. Lì passavo i pomeriggi coi miei libri, accanto a una grande stufa di maiolica. Se alzavo gli occhi potevo vedere i pioppi che costeggiano il fiume, i cigni sempre in attesa di qualcuno che butti loro del pane dalle finestre. Facevano dei versi fondi con la gola ed erano terribili quando combattevano tra di loro durante le stagioni degli amori. Odiavo quel fiume, odiavo quelle case dai tetti ripidi, odiavo quei cigni dalla voce di maiale, odiavo la neve che buttava una coperta di silenzio sulla città, odiavo perfino quelle belle ragazze dagli scialli frangiati che andavano su e giù sull'isola. Il giardino di fronte alla torre era infatti parte di una isola lunga, malinconica, su cui passeggiavano gli studenti fra una lezione e l'altra. Ora invece darei dieci anni della mia vita per tornare in quella torre gialla sul bordo del Neckar e sentire il grido gutturale dei cigni. Mangerei volentieri anche quelle loro salsicce unte, ammirerei perfino quelle ragazze bionde con le spalle coperte dagli scialli colorati. Non è questa una aberrazione della memoria che ama solo ciò che perde? proprio perché lo perde e ci fa languire di nostalgia per quegli stessi luoghi e quelle stesse persone che prima ci annoiavano profondamente? non è sciocco tutto questo, non è prevedibile e volgare?»

Una volta sola durante il viaggio da Bagheria a Palermo don Giacomo Camalèo afferra una mano di Marianna e la stringe un attimo fra le sue, come per ribadire il suo pensiero, lasciandola subito dopo con aria pentita e rispettosa.

Marianna che è poco abituata al corteggiamento non sa come comportarsi. Un po' si tiene rigida sul busto e osserva fuori dal vetro la campagna che conosce così bene, un po' si curva sulla tavoletta scrittoio e traccia lentamente delle frasi, attenta a non versare l'inchiostro e asciugando le parole ancora umide con la cenere.

Per fortuna la corte di don Camalèo è fatta soprattutto di parole avvolgenti, discorsi dotti, citazioni che mirano a suscitare meraviglia piuttosto che desiderio. Anche se certamente non è un uomo che disprezza il godimento dei sensi. Ma finora, dicono i suoi occhi, i legami fra di loro hanno dato frutti acerbi che legherebbero i denti a forzarne la polpa. La fretta è dei giovani che non conoscono le delizie dell'attesa, la volontà di un prolungamento che avvolge la resa di odori profondi e prelibati.

Marianna osserva pensosa i gesti cauti, rispettosi di quelle belle mani abituate ad agguantare il mondo per il collo, ma senza fargli male, per goderselo in una quieta contemplazione. Così diverso dagli uomini che ha conosciuto finora, presi dalla fretta e dall'avidità. Il signor marito zio era un rinoceronte rispetto a Camalèo, in compenso era trasparente come l'acqua di Fondachello. Anche il signor padre era di un'altra pasta: dotto e spiritoso ma privo di ambizioni, in vita sua non ha mai pensato a costruire una strategia, non ha mai guardato al futuro come a un luogo in cui catalogare e conservare le sue vittorie e le sue sconfitte; non gli sarebbe mai venuto in mente di rimandare un piacere per renderlo più squisito.

Arrivati a San Giovanni de' Leprosi don Camalèo scende con un salto mostrandole la sua agilità di cinquantacinquenne senza una oncia di grasso in più e le porge delicatamente la mano. Ma Marianna non vi si appoggia, salta pure lei e lo guarda ardita, inalberando una risata muta e festosa. Lui rimane un poco sbilanciato: sa che le signore di solito, nel corteggiamento, amano farsi più deboli e fragili di quanto siano. Ma poi ride con lei e la prende per un braccio come se fosse una compagna di scuola.

Un minuto dopo sono tutti e due davanti a una pesante porta di ferro. Delle chiavi che girano nella toppa; una mano pesante che si sporge e fa dei segni con le dita, incomprensibili, un cappello che vola, degli inchini, un correre di guardie, un luccichio di spade.

Ora un custode dalle spalle robuste precede la duchessa lungo un corridoio nudo mentre il Pretore si chiude dentro una stanza con due alti signori che dalla foggia dei cappelli si direbbero spagnoli.

Lungo il corridoio si alternano le porte: una di ferro e una di legno, una di legno e una di ferro, una lucida e una opaca, una opaca e una lucida. Sopra la porta un rettangolo grigliato e dietro le griglie delle facce curiose, degli occhi sospettosi, delle teste scarmigliate, delle bocche che si aprono su denti spezzati e anneriti.

Un catenaccio viene sfilato, una porta spinta. Marianna si trova dentro una sala fredda dal pavimento di mattoni rotti e impolverati. Le finestre alte sono irraggiungibili. La luce

piove dal soffitto, fioca. Le pareti sono nude e sporche, chiaz-
zate di umido, di impronte nere, di sinistre macchie rosse.
Per terra mucchi di paglia, secchi di ferro. Una puzza feroce
di gabbia prende alla gola.

Il guardiano le fa segno di sedersi su una seggiola impa-
gliata che sembra essere stata mangiata dai topi tanto è logo-
ra, con le stoppie che si arricciano per aria.

Dietro una grata si vede il cortile nudo, dal pavimento di
pietra ingentilito da un fico. Addosso alla parete di fondo una
donna seminuda dorme per terra rannicchiata su se stessa.
Più vicino, legata su una panca, un'altra donna dai capelli
bianchi che le sgusciano da sotto la cuffia rattoppata, ripete
all'infinito lo stesso gesto di sputare lontano. Le sue braccia
nude portano i segni delle verghe. Sotto il fico, in piedi su
una gamba sola e appoggiata al tronco, una ragazzina che
avrà sì e no undici anni, lavora a maglia con gesti lenti e pre-
cisi.

Intanto un dito sfiora la guancia di Marianna che si tira
indietro con un sussulto: è Fila, la testa chiusa in un turbante
di fasce sporche che le rimpicacioliscono i tratti e le dilatano
gli occhi. Sorride felice. Le mani le tremano appena. È dima-
grita, tanto che vista di dietro non l'avrebbe riconosciuta. La
veste lunga di tela di sacco le scende sbrindellata sulle caviglie senza cintura in vita, senza colletto, le braccia sono nude
e coperte di lividi.

Marianna si alza, l'abbraccia. L'odore ferino che invade
la stanza ora ce l'ha dentro le narici, raccapricciante. In pochi mesi Fila è diventata una vecchia: la faccia le si è rattrappita, ha perso un dente sul davanti, le mani le tremano,
le gambe sono così stecchite che a stento la reggono in piedi,
gli occhi sono vitrei anche se si sforzano a un sorriso ricono-
scente.

Quando Marianna le accarezza una guancia, Fila si lascia andare a un pianto timido che le raggrinza la bocca. Marianna, per vincere l'imbarazzo, tira fuori dalle tasche un
sacchetto di monete, lo chiude fra le dita della ragazza che
vorrebbe nasconderlo e invano cerca delle tasche in quell'u-
niforme da manicomio e finisce per guardarsi intorno terro-
rizzata stringendo il sacchetto nel pugno.

Marianna ora si toglie il fisciù di seta verde dal collo e lo stende sulle spalle di Fila. Lei se lo liscia con le dita che sembrano quelle di un ubriaco. Ha smesso di piangere e sorride serafica. Per rabbuiarsi subito dopo incassando la testa come per evitare un colpo.

Un galeotto dalle braccia poderose l'agguanta per la vita e la solleva come fosse una bambina. Marianna fa per reagire, ma si accorge che in quel gesto c'è della tenerezza. Mentre l'uomo solleva la ragazza le parla dolcemente, cullandola fra le braccia.

Marianna cerca di intendere il senso di quel discorso spiando le labbra di lui, ma non ci riesce. Si tratta di un linguaggio conosciuto solo da loro, che lo hanno raffinato in mesi di convivenza forzata. E vede Fila che appagata allunga le mani da ubriaca sul collo del gigante reclinando il capo affettuosamente, sul petto di lui.

I due scompaiono dietro la porta prima che Marianna possa salutare Fila. Meglio così, che il galeotto abbia saputo conquistarsi, se non l'affetto, per lo meno una intimità con la poveretta, si dice Marianna. Anche se lo sguardo dell'uomo sul sacchetto delle monete le fa pensare che quell'intimità non sia del tutto disinteressata.

XXXVIII

Sono due giorni che Saro ha ripreso a mangiare. Gli occhi sembrano più grandi dentro le orbite scavate. Le guance sbiancate si chiazzano di rosso quando Marianna si avvicina al letto. È ancora fasciato come una mummia, ma le fasce tendono a scivolare, ad allentarsi. Il corpo si agita, i muscoli tornano ad animarsi e la testa non sta quieta sul cuscino. Il ciuffo nero è stato lavato e scivola come un'ala di corvo sulla faccia smagrita di ragazzo.

Marianna stamattina, dopo un'altra visita a Fila, si è fatta un bagno nell'acqua di bergamotto per togliersi di dosso gli odori nauseabondi del manicomio. Dentro la vasca di rame martellato che viene dalla Francia e che vista da fuori assomiglia a una scarpa chiusa fino alla caviglia, si sta comodi come dentro un letto, con l'acqua che arriva alle spalle e si mantiene calda più a lungo che nelle vasche aperte.

Molte dame tengono conversazione, ricevono le amiche, danno ordini alla servitù stando sedute nella nuova bagnarola francese che a volte, per pudicizia, viene nascosta da un paravento trasparente.

Marianna non ci rimane dentro a lungo perché non ci può scrivere. E neanche leggere senza bagnare le pagine, anche se le piace guazzare lì dentro al caldo mentre Innocenza le versa addosso delle pentolate di acqua fumante.

L'inverno è arrivato tutto d'un colpo senza quasi farsi precedere dall'autunno. Ieri si andava sbracciati, oggi bisogna accendere la stufa, coprirsi con scialli e mantelle. Tira un vento gelido che scompiglia le onde del mare e strappa via le foglie dalle piante.

Manina ha appena partorito un'altra bambina; l'ha chiamata Marianna. Giuseppa è venuta a trovarla proprio ieri. È la sola che si confidi con lei; le ha raccontato del marito che a momenti la ama e a momenti la odia, e del cugino Olivo che le propone in continuazione di "fuirsene" in Francia con lui.

Felice viene a pranzo la domenica. È rimasta colpita dai racconti fattile dalla madre su Fila e sul manicomio de' Leprosi. Ha voluto anche lei il permesso di andarla a trovare. Ne è tornata determinata a inventarsi una "catena di soccorso alle derelitte". In effetti è molto cambiata negli ultimi tempi: avendo scoperto di avere delle qualità di guaritrice si è dedicata con metodo a combinare erbe, radici e minerali. Dopo la prima guarigione la gente ha cominciato a chiamarla in casi di malattie difficili, soprattutto per quanto riguarda la pelle. E lei, di fronte alla responsabilità dei corpi piagati che le si affidano con fiducia, ha preso a studiare, a sperimentare. Sulla fronte le è spuntata una ruga dritta e profonda come una sciabolata. Non si preoccupa più tanto dell'immacolatezza dei suoi sai e lascia i pettegolezzi alle consorelle più giovani. Ha preso un'aria indaffarata e scontrosa da professionista della medicina.

Il signor figlio Mariano invece non viene mai. Perduto com'è nelle sue fantasticherie non trova il tempo per andare in visita dalla signora madre. Ha mandato però lo zio Signoretto a informarsi discretamente su questo frequentatore di villa Ucrìa di cui parla con scandalo la parentela.

«Non istà bene che alla vostra età vi mettiate sulla bocca di tutti» ha scritto Signoretto con mano circospetta su un foglio strappato da un libro di preghiere. «Va bene che siete vedova ma spero che non vogliate mettervi in ridicolo maritandovi a quarantacinque anni con uno scapolo libertino di cinquantacinque...»

«Non mi mariterò, state tranquillo.»

«Allora non dovete permettere al signor Prefetto Camalèo di venire più da voi. Non è bene fare parlare la gente.»

«Non c'è relazione carnale, solo frequentazione d'amicizia.»

«Alla vostra età signora dovreste pensare a preparavi l'anima per il trapasso anziché cercare nuove amicizie...»

«Voi siete più vecchio di me, signor fratello, ma non mi risulta che pensiate affatto al trapasso.»

«Voi siete donna, Marianna. La natura vi destina a una serena castità, avete quattro figli a cui pensare. Mariano il vostro erede è preoccupato che non alieniate i vostri beni per un colpo di testa davvero increscioso.»

«Anche se mi maritassi non gli toglierei uno spillo.»

«Voi forse ignorate che Camalèo, prima di diventare Pretore di Palermo è stato a lungo pagato dai francesi per spiare gli spagnoli e si dice che poi sia passato agli spagnoli avendo avuto una proposta più vantaggiosa. Insomma voi trattate con un avventuriero la cui nobiltà nessuno oserebbe garantire. Viaggiatore misterioso, diventato ricco per meriti segreti, non è un uomo che una Ucrìa possa frequentare. È decisione della famiglia che voi non lo vediate più.»

«La famiglia avrebbe deciso e con quale diritto?»

«Non mi venite a fare discorsi del tipo di quelli che fa mia moglie Domitilla. Sono stufo di Voltaire.»

«Una volta anche voi citavate Voltaire.»

«Babbasunate di gioventù.»

«Sono vedova e credo di potere disporre di me come credo.»

«Chi camurrìa suruzza! ancora con questi sproloqui da quattro soldi! Lo sapete benissimo che voi non siete sola, ma fate parte di una famiglia e non potete, nemmanco col permesso di Monsieur Voltaire e con l'appoggio di tutti i santi in paradiso, permettervi nessuna libertà. Quell'uomo dovete lasciarlo perdere.»

«Camalèo è una persona gentile, m'ha aiutata a salvare una serva dal patibolo.»

«Non fate che le questioni che riguardano la servitù modifichino la vostra vita. Certamente Camalèo tende al matrimonio con voi. Imparentarsi con gli Ucrìa farà parte di una strategia segreta. Credetemi, quell'individuo non ha nessun vero interesse per voi... non fidatevi.»

«Non mi fiderò.»

Rassicurato, anche se non del tutto, Signoretto è andato via dopo averle baciato graziosamente la mano. Tutti sanno che il signor fratello ha avuto più amanti dopo il matrimonio di quante ne abbia avute prima. E da ultimo ha fatto delle spese scriteriate per una cantante che si esibisce al teatro Santa Lucia e dicono che sia stata anche l'amante del Viceré.

Nonostante il suo tono autoritario, le ha fatto piacere rivederlo. Con quella testa bionda in cui la dolcezza va raggrumandosi sotto la pelle in grosse verruche dal colore acceso. Il modo di guardare, leggermente obliquo, interrogativo, le ricorda il signor padre da giovane. Ma del padre gli manca la voglia di ridere di sé.

Il signor fratello Signoretto ha sviluppato una sottile discreta brutalità che gli appesantisce le palpebre gonfie. E più cresce la sua consuetudine al comando e più si fa evidente l'indulgenza verso se stesso, a tal punto da non permettergli più di distinguere "la seggia dal cantaro".

Chissà quando ha cominciato a costruirsi queste nuove ossa che gli infossano gli occhi, gli allargano il bacino, gli schiacciano la pianta dei piedi. Forse sedendo in Senato o forse salendo e scendendo dai patiboli con gli altri Fratelli Bianchi nell'accompagnare i condannati all'impiccagione. O forse notte dopo notte, nel grande letto dagli alti baldacchini, accanto alla moglie che pur essendo ancora bellissima gli è venuta talmente in uggia che non riesce più a guardarla in faccia.

In questi ultimi anni il ricordo del signor marito zio salta fuori d'improvviso quando si trova davanti agli altri uomini della famiglia. Quell'essere inquieto e lugubre sempre intento a rimuginare con dispetto attorno alle scemenze del prossimo, era in fondo più candido e diretto e certamente più fedele a se stesso di tutti gli altri che, con i loro sorrisi e le loro cortesie si sono imbucati nelle loro case, tanto spaventati da ogni novità da ridursi a credere in idee e certezze di cui si sono burlati per anni.

Sarà una questione di prospettiva, come dice Camalèo, il tempo ha creato delle morbidezze nella memoria scolorita. Gli oggetti del signor marito Pietro che ancora girano per casa conservano in sé qualcosa della tristezza scontrosa e ispida di lui. Eppure quell'uomo l'ha violata quando non aveva ancora sei anni e di questo si chiede se riuscirà mai a perdonarlo.

Chi le è più vicino oggi è l'abate Carlo, rintanato nei libri come lei. Il solo capace di dare un giudizio che non sia viziato dal suo immediato interesse. Carlo si dà per quello che è:

un libertino innamorato dei libri. Non finge, non si adula, non si picca di intervenire nelle "camurrie" degli altri.

In quanto al signor figlio Mariano, dopo le euforie della crescita, le grandi cacce d'amore, i viaggi in giro per il mondo, ora che ha quasi trent'anni, si è seduto, è diventato intollerante verso le attività degli altri che vede come una minaccia alla sua pace.

Con le sorelle ha preso un tono stizzito e secco. Con la madre è apparentemente rispettoso, ma si capisce che è insofferente delle libertà che si prende a dispetto della sua menomazione.

Il fatto che abbia mandato lo zio Signoretto da lei anziché venire di persona, fa capire la qualità delle sue preoccupazioni: e se per una beffa della natura sua madre mettesse al mondo un figlio mentre lui non è stato capace di farne? e se questo bambino attirasse le simpatie di una zia vedova del ramo Scebarràs nella cui eredità lui spera? e se il ridicolo di un matrimonio fuori dalle regole ricadesse su di lui che più di altri porta il peso del nome degli Ucrìa di Campo Spagnolo e Scannatura?

Mariano ama i lussi: si fa venire le camicie da Parigi; quasi che a Palermo non ci siano degli ottimi camiciai. Si fa acconciare i capelli da un certo Monsieur Crème che si presenta al palazzo seguito da quattro valletti che gli reggono *le nécessaire pour le travail*: scatole e scatolette di sapone, forbici, rasoi, pettini, creme al mughetto e ciprie al garofano.

Per la cura dei piedi e delle mani c'è il signor Enrico Aragujo Calisto Barrés che proviene da Barcellona e tiene bottega in via della Cala Vecchia. Per dieci carlini va a casa anche delle signore e taglia i calli a giovinette e donne anziane, che tutte hanno qualche difficoltà con le scarpette alla parigina dalla punta a strozzagallina e il tacco a becco di cigno.

Marianna si scuote dai suoi pensieri quando Saro le stringe una mano con una forza nuova. Sta guarendo, sembra proprio che stia guarendo.

Saro apre gli occhi. Uno sguardo fresco, nudo, uscito allora dal chiuso di un baccello, come un fagiolo ancora morbido di sonno. Marianna gli si avvicina, appoggia due dita sulle labbra screpolate di lui. Il fiato leggero, umido e regolare si insinua nel palmo cavo di lei. Una sensazione di allegria tiene Marianna ferma in quel gesto di tenerezza respirando il fiato amaro del ragazzo.

Ora la bocca di Saro si spinge contro le dita di quella mano e la baciano all'interno, con trepidazione. Marianna per la prima volta non lo respinge. Anzi, chiude gli occhi come per assaporare meglio quel tocco. Sono baci che vengono da lontano, da quella prima sera che si sono visti alla luce fluttuante della candela, dentro lo specchio macchiato nella camera di Fila.

Ma il gesto sembra averlo stancato. Saro continua a tenere le dita di Marianna contro la bocca ma non le bacia più. Il suo fiato è tornato irregolare, appena un poco affrettato e convulso.

Marianna ritira la mano, ma senza fretta. Da seduta che era sulla poltrona, si inginocchia per terra accanto al letto, allunga il busto sulle coperte e con un gesto che ha spesso immaginato ma mai compiuto, appoggia la fronte sul petto del ragazzo. Sotto l'orecchio sente lo spessore delle fasciature impregnate di canfora e sotto di esse le mezzelune delle costole e, sotto, ancora il fragore del sangue in tempesta.

Saro giace immoto, preoccupato che un suo gesto possa interrompere i timidi movimenti di Marianna verso di lui, spaventato che possa scappare via da un momento all'altro come ha sempre fatto. Perciò aspetta che sia lei a decidere: trattiene il fiato e tiene gli occhi chiusi sperando, disperatamente sperando che lei lo stringa a sé.

Le dita di Marianna scorrono lungo la fronte, le orecchie, il collo di Saro come se ormai non si fidasse neanche della sua vista. Scivolando sui capelli incollati dal sudore, si soffermano sul rigonfio di cotone che nasconde l'orecchio sinistro, riprendono il contorno delle labbra, scendono verso il mento ispido di una barba da convalescente, tornano al naso come se la conoscenza di quel corpo potesse passare solo attraverso la punta dei polpastrelli, tanto curiosi e mobili quanto lo sguardo è pusillanime e riottoso.

L'indice, dopo avere percorso la lunga strada che da una tempia conduce all'altra tempia, scendendo lungo le pinne del naso, risalendo sulle colline delle gote, sfiorando i cespugli delle sopracciglia, si trova quasi per caso a premere nel punto in cui le labbra si congiungono, si apre un varco fra i denti, raggiunge la punta della lingua.

Solo allora Saro azzarda un movimento impercettibile: chiude i denti, ma con una pressione lievissima, attorno al dito che rimane prigioniero fra palato e lingua e viene avvolto nel calore febbrile della saliva.

Marianna sorride. E con l'indice e il pollice dell'altra mano stringe le narici del ragazzo. Finché lui non lascia la presa e apre la bocca per respirare. Allora lei ritira il dito fradicio e ricomincia l'esplorazione. Lui la guarda beato come a dirle che il sangue gli si sta sciogliendo.

Le mani della signora ora si afferrano alla trapunta e la fanno scivolare giù dal letto. Poi è la volta del lenzuolo che a pieghe disordinate viene buttato da un lato per terra. Ed ecco davanti agli occhi sorpresi dal proprio ardimento il corpo nudo del ragazzo che conserva solo le fasciature lungo i fianchi, sul petto e sulla testa.

Le costole sono lì, sporgenti quarti di luna che raccontano come su un atlante le fasi delle rotazioni dell'astro viste in progressione, una accanto all'altra, una sopra l'altra.

Le mani di Marianna si posano senza peso sulle ferite appena rimarginate, ancora rosse e dolenti. La ferita sulla coscia pare quella di Ulisse assalito dal cinghiale, così come deve essere apparsa alla nutrice stupefatta che per prima riconosce il suo padrone tornato dopo tanti anni di guerra, quando ancora tutti lo credevano un mendicante straniero.

Marianna vi fa scorrere le dita, leggere, mentre il respiro di Sarino si fa frettoloso e dalle sue labbra chiuse sbucano delle minuscole stille che fanno pensare al dolore ma anche a una gioia sconosciuta e selvaggia, a una resa felice.

Come abbia fatto a trovarsi spogliata accanto al corpo spogliato di Saro, Marianna non saprebbe dirlo. Sa che è stato semplicissimo e che non ha provato vergogna. Sa che si sono abbracciati come due corpi amici e accoglierlo dentro di sé è stato come ritrovare una parte del proprio corpo che credeva perduta per sempre.

Sa che non aveva mai pensato di racchiudere nel proprio ventre una carne maschile che non fosse un figlio o un invasore nemico.

I figli si trovano nel ventre della donna senza che lei li abbia chiamati, così come la carne del signor marito zio stava al caldo dentro di lei senza che lo avesse mai desiderato né voluto.

Questo corpo invece lei lo ha chiamato e voluto come si chiama e si vuole il proprio bene e non le avrebbe portato dolore e lacerazione come avevano fatto i figli uscendo da lei, ma sarebbe scivolato via, una volta condiviso "lu spasimu", con la promessa gioiosa di un ritorno.

Aveva pensato in tanti anni di matrimonio che il corpo dell'uomo fosse fatto per dare tormento. E a quel tormento si era arresa come al "maliceddu di Diu", un dovere che ogni donna "di sentimento" non può non accettare pur inghiottendo fiele. Non aveva inghiottito fiele anche nostro Signore nell'orto di Getsemani? non era morto sulla croce senza una parola di recriminazione? cos'era la piccolezza di un dolore da letto rispetto alle sofferenze di Cristo?

E invece ecco qui ora un grembo che non le è estraneo, non la assale, non la deruba, non chiede sacrifici e rinunce ma le va incontro con piglio sicuro e dolce. Un grembo che sa aspettare, che prende e sa farsi prendere senza nessuna forzatura. Come potrà più farne a meno?

XXXIX

Peppina Malaga è tornata a casa: due treccine nere legate dietro le orecchie con lo spago, i piedi scalzi come sempre, le gambe gonfie e pesanti, la pancia protesa che le solleva la gonna sugli stinchi.

Marianna la guarda attraverso i vetri mentre scende dal carretto e si precipita verso Saro. Il quale leva gli occhi alla finestra della signora come per chiedere "chi fazzu?".

«Non por la falce tua ne l'altrui grano» dice la severa Gaspara Stampa. Suo dovere è lasciare marito e moglie insieme e che siano contenti. Assegnerà loro una stanza più grande dove possano crescere il nuovo bambino.

Eppure «nel mio conforto, sono assalita d'un sospetto interno/che mi tien sempre il cor fra vivo e morto». Sarà gelosia? quella "scimunita", "il mostro dagli occhi verdi" come la chiama Shakespeare "che irride al cibo di cui si nutre"? La duchessa Marianna Ucrìa di Campo Spagnolo, contessa della Sala di Paruta, baronessa di Bosco Grande, di Fiume Mendola e di Sollazzi potrà mai farsi gelosa di una sguattera, di una "acedduzza" caduta dal nido?

Proprio così invece. Quella ragazzina scura e bruttina pare raccogliere in sé tutte le delizie del paradiso: ha l'innocenza di un fiore di zucca e la freschezza di un raspo d'uva. Darebbe via volentieri le sue terre e le sue ville, si dice Marianna, per entrare in quel corpicino giovane e risoluto che salta dal carro col figlioletto raggomitolato in seno per andare incontro al suo Saro.

La mano allenta la stretta sulla tenda che ricade a coprire la finestra. Il cortile scompare e col cortile scompaiono il carretto tirato dall'asino impennacchiato, Peppinedda che porge la pancia al marito come fosse una scatola di gioie; scompare anche Saro che, mentre stringe a sé la moglie, alza lo sguardo verso di lei con un'aria di teatrale rassegnazione. Ma anche lusingato, lo si vede da come allarga le braccia, da quel doppio amore.

Da questo momento cominceranno i sotterfugi, gli inganni, le fughe, gli incontri clandestini. Bisognerà corrompere, fare tacere, cancellare le tracce di ogni abbraccio.

Una improvvisa indignazione le rannuvola gli occhi. Non ha nessuna intenzione di cadere in trappole simili, si dice Marianna; se gli ha dato moglie è stato proprio per tenerlo lontano, non per farsene un pretesto. E quindi? e quindi bisognerà troncare.

C'è dell'arroganza nel suo pensiero, lo sa: non tiene in nessun conto i languori di un corpo 'svegliato per la prima volta alla gioia di sé, non getta un pensiero neanche svogliato ai voleri di Saro, non pensa nemmeno di consultarlo. Deciderà per e contro di lui, ma soprattutto contro se stessa.

La lunga pratica alla rinuncia ha fatto di lei una guardiana molto attenta. Tanti anni passati a tenere a bada le proprie voglie le hanno irrobustito la volontà.

Marianna si guarda le mani rugose che si sono bagnate appoggiandosi sulle guance. Se le porta alla bocca. Assaggia un poco di quel sale in cui sta racchiuso il sapore aspro della sua rinuncia.

Potrebbe sposare Giacomo Camalèo che pur non amando trova seducente. È già la seconda volta che glielo chiede. Ma se non è capace di afferrare per i capelli un amore di pietra preziosa come potrà tirarne su uno di vetro?

Che fare di sé? alla sua età molte delle sue conoscenti sono già state sepolte oppure si sono ingobbite e rattrappite e si fanno trasportare in carrozze chiuse, fra mille precauzioni, in mezzo a cuscini e coperte ricamate, rese mezze cieche da un velo improvvisamente calato sugli occhi, dementi per il troppo patire, crudeli e sventate per avere troppo aspettato. Le vede agitare le dita grasse coperte di anelli che non escono più dalle nocche ingrossate e una volta morte saranno clandestinamente tagliate da eredi impazienti di impossessarsi di quelle magnifiche perle cinesi, di quei rubini d'Egitto, di quei turchesi del Mar Morto. Mani che non hanno mai sorretto un libro per più di due minuti, mani che dovrebbero conoscere l'arte del ricamo e della spinetta ma nemmeno a quelle hanno avuto il permesso di dedicarsi con pignola assiduità. Le mani di una nobildonna sono oziose per elezione.

Sono mani che, pur maneggiando l'oro e l'argento, non hanno mai saputo come arrivasse fino a loro. Mani che non hanno mai percepito il peso di una pentola, di una brocca, di un catino, uno straccio. Forse in familiarità coi grani del rosario, di madreperla, di argento traforato, ma assolutamente estranee alle forme del proprio corpo sepolto sotto troppi lini e camiciole e corsetti e sottovesti e sottogonne, considerato da preti e pedagoghi come "peccaminoso" per natura. Hanno accarezzato, quelle mani, qualche testa di neonato, ma non si sono mai intrise delle loro lordure. Hanno forse indugiato qualche volta sul costato piagato di Cristo in croce, ma non hanno mai percorso il corpo nudo di un uomo, sarebbe stato considerato indecente sia da lui che da lei. Certamente si sono posate, inerti, sul grembo, non sapendo dove rintanarsi, che cosa fare; poiché ogni gesto, ogni azione, era considerata pericolosa e inopportuna per una ragazza di famiglia nobile.

Lei con loro, aveva mangiato le stesse paste e bevuto le stesse tisane calmanti. E ora che le sue mani hanno toccato un corpo amoroso, l'hanno percorso in lungo e in largo tanto da pensare di esserne diventata amica, ecco che deve tagliarsele e buttarle nella spazzatura, si dice Marianna, ferma rigida accanto alla finestra chiusa. Ma uno spostamento d'aria la avverte che qualcuno le si sta avvicinando alle spalle.

È Innocenza che regge un candelabro a due bracci. Alzando gli occhi Marianna vede la faccia della cuoca vicinissima alla sua. Si tira indietro infastidita, ma Innocenza continua a scrutarla pensosa. Ha capito che la duchessa sta male e cerca di indovinare il perché.

La mano grassa, dal buon odore di rosmarino che si mescola al sapone, si posa sulla spalla della signora e la scuote dolcemente come per liberarla dai pensieri spinosi. Per fortuna Innocenza non sa leggere: basterà un gesto per rassicurarla. Non c'è bisogno di mentire con lei.

L'odore di pesce che sale dal grembiule di Innocenza aiuta Marianna a uscire dal suo stato di ghiacciato torpore. La cuoca scrolla la sua padrona con un gesto ruvido e sensato. Sono anni che si conoscono e credono di sapere tutto l'una dell'altra. Marianna crede di conoscere Innocenza per via di quel sortilegio che la porta a leggere i pensieri di lei, come se li trovasse scritti sulla carta. A sua volta Innocenza crede che Marianna non abbia segreti per lei, avendola seguita per tanti anni e avendo ascoltato i discorsi degli altri su di lei.

Ora si guardano, incuriosite l'una dalla curiosità dell'altra; Innocenza asciugandosi e riasciugandosi le mani unte sul grembiule di tela a righe bianche e rosse, Marianna giocando meccanicamente con gli oggetti della scrittura: la tavoletta pieghevole, la boccetta d'argento, la penna d'oca dalla punta macchiata di celeste.

Innocenza infine la prende per una mano e la trascina, come fosse una bambina che è stata troppo a lungo da sola in castigo e ora viene ricondotta in mezzo agli altri, a mangiare, a consolarsi.

Marianna si lascia portare giù per le scale di pietra, attraversa il grande salone giallo, sfiorando la spinetta dalla tastiera aperta, passa fra i dioscuri romani di marmo screziato, sotto gli occhi ammiccanti e segreti delle chimere.

In cucina Innocenza la spinge a sedere su una seggiola alta di fronte al fornello acceso; le mette in mano un bicchiere, tira giù dallo scaffale una bottiglia di rosolio, gliene versa due dita. Quindi, approfittando della distrazione e della sordità della padrona, si porta la bottiglia alla bocca.

Marianna finge di non vederla per non doverla rimproverare. Ma poi ci ripensa: perché dovrebbe rimproverarla? Con un gesto da ragazzina, afferra la bottiglia dalle mani della cuoca e beve anche lei incollando le labbra alla bottiglia. Serva e padrona si sorridono. Si passano la boccia, una seduta, coi capelli biondi composti sulla larga fronte sudata, gli occhi cerulei che si allargano sempre di più; l'altra in piedi, la grossa pancia nascosta sotto il grembiule macchiato, le braccia robuste, la bella faccia rotonda increspata in un sorriso beato.

Ora è più facile per Marianna prendere una risoluzione,

anche crudele. Innocenza la aiuterà, senza saperlo, tenendola prigioniera nel regno delle quotidiane sicurezze. Sente già sul collo le sue mani segnate da tagli, bruciature e rughe intrise di fumo.

Bisognerà allontanarsi in punta di piedi e ci vorrà una spinta che solo una mano abituata a contare le monete può dare. Intanto la porta della cucina si è aperta in quel modo misterioso con cui si aprono gli usci negli occhi di Marianna, senza un avvertimento, con un lento movimento carico di sorprese.

In piedi sulla soglia c'è Felice, la crocetta di zaffiri che penzola sul petto. Accanto a lei il cugino Olivo, chiuso in una giamberga color tortora, la faccia lunga stralunata.

«Donna Domitilla vostra cognata si è rotta un piede, ho passato la mattinata da lei» legge Marianna su un foglietto accartocciato che le passa la figlia.

«Don Vincenzino Alagna si sparò per debiti; ma la moglie non mette il lutto. Non lo sopportava nessuno quel "zuccu di ficu d'India". La figlia piccola ebbe la risipola l'anno passato. E la guarii io medesma.»

«Olivo qui presente mi chiede una pozione per il disamore, che ne dite mamà, gliela debbo dare?»

«Ai Leprosi non vogliono più farmi entrare. Ci porto disordine dice. Perché ci guarii una rognosa che il medico interno l'aveva data per morta. Mamà ma che avete?...»

XL

Il brigantino si muove appena dondolandosi sull'acqua verde. Davanti, a ventaglio, la città di "Paliermu": una fila di palazzi grigi e ocra, delle chiese grigie e bianche, delle stamberghe dipinte di rosa, dei negozi dai tendoni a strisce verdi, le strade delle "balati" sconnesse in mezzo a cui scorrono rivoli di acqua sporca.

Dietro la città, sotto un rimestio di nuvole opache, le rocce scoscese del monte Cuccio, il verde dei boschi di Mezzomonreale e di San Martino delle Scale; un digradare di rupi scoscese più scure e meno scure fra cui si annida la luce violetta del tramonto.

Gli occhi di Marianna si fermano sulle alte finestre della Vicaria. Alla sinistra della prigione, dietro una leggera quinta di case, si allarga il rettangolo irregolare di piazza Marina. In mezzo alla piazza vuota la pedana scura della forca – segno che qualcuno sarà impiccato domattina – quella forca a cui il signor padre l'ha trascinata per amore, perché guarisse dal suo mutismo. Mai avrebbe immaginato che il signor padre e il signor marito zio tenessero in comune un segreto che la riguardava; che si fossero alleati tacendo a tutti di quella ferita inferta al suo corpo di bambina.

Ora il brigantino è agitato da scosse lunghe e nervose. Le vele sono state issate: la prua si dirige decisamente verso l'alto mare. Marianna si appoggia con tutte e due le mani alla balaustra laccata mentre Palermo si allontana con le sue luci pomeridiane, le sue palme, le sue immondizie spinte dal vento, la sua forca, le sue carrozze. Una parte di lei rimarrà lì, su quelle strade inzaccherate, in quel tepore che sa di gelsomini zuccherati e di escrementi di cavallo.

Il pensiero va a Saro e alle volte che l'ha tenuto stretto contro il petto sebbene avesse deciso di non vederlo più. Una mano agguantata sotto la tavola, un braccio che si tende dietro una porta, un bacio strappato in cucina nelle ore di sonno. Erano delizie a cui si era abbandonata col cuore in capriole.

E non le importava che Innocenza avesse indovinato e la guardasse con riprovazione, che i figli spettegolassero, che i fratelli minacciassero di farlo "ammazzari du zoticu rifattu", che Peppinedda la spiasse con occhi ostili.

Don Camalèo intanto era diventato assiduo. Veniva a trovarla quasi ogni giorno col calesse tirato dal pomellato grigio e le parlava d'amore e di libri. Diceva che lei si era fatta luminosa come "na lamparigghia". E lo specchio le diceva che era vero: la pelle le si era schiarita e distesa, gli occhi si erano fatti lucenti, i capelli le si gonfiavano sulla nuca come fossero impregnati di lievito. Non c'era cuffia o nastro che potesse contenerli: esplodevano e ricadevano scintillanti e disordinati attorno alla faccia gioiosa.

Quando aveva fatto sapere al figlio Mariano che partiva, lui aveva corrugato la fronte in una smorfia buffa che voleva essere corrusca ma lasciava indovinare sollievo e soddisfazione. Non era bravo come lo zio Signoretto a dissimulare.

«E dove andrete?»

«A Napoli per prima cosa e poi non so.»

«Da sola?»

«Prenderò con me Fila.»

«Fila è pazza. Non potete fidarvi.»

«La porterò con me, ora sta bene.»

«Una pazza assassina e una minorata in viaggio, bene, che allegria! Volete fare ridere il mondo?»

«Nessuno si occuperà di noi.»

«Immagino che don Camalèo vi raggiungerà. Siete intenzionata a gettare il discredito sulla famiglia?»

«Don Camalèo non mi seguirà. Vado sola.»

«E quando tornerete?»

«Non lo so.»

«E chi baderà alle figlie?»

«Baderanno a se stesse. Sono grandi.»

«Vi costerà un patrimonio.»

Marianna aveva posato gli occhi sulla testa del figlio, ancora così bella nonostante l'incipiente calvizie, che si curvava sul foglio mentre la mano impugnava pesantemente la penna.

Quelle nocche sbiancate parlavano di un rancore maltrattenuto: non sopportava di essere stato tirato fuori dalle sue fantasticherie per affrontare questioni che non capiva e che non lo interessavano. Sola inquietudine: cosa dirà la gente del suo ambiente di quella madre sconsiderata? non finirà per spendere troppo? non farà debiti? non busserà a soldi, magari da Napoli costringendolo a tirare fuori chissà che somma?

«Non spenderò niente di vostro» ha scritto Marianna con mano leggera sul foglio bianco. «Spenderò solo soldi miei e state tranquillo che non farò disonore alla famiglia.»

«Il disonore l'avete già provocato con le vostre stramberie. Da quando è morto nostro padre zio date continuamente scandalo.»

«Di quali scandali parlate?»

«Il lutto lo avete portato solo un anno anziché per sempre come impone la consuetudine. Ricordate? per la morte di un padre: tre anni di nero, per la morte di un figlio: dieci anni, per la morte del marito: trent'anni, come a dire sempre. E poi non frequentate la chiesa quando ci sono le messe solenni. In più vi circondate di gente bassa, disdicevole. Quel servo, quell'arrampicatore, ne avete fatto il padrone qui. Vi ha portato in casa la moglie, la sorella pazza e un figlio.»

«Veramente è la sorella che ha portato lui. In quanto alla moglie, gliel'ho data io stessa.»

«Appunto, troppa confidenza con gente che non è del vostro ceto. Non vi riconosco signora, una volta eravate più dolce e acquiescente. Lo sapete che rischiate l'interdizione?»

Marianna scuote la testa: perché ripensare a quelle sgradevolezze? Eppure c'è qualcosa negli scritti del figlio che non capisce; un rancore che va al di là degli scandali pretesi, della preoccupazione per i soldi. È sempre stato generoso, perché ora dovrebbe dare in smanie per le spese della madre? Che sia ancora quella gelosia di bambino da cui non sa e non vuole staccarsi? che non l'abbia ancora perdonata per avergli preferito – e con evidente impudenza – il figlio più piccolo, Signoretto?

Marianna posa gli occhi sulla testa pelata di Fila che sta ritta accanto a lei sul ponte del vascello e fissa la città che si allontana all'orizzonte. Ora sono circondate dall'acqua che si fa riccia, mentre la polena offre il petto nudo alle onde.

È stato lo sguardo di Saro a deciderla a partire. Uno sguardo mattutino, involontario: quando lei gli aveva staccato la bocca dalla spalla per spingerlo ad alzarsi e già la luce aveva allagato il pavimento della camera da letto.

Uno sguardo di amore appagato e di apprensione. La paura che quella gioia potesse essere interrotta bruscamente per una ragione da lui non prevista e controllata. Non solo il corpo di lei ma i vestiti eleganti, la biancheria di lino, le essenze di mirto e di rosa, i fagiani cucinati nel vino, i sorbetti al limone, le gremolate all'uva fragola, l'acqua di nanfa, la benevolenza, le tenerezze silenziose, ogni cosa che le appartenesse si trovava nelle iridi grigie di Sarino, splendori rovesciati, come quelle città che si vedono nelle ore calde, capovolte sul mare per effetto della fata morgana, umide e vibranti di luci vaporose.

Quei miraggi promettevano opulenza e godimenti senza fine, salvo poi scomparire nelle scialbe luci di un tramonto estivo. E lei aveva voluto spazzare via dagli occhi dell'amato l'immagine di quella città felice prima che si dissolvesse da sola in un baluginio di specchi rotti.

Ora eccola qui sul pavimento oscillante, gli odori del mare che si mescolano a quelli aspri del catrame e delle vernici, in compagnia della sola Fila.

XLI

La sera, alla tavola del capitano, nel saloncino dal tetto a botte, seggono strani viaggiatori che non si conoscono fra loro: una duchessa palermitana sordomuta chiusa in una elegante spolverina alla Watteau a rigoni bianchi e celesti, un viaggiatore inglese dal nome impronunciabile che viene da Messina e porta una curiosa parrucca dai riccioli rosati, un nobile di Ragusa tutto vestito di nero che non si separa mai dal suo spadino d'argento.

Il mare è mosso. Dalle due finestre che si aprono sulla fiancata del battello si vede un cielo giallastro striato di lilla. La luna è piena ma viene coperta in continuazione da scialli di nuvole tempestose che la avviluppano e la denudano con mosse alterne.

Fila è rimasta nella cabina buia, distesa con un fazzoletto intriso di accto sulla bocca, per difendersi dal mal di mare. Ha vomitato tutto il giorno e Marianna le ha sostenuto la testa finché ha potuto; poi ha dovuto uscire altrimenti si metteva a rigettare pure lei.

Il capitano ora le porge una porzione di bollito. L'inglese dai riccioli rosati le rovescia sul piatto un cucchiaio di mostarda di Mantova. I tre uomini parlano fra di loro ma ogni tanto si voltano verso la signora e le rivolgono un sorriso gentile. Quindi riprendono a chiacchierare, forse in inglese, forse in italiano, Marianna non riesce a indovinarlo dal movimento delle loro labbra e non le importa molto di saperlo. Dopo un primo tentativo di coinvolgerla a gesti nella conversazione, l'hanno lasciata ai suoi pensieri. E lei è contenta che si occupino d'altro; si sente goffa e inabile. Lo stupore della nuova situazione le impaccia i movimenti: le sembra impossibile tenere in bilico la forchetta fra le dita, i pizzi delle maniche hanno la tendenza a cadere continuamente nel piatto.

Stracci di pensieri galleggiano nella sua testa stanca: l'acqua che era lì a macerare e sembrava limpida, quieta, è stata mossa da una mano impaziente che ha fatto risalire dal fondo brandelli di memorie disperse e quasi dissolte.

Il corpo tenero di suo figlio Signoretto aggrappato al seno come una scimmietta senza fiato e i dolori che aveva sopportato senza riuscire a saziarlo. La faccia affilata del signor marito zio quando, per la prima volta, aveva osato guardarlo da vicino e aveva scoperto che gli erano venute le ciglia bianche. Gli occhi spavaldi di sua figlia Felice, monaca senza vocazione che pure aveva trovato nella medicina delle erbe una sua forma di dignità e ormai non ha neanche bisogno dei soldi di casa perché la gente la paga bene.

Il gruppetto di fratelli come li aveva dipinti quel giorno di maggio in cui era svenuta davanti al Tutui nel cortile della "casena": le braccia di Agata mangiate dalle zanzare, le scarpe a punta di Geraldo, le stesse scarpe che poi gli erano state messe ai piedi dentro la bara come una credenziale per il paradiso, con l'augurio che facesse delle lunghe camminate fra le colline popolate di angeli. La risata maliziosa di sua sorella Fiammetta che con l'età è diventata un po' "stramma"; da una parte si fustiga e porta il cilicio, dall'altra non fa che impicciarsi degli affari di letto di tutta la parentela. Gli occhi smarriti di Carlo che per difendersi dalla costernazione ha messo su un'aria cattiva, rabbiosa. E Giuseppa, ancora inquieta e insoddisfatta, la sola che legga dei libri e che abbia voglia di ridere, la sola che non le abbia rimproverato le sue stravaganze e che l'abbia accompagnata al porto alla partenza, nonostante il divieto del marito. Le mura della villa di Bagheria dai morbidi mattoni di arenaria che, visti da vicino, paiono spugne forate da tanti cunicoli e tane in cui si annidano lumachine di mare e minuscole conchiglie traslucide. Non esiste al mondo un colore più dolce delle pietre arenarie di B .gheria che accolgono le luci e le serbano in grembo come tante lampade cinesi.

La faccia allagata dal sonno della signora madre, le narici annerite dal tabacco, le grosse trecce bionde che si sfaldano sulle spalle rotonde. Sul suo comodino c'erano sempre tre o quattro boccette di laudano. Che poi, come Marianna aveva scoperto da adulta, era composto da oppio, zafferano, cannella, garofano e alcool. Ma nelle ricette del farmacista di piazza San Domenico la quantità di oppio da ultimo era aumentata, a scapito della cannella e dello zafferano. Per questo alle volte la mattina la trovava riversa sulle coperte, la signora madre benedetta, con la faccia estatica, gli occhi socchiusi, un pallore da statua di cera.

Ed ecco che nella camera da letto dove Marianna aveva dato alla luce tutti e cinque i suoi figli, sotto gli sguardi annoiati delle chimere, era entrato Saro con le gambe slanciate e il sorriso dolce. Sul letto dei parti e degli aborti si erano abbracciati, mentre Peppinedda girava per casa inquieta, tenendo nella pancia un figlio di dieci mesi che non si decideva a nascere. Tanto che la levatrice aveva dovuto forzare l'uscita e si era messa a saltarle addosso quasi fosse un materasso pieno di paglia. E quando sembrava che dovesse morire dissanguata, finalmente era venuto fuori un bambino enorme con gli stessi colori di Sarino, nero e bianco e rosa, il cordone ombelicale girato tre volte intorno al collo.

Era anche per Peppinedda che aveva deciso di partire. Per quelle occhiate di resa e di complicità donnesca che le regalava, quasi a dirle che acconsentiva a spartire il marito con lei in cambio della casa, degli abiti, del cibo abbondante, e della totale cecità di fronte ai suoi furti per le sorelle.

Era diventata una intesa familiare, un "accomodo" a tre in cui Saro si rifugiava diviso fra apprensione e felicità. Felicità che avrebbe preceduto di poco la sazietà. Ma forse no, forse si sbagliava: fra un'amante madre e una moglie bambina lui avrebbe continuato per sempre, con tenerezza e dedizione. Si sarebbe trasformato, come già stava facendo, in un calco di se stesso: un soddisfatto giovanotto sul punto di perdere il candore e l'allegria, per una giusta combinazione di paterna condiscendenza e intelligente amministrazione del futuro familiare.

Li aveva colmati d'oro prima di andarsene. Non per generosità probabilmente ma per farsi perdonare l'abbandono e per farsi amare anche da lontano, ancora per un poco.

Il viaggiatore inglese dai begli occhi bruni è sparito lasciando il piatto a metà. Il barone di Ragusa se ne sta appoggiato alla alta finestra, boccheggiante, mentre il capitano va salendo a due a due gli scalini che portano in coperta. Cosa sta succedendo?

Dalla porta arriva un odore forte di sale e di vento. Le onde devono essere diventate cavalloni. Chiusa nel suo uovo di silenzio Marianna non sente le grida sul ponte, gli scricchiolii che aumentano, i comandi del capitano che fa ammainare le vele, il vocio dei viaggiatori sotto coperta.

Lei continua a portarsi il cibo alla bocca come se niente fosse. Nessun segno di quel mal di mare che scuote le viscere dei compagni di viaggio. Però adesso la lampada a olio oscilla pericolosamente sopra la tavola. Finalmente la duchessa si accorge che forse non si tratta solo di un poco di mare grosso. Delle gocce di olio bollente sono cadute sulla tovaglia e hanno mandato a fuoco un tovagliolo. Se lei non si muove, tra un momento, dai lini, le fiamme passeranno al tavolo e dal tavolo al pavimento, tutto di legno stagionato.

Improvvisamente la sedia di Marianna prende a scivolare e va a sbattere contro la parete, spaccando con lo schienale il vetro di un quadro. Morire così, seduta nell'abito da viaggio a righe, con lo spillone di lapislazuli che le ha regalato il signor padre appuntato sul bavero, la rosa di taffetà fra i capelli raccolti sulla nuca, sarebbe certo un morire teatrale. Il cane della signora madre forse sta per agguantarla alla vita, per trascinarla nel liquido nero. Le sembra di vedere delle ciglia che sbattono furiose, zuccherine. Non sono gli occhi delle chimere di villa Ucrìa di Bagheria che se la ridono?

In un attimo Marianna trova la forza di sollevarsi in piedi: rovescia la caraffa d'acqua sulla tovaglia incendiata. Col tovagliolo bagnato copre la lampada che si spegne friggendo.

Ora il buio avvolge la stanza. Marianna cerca di ricordare da che parte stia la porta. Il silenzio non le suggerisce che la fuga. Ma per dove? Il rumore del mare che cresce, che si fa ululato, è percepito dalla mutola solo attraverso le assi del pavimento che pare si torcano, si sollevino, per sprofondare subito dopo sotto le scarpe.

Il pensiero di Fila in pericolo infine le fa trovare la porta che si apre a fatica rovesciandole addosso una valanga di acqua salata. Come farà a scendere giù per la scala a pioli in quello scotimento? eppure ci prova, tenendosi aggrappata con le due mani al corrimano di legno e cercando ogni piolo col piede.

Scendendo nel ventre del brigantino una zaffata di sardine salate l'afferra alla gola. Qualche botte deve essersi sfasciata perdendo il suo carico di pesce. Nel buio, mentre cerca a tentoni di raggiungere la cabina, Marianna si sente cadere addosso qualcosa di pesante. È il corpo di Fila tremante e fradicio.

La stringe a sé, le bacia le guance diacce. I pensieri informi della compagna le filtrano attraverso le narici intrise dell'odore acre di vomito: «Un canchero attia, scecca tamarra, testa di mazzacani, picchì mi facisti partiri?... a duchissa mi pigghiò cu idda e mi rovinò, testa cotta, testa di scecca, canchero a idda sacrosantissima!».

Insomma, bestemmia contro di lei. E nello stesso tempo la stringe a sé con forza. Che stiano per andare a picco con la nave è sicuro, si tratta di sapere quanto tempo ci metterà a inghiottirle. Marianna comincia una preghiera ma non riesce a portarla in fondo. C'è qualcosa di grottesco in quel loro apparecchiarsi stupidamente alla morte. Eppure non saprebbe cosa inventare per vincere le forze dell'acqua. Non sa neanche nuotare. Chiude gli occhi sperando che duri poco.

Ma il brigantino regge miracolosamente, squassato com'è dalle onde. Resiste piegandosi, torcendosi, nell'elasticità delle alte strutture di cedro e di castagno.

Padrona e serva rimangono abbracciate in piedi, aspettando la morte e sono talmente stanche che vengono prese dal sonno senza neanche accorgersene, mentre l'acqua salsa scarica loro addosso pezzi di legno, scarpe, sardine, corde srotolate, pezzi di sughero.

Quando le due donne si svegliano è già mattina e sono ancora abbracciate, ma distese per terra proprio sotto la scala a pioli. Un gabbiano curioso le osserva dall'imboccatura del ponte.

XLII

Una pellegrina? forse, ma i pellegrini vanno verso una meta. I suoi piedi invece non vogliono fermarsi. Viaggiano per la gioia di viaggiare. In fuga dal silenzio delle sue case verso altre case, altri silenzi. Una nomade alle prese con le pulci, con il caldo, con la polvere. Ma mai veramente stanca, mai sazia di vedere nuovi luoghi, nuove persone.

Al suo fianco Fila: la piccola testa calva sempre coperta da una cuffia di cotone immacolato che ogni sera viene lavata e messa ad asciugare sulla finestra. Quando ne trovano di finestre, perché hanno anche dormito sulla paglia, fra Napoli e Benevento, vicino a una mucca che le annusava incuriosita.

Si sono fermate ai nuovi scavi di Stabia e di Ercolano. Hanno mangiato l'anguria tagliata a fette da un bambino, su una tavoletta volante simile a quella che Marianna usa per scrivere. Hanno bevuto acqua e miele sedute in ammirazione davanti a un enorme affresco romano in cui il rosso e il rosa si mescolavano deliziosamente. Si sono riposate all'ombra di un gigantesco pino marittimo dopo avere camminato sotto il sole per cinque ore. Hanno cavalcato dei muli lungo le pendici del Vesuvio sbucciandosi il naso nonostante i cappelli di paglia comprati da un merciaio a Napoli. Hanno dormito in camere puzzolenti dai vetri rotti, con un moccolo per terra accanto al materasso su cui saltavano le pulci come in una giostra.

Ogni tanto un contadino, un commerciante, un signorotto si metteva alle loro calcagna incuriosito dal fatto che viaggiassero sole. Ma il silenzio di Marianna e gli sguardi aggrondati di Fila li mettevano presto in fuga.

Una volta sono state pure derubate sulla strada per Caserta. Hanno lasciato nelle mani dei briganti due pesanti bauli dalle fibbie di ottone, una borsetta di maglia d'argento e cinquanta scudi. Ma non ne sono state troppo disperate: i bauli erano un ingombro e contenevano vestiti che non mettevano mai. Gli scudi erano solo una parte delle loro ricchezze. Le altre monete Fila le aveva nascoste così bene, cucite dentro la sottana, che i banditi non se n'erano accorti. Della mutola poi avevano avuto pietà e non l'avevano neanche frugata, sebbene anche lei tenesse delle monete dentro una tasca della spolverina.

A Capua hanno fatto amicizia con una compagnia di attori in viaggio verso Roma. Una attrice comica, un attor giovane, un impresario, due cantanti castrati, e quattro servitori, più una montagna di bagagli e due cani bastardi.

Ben disposti e simpatici, pensavano molto a mangiare e a giocare. Non si erano affatto turbati per la sordità della duchessa, anzi si erano subito messi a parlare con le mani e con il corpo, facendosi intendere benissimo da lei e suscitando le risate matte di Fila.

Naturalmente toccava a Marianna pagare la cena per tutti. Ma gli attori sapevano ricambiare il favore mimando i loro pensieri con allegria di tutti, sia alla mensa che al tavolo da gioco, nelle carrozze di posta come nelle locande dove si fermavano a dormire.

A Gaeta avevano deciso di imbarcarsi su una feluca che li prendeva per pochi scudi. Si diceva che le strade fossero infestate di briganti e «per uno che viene impiccato altri cento ne sbucano fuori che si nascondono nelle montagne della Ciociaria e cercano proprio le duchesse» diceva un biglietto malizioso.

Sulla barca si giocava tutto il giorno a faraone, a biribissi. Il capocomico Giuseppe Gallo dava le carte e perdeva sempre. In compenso vincevano i due castrati. E la comica, signora Gilberta Amadio, non voleva mai andare a coricarsi.

A Roma avevano preso alloggio nella stessa locanda, in via del Grillo, una piccola strada in salita dove le carrozze non volevano mai montare e toccava farsela a piedi su e giù dalla piazza del Grillo.

Una sera erano state invitate, Marianna e Fila, al teatro Valle, il solo in cui si potesse recitare fuori del periodo di carnevale. E videro una operina mezza cantata e mezza recitata in cui la comica Gilberta Amadio si cambiava dieci volte di abito correndo dietro le quinte e ricomparendo ora abbigliata da pastora, ora da marchesa, ora da Afrodite, ora da Giunone. Mentre uno dei due castrati cantava con voce soave e l'altro ballava vestito da pastore.

Dopo lo spettacolo, Marianna e Fila erano state invitate all'osteria del Fico, in vicolo del Paniere, dove si erano dovute ingozzare di grandi piatti di trippa al sugo. Avevano dovuto mandare giù bicchieri su bicchieri di vino rosso, per festeggiare il successo della compagnia e poi si erano messi tutti a ballare sotto i lampioni di carta, mentre uno dei servi tuttofare suonava il mandolino e un altro si attaccava al flauto.

Marianna gustava la libertà: il passato era una coda che aveva raggomitolato sotto le gonne e solo a momenti si faceva sentire. Il futuro era una nebulosa dentro a cui si intravvedevano delle luci da giostra. E lei stava lì, mezza volpe e mezza sirena, per una volta priva di gravami di testa, in compagnia di gente che se ne infischiava della sua sordità e le parlava allegramente contorcendosi in smorfie generose e irresistibili.

Fila si era innamorata di uno dei due castrati. Ed era successo proprio alla festa dopo lo spettacolo, durante il ballo. Marianna li aveva sorpresi a baciarsi dietro una colonna e aveva proseguito con un sorriso di discrezione. Lui era un bel ragazzo, riccio, biondo, appena un poco pingue. E lei, nell'abbracciarlo, si era levata sulla punta dei piedi, inarcando la schiena in un gesto che ricordava il fratello più giovane.

Uno strappo, un sussulto e la coda aveva preso a srotolarsi. Non sempre scappando si scappa davvero. Come quel personaggio che viveva a Samarcanda delle *Mille e una notte*. Era Nur el Din o Mustafà, non ricorda. Gli dissero: morirai presto a Samarcanda e lui si era affrettato a galoppare verso un'altra città. Ma proprio in quella città straniera, mentre camminava pacifico, fu ucciso. E poi si seppe che la piazza in cui fu aggredito si chiamava per l'appunto Samarcanda.

Il giorno dopo la compagnia era partita per Firenze. E Fila era rimasta tanto addolorata che non aveva più voluto mangiare per una settimana.

Ciccio Massa il proprietario della locanda del Grillo portava personalmente su in camera a Fila dei brodi di pollo che profumavano tutta la casa. Da quando abitavano da lui non aveva fatto che stare dietro alla ragazza che invece lo detestava. Un uomo corpulento dalle gambe corte, gli occhi da cinghiale, una bocca bella, una risata fresca, contagiosa. Manesco con gli sguatteri, salvo poi pentirsi e diventare generosissimo con gli stessi che aveva maltrattato. Verso i clienti si mostra affabile e nervoso, preoccupato di figurare bene ma anche di portargli via più soldi che può.

Solo con Fila era inerme e quando la vedeva, ma anche adesso, quando la incontra, rimane lì imbambolato ad ammirarla. Mentre con Marianna prende spesso un'aria di sufficienza ribalda, e appena può, le spilla soldi.

Fila, che da poco ha compiuto i trentacinque anni, è tornata alla bellezza dei suoi diciotto anni, con una pienezza sensuale in più che non ha mai posseduto, nonostante la testa pelata, le cicatrici e i denti rotti. Ha messo su una pelle così chiara e lucente che la gente si volta per strada a guardarla. Gli occhi mobili grigi si posano con morbidezza sulle cose e sulle persone come se volessero carezzarle.

E se si sposasse? le farebbe una bella dote, si dice Marianna, ma l'idea di staccarsi dalla ragazza le spegne ogni entusiasmo. E poi si è innamorata del castrato. Il quale è partito per Firenze piangendo, ma senza averle chiesto di seguirlo. E questo ha addolorato Fila, fino al punto che, per dispetto o per consolazione, non si sa, ha cominciato ad accettare la corte del cinghialesco padrone di casa.

XLIII

Cara Marianna,

ogni uomo e ogni epoca sono costantemente minacciati da una barbarie recondita e incombente, come dice il nostro amico Gian Battista Vico. La vostra assenza ha procurato una certa incuria nei miei pensieri fra cui sono cresciute le erbacce. Sono minacciato, ma seriamente, dalla più perversa delle pigrizie, dall'abbandono di me stesso, dalla noia.

Del resto l'isola non soffre di meno di un novello imbarbarimento: mentre Vittorio Amedeo di Savoia aveva portato una certa aria di severità e di rigore amministrativo, continuato stancamente dagli Asburgo, ora Carlo III ha ricreato quell'atmosfera di mollezze e di abbandono che tanto piace ai nostri mangiatori di cassatine e di trionfi di gola.

Qui regna l'ingiustizia più assennata. Tanto assennata e tanto radicata da risultare ai più come "naturale". E alla naturalezza non si comanda, lo sapete bene; chi pensa di cambiare un colore di capelli o di pelle? si può mutare uno stato di legittimità divina in uno stato di arbitrio diabolico? un re ha il potere, dice Montesquieu, di fare credere ai suoi sudditi che uno scudo è uguale a due scudi, «dà una pensione a chi scappa per due leghe e un governo a chi scappa per quattro.»

Forse siamo alla fine di un ciclo poiché la natura degli uomini è prima cruda, poi diventa severa e quindi benigna, appresso delicata e finalmente dissoluta. L'ultima età, se non è regolata, si dissolve nel vizio e la «nuova barbarie porta gli uomini a istrapazzar le cose».

Da quando i vostri avi costruirono la torre Scannatura e la "casena" di Bagheria, ne è passata di acqua sotto i ponti. Vostro nonno ancora curava di persona le sue vigne e i suoi oliveti, vostro padre già lo faceva per interposta persona. Vostro marito ogni tanto il naso ce lo metteva nei suoi tini pieni di vino. Vostro figlio appartiene a quella generazione che ritiene la cura delle terre come volgare e disdicevole. Egli quindi ha dedicato le sue attenzioni solo a se stesso. E dovete vedere con che grazia rapinosa lo fa! Da quanto mi risulta le vostre campagne di Scannatura stanno rovinando nell'incuria, derubate dai gabelloti, disertate dai contadini che sempre più numerosi emigrano altrove. Stiamo scendendo a passi di danza verso una abulìa festosa che piace molto ai palermitani del nostro tempo, anzi del tempo dei nostri figli. Una abulia che ha tutta l'apparenza dell'azione poiché è abitata da un moto che oserei chiamare perpetuo. Questi giovanotti si agitano dalla mattina alla sera fra visite, balli, pranzi, amoreggiamenti e pettegolezzi che li occupano a tal punto da non lasciare loro neanche un minuto di noia.

Vostro figlio Mariano che ha preso da voi la bella fronte alta e gli occhi languorosi e sfavillanti, è diventato famoso per le sue prodigalità davvero degne del nostro re Carlo III, per le sue cene a cui tutti, amici e parenti sono invitati. Voi dite che ama sognare, ma certamente se sogna lo fa in grande. E mentre sogna tiene tavola imbandita. Probabilmente stordisce gli amici col cibo e col vino per evitare che lo sveglino.

Pare che si sia fatto costruire una carrozza uguale a quella del Viceré Fogliani marchese di Pellegrino, con le ruote di legno dorato e trenta statuine di legno argentato sul tetto, nonché stemmi e nappe d'oro che pendono da ogni angolo. Il Viceré Fogliani Aragona l'ha saputo e gli ha mandato a dire che non faccia tanto il gradasso; ma il vostro sublime rampollo non se ne è dato per inteso.

Altre notizie le avrete avute, immagino, dai vostri cari. Vostra figlia Felice sta diventando famosa a Palermo per le sue cure della risipola e della rogna e di tutti gli eczemi. Si fa pagare molto dai ricchi e niente dai poveri. Per questo si fa amare anche se molti la criticano per quell'andare in giro da sola, monachella com'è, tirando da sé le redini di un cavalluccio arabo, seduta in serpa a un calessino sempre in volo. Il suo progetto di "aiuto alle derelitte de' Leprosi" le inghiotte tanti soldi che ha dovuto chiedere un prestito a un usuraio della Badia Nuova. Per pagare questi debiti sembra che si sia messa a trafficare anche con gli aborti clandestini. Ma queste sono informazioni "di bottega". Non dovrei darle, per gelosia di mestiere. Ma voi sapete che il mio amore supera ogni scrupolo e ogni discrezione.

L'altra figlia vostra, Giuseppa, si è fatta trovare nel letto del marito col cugino Olivo. I due uomini si sono sfidati a duello. Hanno combattuto. Ma nessuno dei due è morto. Due codardi che al primo sangue hanno abbandonato le armi. Ora la bella Giuseppa aspetta un figlio che non sa se sia del marito o del cugino. Ma sarà accolto dal marito come suo. Perché altrimenti dovrebbe ucciderla e di questo non ha certo voglia. Olivo è stato mandato in Francia dal padre Signoretto che pare abbia minacciato di diseredarlo anche se è il primo figlio.

In quanto a Manina, ha appena partorito un altro figlio che ha chiamato Mariano, come il bisnonno. Al battesimo c'era tutta la famiglia, compreso l'abate Carlo che ha messo su un cipiglio da grande scienziato. In effetti vengono dalle università di tutta Europa a chiedergli di decifrare manoscritti antichi. È considerato una celebrità a Palermo e il Senato ha proposto di dargli una benemerenza. In questo caso sarei io a consegnargliela nel suo astuccio di velluto.

Il vostro protetto Saro, pare che si sia tanto dispiaciuto per la vostra partenza da rifiutare il cibo per settimane. Ma poi gli è passata. E ora pare che se la spassi assieme alla moglie nella vostra villa di Bagheria dove riceve come fosse un barone: dà ordini, spende e spande alle vostre spalle.

Del resto chi dovrebbe dare il buon esempio se ne infischia. Carlo il nostro re e la sua deliziosa consorte donna Amalia costringono i cortigiani a stare in ginocchio mentre essi pranzano, per ore. La regina, dicono, si diverte a inzuppare i biscotti nella coppa piena di vino delle Canarie che la sua dama di corte deve tenere alta per lei, sempre rimanendo in ginocchio. Del buon teatro, che ne dite? ma forse sono solo pettegolezzi, io personalmente non assistetti mai a simili scene.

D'altro canto la grande principessa di Sassonia ha perso

ogni prestigio da quando ha messo al mondo una bambina, per giunta con l'aiuto di un chirurgo.

Mi sto trasformando in un moralista da strapazzo, ne convengo. Già vedo la vostra faccia farsi scura, le vostre labbra stirarsi, come solo voi sapete fare con tutta la soave ferocia della vostra mutilazione.

Ma sapete che è proprio essa, la mutilazione di metà dei vostri sensi che mi ha attratto nell'orbita dei vostri pensieri? Che si sono fatti folti e rigogliosi proprio a causa di quella cesura col mondo che vi ha costretta fra libri e quaderni, nel fondo di una biblioteca. La vostra intelligenza ha preso un avvio così curioso e insolito da indurmi in una deliziosa tentazione d'amore. Cosa che ritenevo impossibile alla mia età, e che ammiro come un miracolo dell'immaginazione.

Ve lo chiedo ancora una volta per lettera con tutta la solennità della scrittura: volete sposarmi? non vi chiederò niente, neanche di dividere il letto, se preferite. Vorrei prendervi come siete ora, senza ville e terreni, senza proprietà, figli, case, carrozze e servi. Il mio sentimento nasce da un bisogno di compagnia che mi strugge come burro al sole. Una compagnia femminile scortata dalla pratica del pensiero, cosa rarissima presso le nostre donne che sono tenute in uno stato di ignoranza gallinacea.

Più m'impelago nel mio lavoro, più gente vedo, più signori frequento e più mi infogno in una solitudine da certosino. È solo un barbaglio dell'esprit de finesse pascaliano che mi avvicina a voi o c'è dell'altro? un moto di correnti capaci di scaldare gli oceani?

È la vostra mutilazione a rendervi unica: fuori dai privilegi nonostante ci stiate dentro per diritto di nascita fino al collo, fuori dagli stereotipi della vostra casta nonostante essi facciano parte della vostra stessa carne.

Io vengo da una famiglia di onesti notai e onesti avvocati, o forse disonesti, chissà, non è dell'onestà la conquista rapida e trionfante del vantaggio sociale e del bene economico. È stato mio nonno, ma lo confesso solo a voi, a comprare il titolo di barone per una famiglia di modesti e vanitosi borghesi in vena di ingrandirsi. Tutto questo conta pochissimo lo so. I miei occhi hanno imparato a vedere al di là delle toghe e delle giamberghe, nonché delle "robes volantes" e delle "hoop petticoats" dai colori pastello.

Anche voi sapete vedere al di là dei damaschi e delle perle, la menomazione vi ha portata alla scrittura e la scrittura vi ha portata a me. Ambedue ci serviamo degli occhi per sopravvivere e ci nutriamo come tarme golose di carta di riso, carta di tiglio, carta di acero, purché vergate dall'inchiostro.

«Il cuore ha le sue ragioni che la ragione non conosce» amava dire il mio amico Pascal e sono ragioni buie che affondano le radici nella parte sepolta di noi. Lì dove la vecchiaia non si trasforma in perdita ma in pienezza di intenti.

Conosco i miei difetti che sono tantissimi a cominciare da una certa perversità acquisita in tanti anni di stupida censura sopra le idee che amo. Per non parlare dell'ipocrisia che mi divora vivo. Le debbo molto però. A volte penso che sia la mia più grande virtù poiché si accompagna a una pazienza da eremita. E non va disgiunta da una capacità tutta mondana di "capire l'altro". L'ipocrisia è la madre della tolleranza... o ne sarà la figlia? non lo so? comunque sono parenti strette.

Mi lascio anche spesso travolgere dal pettegolezzo, per quanto orrore abbia per esso. Ma se si guarda bene, si scopre che alla radice della letteratura c'è proprio il pettegolezzo. Non è pettegolo Monsieur Montesquieu con le sue *Lettere persiane*? quelle missive che si accavallano grondanti di umorismo e di malignità? non è pettegolo il nostro signor Alighieri? chi più di lui si diverte a riferire tutti i segreti vizi e le debolezze degli amici e dei conoscenti...

L'umorismo a cui gli scrittori si abbeverano con tanta grazia da cosa deriva se non dal mettere in luce i difetti altrui? tanto da farli parere giganteschi e irrimediabili. Mentre trascurano con disinvoltura la trave che naviga nel loro occhio sognatore. Non ne convenite anche voi?

Ecco che come al solito tento di giustificarmi: sarà che con le autoaccuse cerco di stanarvi come un'esca dalle acque morte dei vostri silenzi?

Sono anche più perverso di quanto pensiate. Di un egoismo a volte ributtante. Ma il fatto che ve lo sbandieri sta a significare che forse non è poi tanto vero. Sono un mentitore consapevole. Ma come sapete, Solone diceva che ad Agira sono tutti bugiardi. Lui stesso era di Agira. Diceva la verità o mentiva? A meno che non sia tutto un trucco per tenervi in sospeso. Voltate la pagina mia cara mutola e troverete qualcos'altro per i vostri denti. Forse un'altra richiesta d'amore, forse una informazione preziosa o solo un'altra esibizione di vanità. Anch'io sono mutilato nei sensi che si sono involgariti con le pratiche del mondo. Eppure il mondo è il solo luogo in cui potrei accettare di stare. Non credo che andrei volentieri in paradiso anche se lì le strade sono pulite, non ci sono cattivi odori, niente coltellate, impiccagioni, taglieggiamenti, rapine, furti, adulterï e prostituzione. Ma che si farebbe tutto il giorno? solo passeggiare e giocare a faraone e a biribissi?

Sappiate che vi aspetto con mente serena, confidando nella vostra testa dai lunghi pensieri. Non dico confidando nel vostro corpo perché esso è riottoso come un mulo, ma mi rivolgo a quegli spazi aperti del vostro capo in cui scorre l'aria marina, lì dove siete più discorsiva, più propensa alla curiosità, all'amore, così per lo meno mi lusingo di credere... Sapete, alle volte è l'amore degli altri che ci innamora: vediamo una persona solo quando essa chiede i nostri occhi.

Con tutta la mia devozione tenerissima e l'augurio che torniate presto. Sto male senza di voi,

Giacomo Camalèo

Marianna osserva i fogli di carta leggera che posano disordinati sulla sua gonna rigata. La lettera le ha ispirato un senso di sazietà che ora la fa sorridere. Eppure la nostalgia di Palermo le offusca lo sguardo. Quegli odori di alga seccata al sole e di capperi e di fichi maturi non li ritroverà mai da nessuna parte; quelle coste arse e profumate, quei marosi ribollenti, quei gelsomini che si sfaldano al sole. Quante passeggiate con Saro a cavallo verso il promontorio dell'Aspra dove venivano raggiunti e giocati da odori e sapori ubriacanti. Scendevano da cavallo, si sedevano sui cocuzzoli di alghe da cui zampillavano le pulci di mare, si lasciavano investire dal leggero "ventuzzu africanu".

Le loro mani, camminando all'indietro come i granchi, si incontravano alla cieca, si stringevano fino a fare dolere i polsi. Era un lento intrecciarsi di braccia, di dita. E poi, e poi cosa farne della lingua in un bacio che bussa in faccia come una novità indiscreta e deliziosa? cosa farne dei denti che tendono a mordere? gli occhi a mollo negli occhi, il cuore che fa i capitomboli. Le ore si fermavano a mezz'aria, assieme a quel profondo profumo di alghe salse. I ciottoli tondi e duri dietro la schiena diventavano cuscini di piume mentre al riparo di una acacia dai rami ciondolanti sull'acqua si stringevano l'uno all'altra.

Come aveva potuto sopravvivere a quegli abbracci nel momento in cui erano stati proibiti dalla sua crudele volontà? essa non può però impedire che tornino a galla come cadaveri inquieti che non riescono ad andare a picco.

Da quando Fila si è sposata con Ciccio Massa, le riesce difficile rimanere alla locanda. Per quanto Fila dica di volere continuare a servirla, per quanto fra tutti e due la riempiano di cibi e la accudiscano come una bambina, ogni mattina si sveglia con l'idea di partire.

Tornare ai figli, alla villa, a Saro, alle chimere, o rimanere? scappare da quelle forme troppo note che costituiscono la sua costanza o dare retta a quelle alette che le sono spuntate dai due lati delle caviglie?

Marianna pigia i dieci foglietti nella tasca della gonna e si guarda intorno cercando una risposta alla sua muta domanda. C'è il sole. Il Tevere scorre ai suoi piedi denso e screziato di giallo. Un ciuffo di canne di un verde chiaro pallido viene piegato dalla corrente proprio sulla riva. Ma dopo essersi appiattito sulle acque fino a farsene sommergere, si risolleva in tutta la sua allegria. Una miriade di minuscoli pesci argentati risalgono il flusso lì dove l'acqua quasi si posa, forma un lago fra cespi di ortiche e spunzoni di cardi. L'odore che sale dall'acqua è buono, di terra fradicia, di mentuccia, di sambuco.

Poco più avanti la prua di una barca dal fondo piatto scivola lungo una corda tesa che la tiene agganciata alla riva. Ancora più avanti, delle lavandaie ginocchioni sui sassi, sciacquano il bucato nell'acqua. Un'altra barca, anzi una zattera con due rematori in piedi, si muove lentamente da una parte all'altra del fiume trasportando sacchi color cannella e ruote di carro.

Verso l'alto il porto di Ripetta si apre come un ventaglio, con i suoi scalini di pietra, i suoi cerchi di ferro per l'attracco delle imbarcazioni, i suoi muretti di mattone crudo, i suoi sedili di marmo bianco, il suo via vai di facchini.

In quella quiete meridiana Marianna si chiede se potrebbe mai appropriarsi di questo paesaggio, farsene una casa, un asilo. Tutto le è estraneo e perciò caro. Ma fino a quando si può chiedere alle cose che ci stanno intorno, di rimanere forestiere, perfettamente comprensibili e remote nella loro indecifrabilità?

Il sottrarsi al futuro che le sta apparecchiando la sorte non sarà una sfida troppo grossa per le sue forze? questa voglia di conoscere gente diversa, questa voglia di girovagare, non sarà una superbia inutile, un poco frivola e perversa?

Dove andrà a casarsi che ogni casa le pare troppo radicata e prevedibile? Le piacerebbe mettersela sulle spalle come una chiocciola e andare senza sapere dove. Dimenticare la pienezza di un abbraccio desiderato non sarà facile. La chiusa sta lì a ghermire ogni gocciolo di ricordo, ogni mollichella di diletto. Ma ci deve pur essere qualcos'altro che appartiene al mondo della saggezza e della contemplazione. Qualcosa che distolga la mente dalle sciocche pretese dei sensi. «È disdicevole per una signora girare da una locanda all'altra, da una città all'altra senza pace, senza rimedio» direbbe il signor figlio Mariano e avrebbe forse ragione.

Quel correre, quel vagare, quel patire ogni fermata, ogni attesa, non sarà un avvertimento di fine? entrare nell'acqua del fiume, prima con la punta delle scarpe, poi con le caviglie e infine con le ginocchia con il petto, con la gola. L'acqua non è fredda. Non sarebbe difficile farsi inghiottire da quel turbinio di correnti odorose di foglie marce.

Ma la voglia di riprendere il cammino è più forte. Marianna ferma lo sguardo sulle acque giallognole, gorgoglianti e interroga i suoi silenzi. Ma la risposta che ne riceve è ancora una domanda. Ed è muta.

Finito di stampare nel mese di aprile 1994
presso il Nuovo Istituto Italiano d'Arti Grafiche
Bergamo

Printed in Italy

BUR
Periodico settimanale: 27 aprile 1994
Direttore responsabile: Evaldo Violo
Registr. Trib. di Milano n. 68 del 1°-3-74
Spedizione abbonamento postale TR edit.
Aut. n. 51804 del 30-7-46 della Direzione PP.TT. di Milano

NELLA STESSA COLLANA

NELLA STESSA COLLANA